百年の批評

近代をいかに相続するか

福嶋亮大

青土社

百年の批評　目次

はじめに――近代をテストする　9

第Ⅰ部　縦に読む

第1章　漱石におけるアポリア――夢・妹・子供　25
第2章　文学史における安吾　41
第3章　文明と失踪――丸谷才一の両面性　64
第4章　司馬遼太郎と三島由紀夫　76
第5章　『太平記』のプロトコル　87
第6章　京都の市民的ミニマリズム――大田垣蓮月について　105
第7章　家・中国化・メディア――折口信夫『死者の書』の構造　112
第8章　舞城王太郎と平成文学のナラティヴ　126

第Ⅱ部　横に読む

第1章　建築の視霊者――磯崎新『建築の解体』論　153
第2章　日本を転位する眼――山崎正和論　165
第3章　分身の力――大江健三郎論　190
第4章　神の成長――高畑勲『かぐや姫の物語』論　220
第5章　高畑勲の批評性　230
第6章　存在・固有名・物語――蓮實重彥と個体性の批評　243

第Ⅲ部　点で読む

ミシェル・ウエルベック『地図と領土』　257
ミシェル・ウエルベック『服従』　259

沼田真佑『影裏』 261
蓮實重彦『伯爵夫人』 263
奥泉光『雪の階』 265
橋本治『草薙の剣』 267
閻連科『炸裂志』 269
伊格言『グラウンド・ゼロ』 271
甘耀明『冬将軍が来た夏』 273
中沢新一『日本文学の大地』 275
渡部直己『小説技術論』 277
宇野常寛『母性のディストピア』 279
佐藤優『学生を戦地に送るには』 281
ジェンダー・トラブルの観点から『紅楼夢』を読む
——合山究著『『紅楼夢』——性同一性障碍者のユートピア小説』 285
香港のストリートから考える 291
今なお古びない「日本病」のカルテ 297

ハンナ・アーレント『カント政治哲学講義録』 308
ロラン・バルトとエッセイ 310
戦地の外で 314
日本と中国のあいだ 318
『暮しの手帖』とタテの伝承 324
文明そのもののおぞましさ──諸星大二郎の中国もの 326
魯迅「私は人をだましたい」 328
半歩遅れの読書術 332
『唐代胡人俑』展に寄せて 340
山崎正和の思想を読む 346
都市への逆風のなかで手紙を書く 348

初出一覧 352
人名索引 i

百年の批評　近代をいかに相続するか

はじめに――近代をテストする

1　文学を文学主義から切り離す

本書には私が二〇一〇年代以降にさまざまな媒体で発表してきた、主に日本の文学および批評を題材とする論考、エッセイ、書評が収められている。ほとんどの文章は自発的にではなく、そのつどの依頼に応じて書かれたものである。したがって、これらは首尾一貫した執筆プランに基づくものではないが、ただの乱雑な寄せ集めでもない。私の大きな問題意識がどこにあるか、とりわけなぜ文学を中心的に扱ったのかは、最初に説明しておきたい。

もとより、今日の文学は世界を先頭に立って導くようなジャンルではない。社会運動の一つとして見れば、文学に大きな限界があるのは明らかである。だとしても、人間の魂に関わるあらゆる材料（観念、言語、感情、知、性、家族、テクノロジー、暴力、政治、経済、歴史……）を動員して、世界のあり方を審議しようとする文学の仕事が、用済みになったわけでもない。文学は世界のすべてを望む点では底なしに貪欲であり、それを言語の限界のなかでやろうとする点ではきわめて慎ましやかである。文学について書くとは、この無限の欲望と有限の物質性の「あいだ」に立つことを意味している。

このような作業を豊かにするには、文学についての大文字のコミュニケーション（文学とは何か、文学に何ができるのか、文学は今後どうあるべきか……）を多事争論の環境のなかで継続し、そのあり方をたえずチェックすることが欠かせない。文学とは徹頭徹尾、自己形成的な「プロジェクト」なのであり、多元的なプレイヤーの相互批評によってはじめて持続できるものである。

しかし、この意味での文学＝プロジェクトが今の日本で機能しているかと言えば、それは疑わしい。ここ数年を振り返っても、純文学の実体はと言えば、時折起こるスキャンダルを除けば、せいぜい芥川賞狙いの芸能人小説か村上春樹の新作くらいにしかない。作家は偉大な存在として崇められ、純文学は価値あるものとして認められる——、こうした「文学主義」はとっくに賞味期限切れであるにもかかわらず、その幻想はメディアでのパフォーマンスにはまだ利用できるので、実質的にはローカルな業界誌にすぎない文芸誌の文学が、公共性のあるふりをしてメディアに蟠踞する一方、芸能人が編集者と共犯関係を結んで文学をセルフ・プロモーションのための媒体に変えている。そして、本来は文学のチェック機能を担う媒体（新聞の文芸時評等）も機能不全に陥って久しい。文学の魂は安値で売り飛ばされ、しかもそのことすら忘れられているのが実情ではないか。

坂口安吾の「堕落論」ではないが、このまいっそ徹底的に堕落したほうが新しい何かが始まるきっかけにはなるかもしれない。ただ、その場合でも、過去の遺産を本当に何もかも忘れてしまっては元も子もないだろう。だからこそ、文学を業界的な文学主義から切り離し、このミステリアスな迷宮を創作・批評・翻訳等の手法によって「研究」するという初心を取り戻すため、思考の座標を定め直す必要がある。文学と文学主義は一見して似ているが、まったくの別物なのである。

2 シリーズ／チームの集合体としての文学史

思うに、映画や写真や漫画のような他ジャンルと比べたときの文学の優位性は、歴史が長いということにある。文学という灯台は、千年単位で文化を照らすことができる。そして、この長期にわたる歴史のなかで、日本文学は中国化および西洋化の経験を何層にも積み重ね、いわばミルフィーユのようなマルチレイヤーの構造体として組織されてきた。こうした重層性ゆえに、文学は他ジャンルの表現を測量する水準点にもなり得るし、またそうでなければならない。

ただ、この「長さ」という利点は、これまでの批評では十分に生かされてこなかったように思える。二〇代に批評の仕事を始めてから、私がずっと不満に感じていたのは、日本の批評家が文学テクストの内在的な展開を跡づけることに総じて無関心であったことである。言うまでもなく、文壇内部の作家・批評家どうしの交友関係やライバル関係（ゴシップ的な逸話も含めて）、さらには白樺派、耽美派、戦後派等の流派を中心とした文学史的記述はいくらでもある。しかし、そのような外在的な人間関係をいったん捨象して、テクストの次元での隠れた「対話」を復元しようとした試みはどれほどあっただろうか？

一例を挙げると、谷崎潤一郎は「刺青」でデビューした直後に二〇歳近く年長の夏目漱石の『門』を批判したが、その谷崎が漱石のアジェンダ（問題設定）をどう受け継ぎ、どう発展させたかについて、明快な判断を下せる批評家は多くない。谷崎については、そのデビューを後押しした「耽美派」の永井荷風との関連で語るのが今でもふつうだろう。にもかかわらず、私の考えでは、谷崎は荷風よりも漱石との作品レベルでの暗黙の対話関係において論じられるべき作家である（拙著『厄介な遺産』参照）。さらに、谷崎の昭和前期の小説は、平安期以来の「語り」の技術を近代文学に導き入れたという点で画期的であったが、その仕事が後の戦後文学や平成文学のナラティヴ（語り方）にどうつながっていったのかは、十分に究明されていない。

派閥や人間関係ではなくテクストの次元での内在的な対話を明るみに出すこと、言い換えればテクストからテクストへの隠れた遺産相続に注目すること――、その作業には谷崎に限らず、まだ手付かずの鉱脈が残っているのではないか？ こうした問いを念頭に置きつつ、私はここで日本文学の作品たちを「シリーズ」として、作家たちを「チーム」として捉えることを提案したい。

この戦略は日本の近現代文学の特性から導き出されたものである。例えば、漱石や川端康成や大江健三郎や村上春樹の代表作を一つに限定することは難しい。彼らは紫式部の『源氏物語』、ジョイスの『ユリシーズ』、プルーストの『失われた時を求めて』、ガルシア＝マルケスの『百年の孤独』のような、その作家の代名詞と言うべき記念碑的大作を書くことはなかった。その代わりに、彼らが選んだのは、前作と似通った登場人物や筋書きをリレーしながら、つまり作品と作品を緩やかな「シリーズ」として関連づけながら、テーマを徐々に変容させていくという戦略である。それは少数の音型の反復によって作られたミニマル・ミュージックを思わせる。

さらに、作家と作家の関係についても、連続性への意識が必要である。例えば、本書第Ⅰ部に収めた舞城王太郎論は、大江健三郎のナラティヴ論を起点として、その問題設定が平成の川上弘美、岡田利規、そして舞城や佐藤友哉らにどう受け継がれたかを探ろうとしたものである。私はそこで、舞城を大江以来のアポリア（難題）を引き継いだ「チーム」のプレイヤーとして見ようとした。もとより、舞城と大江とでは趣味も素養もまったく違う。しかし「語り方の問題」という見地に立てば、この両者の交差するポイントも見えてくるだろう。私の文化批評は「趣味」によるつながりよりも「問題」によるつながりを一貫して重視してきたが、本書でもそれは変わらない。要するに、作家を心地よくさせるものではなく、作家をてこずらせたり幻惑したりする迷路を中心に据えて、私は文化を読み解きたいのである。

作品から作品への、作家から作家への「問題のリレー」を抽出することによって、文学史は複数のシリーズ（作品たち）およびチーム（作家たち）の集合体として現れてくる。その場合、谷崎のように多くの文学上の問題を抱えたプレイヤーは、複数のチームに多重所属することができる。谷崎は確かに「天才的」な作家と言えるだろうが、それは理知的な聡明さではなく、複数の問題を呑み込む文学的な胃袋の大きさにこそ関わるのだ。人間関係にこだわらず、長期的な時間軸のなかでチームやシリーズの分布図を作成することで、日本文学史に潜む問題群にもおのずと光を当てることができる。そして、こういう発想法は日本以外の、あるいは文学以外の分野を考えるときにも応用できるだろう。

3　近代の拡張、ジャンルの古層

ところで、日本近現代文学が抱え込んだ最大の迷宮的な「問題」とは何だろうか？　それは「近代」そのものである。

そもそも、近代とは何か？　それはひとまず、脱魔術化・世俗化・合理化・規格化・個人化等を特徴とする時代だと言ってよい。宗教の魔術的な支配からひとびとを解放し、人生を自分自身の試行錯誤によって選び取っていけるように教育を施す——、こうして外部に依存しない自律的な「主体」を設立するという目標が、近代社会を動かす主要なモーターとなった。この脱魔術化された社会と主体は、ちょうど平均律によって調律されたピアノのように、大量生産が可能な合理化された機械の環境に根ざしている。

しかし、この新しい目標は日本の文学者を悩ませることにもなる。明治以降の日本は近代化を急ピッチで進め、多くの新しい概念をヨーロッパから大急ぎで導入したが、キリスト教を筆頭にして十分に咀嚼し消化しきれていないテーマも多かった。自律的な「個」や「主体」もまさにそのような新しい概念であり、日本近代文学はその導入に長く苦労してきた。そもそも、西洋では合理化や脱魔術化のプロセスそのものもきわめて長い蓄積をもつ。宗教社会学者のピーター・バーガーはマックス・ヴェーバーを引きながら脱魔術化の萌芽がすでに古代のユダヤ教にあり、それがカトリックを批判した近世のプロテスタンティズムに再来したと見なすが[*1]、日本はそのような分厚い前提なしに「近代」を呼び込まねばならなかった。

大衆的な歴史小説家——吉川英治や司馬遼太郎——であれば、近代の主体化に関わる文学的プログラム、つまりビルドゥングス・ロマン（成長物語）をがっちりとした歴史的環境のなかで立ち上げることができた。彼らは慌ただしい明治以降の時空を離れることによって、主人公にゆっくりとした成長の時間を与えた。逆に、純文学のリアリズムはそのような環境なしに近代的な「個」を輪郭づけなければならなかった。ヨーロッパ的な自律した主体のモデルを構築しようとするものの、それにふさわしい社会も時間も確保できなかったというところから、日本文学の屈折が生まれる。三島由紀夫がよく理解していたように、日本人が西洋近代を懸命に模倣しようとすればするほど、その結果は往々にして不自然なジョークに近づいてしまうのだ。

こうして、日本の近現代文学を読むことは、主体形成にまつわる「トラブル」の記録を読むことに限りなく近づいていく。ここには明治以降の日本の運命が凝縮されている。そして、それに対しては大きく二通りの否定的な反応があるだろう。すなわち、保守派はもっぱらこのトラブルを忌避して、反近代主義者として伝統や道徳に回帰しようとする。他方、今日のＩＴ系の論者もやはりこのトラブルを嫌って、脱近代主義者としてディジタルな人工知能を礼賛する。この両者は一見して正反対に見えるが、近代的な主体という邪魔者を追い出そうとする点では変わりない。

しかし、私はもう一つの別の可能性があると考えている。それは反近代主義や脱近代主義に身を任せる代わりに、近代というトラブルを生産的なものとして生き直すという道である。

私がここでモデルとしたいのは、一九三〇年代生まれの作家や思想家、すなわち本書第Ⅱ部で暫定的な「チーム」として組織した磯崎新（一九三一年生。建築家）、山崎正和（一九三四年生。批評家、劇作家）、大江健三郎（一九三五年生。小説家）、高畑勲（一九三五年生。アニメ監督）、蓮實重彦（一九三六年生。映画批評家、小説家）である。彼らは「西洋」と「近代」の作り出したものを深く学習しつつ、しかし西洋近代のモデルに盲従するわけでもなく、それぞれの専門ジャンルの富を欧米人にはないやり方で再発見・再発明した。彼らの独自性は近代の諸原理を手放すのではなく、むしろ近代のジャンルや主体を「拡張」したことに由来する。

＊1　ピーター・Ｌ・バーガー『聖なる天蓋』（薗田稔訳、ちくま学芸文庫、二〇一八年）二〇一頁。

例えば、磯崎は師の丹下健三のもとでモダニズム建築を深める一方、モダニズム以前の一八世紀のルドゥーらの幾何学的な建築を参照し、アングラ的な前衛作家とも付き合いながら、自らの建築言語を多面化した。それは整然としたモダニズムを、いわば建築の「霊」によって多面的にテストするような試みである。さらに、大江は二〇世紀のモダニズム文学を引き継ぎつつも、モダニズムの敵であったロマン派の文学（ダンテやウィリアム・ブレイク）にも特別な愛着を示した。その文学史的背景のなかで、大江の主人公は「一」なる主体から「二」の兄弟的存在へと横滑りしていく。さらに、蓮實は映画の発するメッセージよりも映画というメディアそのものを――つまり「映画語」を――誰よりも深く信頼しつつ、映画の運動そのものを模倣するような独自の文体を編み出した。彼らは「本場」の専門家以上に当該のジャンルに深く沈潜することによって、そのジャンルの忘れられた遺産を発見することができた。

かたや、山崎は日本の近代を明治の呪縛から解き放とうとした。彼の日本論は社交文化を発達させた室町時代や桃山時代にこそ、良質な市民社会の可能性を認める。それはヨーロッパ的な近代の枠組みに、身体の次元を持ち込むことも意味していた。高畑もフランスのポール・グリモーやロシアのユーリ・ノルシュテインらのアニメも視野に収めつつ、アニメの源流を中世日本の『鳥獣人物戯画』にまで遡って考えようとした。それは、本来は近代の産業化の所産であるアニメの歴史を、アナクロニズム（時代錯誤）の批判を恐れず、大胆に拡張することを意味している。

彼らは時間を旅し、ジャンルの古層を発見することによって、近代の表現を拡張した。例えば、蓮實は「アメリカ映画はアメリカ合衆国を表象するものではない。つまり、アメリカという国はアメリカ映画ほど面白いはずがないというほとんど直感に近い確信から、つい数年前までの敵国への愛情など微塵も示さず、もっぱらアメリカ映画に愛着以上の思いをいだいていたのです」と戦後直後の感情を振り返っているが[*2]、国家を語る言説よりも、ジャンルを語る言説のほうが大きいという感覚は、恐らく磯崎らにも共有されているだろう。彼らにとって、近代とはまじめな市民社会論――彼らのおよそ二〇歳年長の丸山眞男によって展開されたもの――や強面のナショナリズムに回収されるものではなく、もっと時間的に錯綜していて表現豊かで面白いものなのである。

ちょっと唐突ではあるけれども、私がここで想起するのは、ガルシア＝マルケスやバルガス＝リョサのような二〇世紀後半のラテンアメリカの作家たちの仕事である。彼らは非ヨーロッパ的な風土のなかに、ヨーロッパで長年開発されてきた文学的プログラムを移植し、その動作を改めて検証した。彼らの文学は一見すると荒々しく土俗的なものに映るが、実際には『ドン・キホーテ』以来のヨーロッパの文学的実験の作用を強く受けており、知的に構築されたものである。彼らは、ヨーロッパ文学の総体を「新大陸」の環境でテストし、再試行した。もしラテンアメリカという﹅テ﹅ス﹅タ﹅ーとしての相続人がなければ、二〇世紀後半の世界文学はずいぶん寂しいものになってしまったに違いない。

スペインの思想家ディエス・デル・コラールの独特の言い方を借りれば、ヨーロッパの歴史とは

＊2　黒沢清＋蓮實重彥『東京から 現代アメリカ映画談義』（青土社、二〇一〇年）一〇頁。

その輝かしい文化的達成が非ヨーロッパ諸国によって「略奪」されるプロセスのことである。[*3] ラテンアメリカも日本もまさにこの意味での「略奪者」である。個や主体のようなヨーロッパ的概念も、建築や美術や小説や映画やアニメのようなジャンルも、日本の環境に奪い去られ、翻訳され、テスト（試練）を受ける。そのテストはときに無益で不毛な混乱ももたらすだろう。しかし、そのトラブルこそが、本場では気づかれにくい概念や表現を育てる土壌となったのではないか。本書第II部で扱った作家や思想家たちは、まさにそのようなテストの面白さを示す存在なのである。

4　トラブルと共生する文学

日本は近代のテスターである――この私のテーゼは今の論壇の流行に対する異議申し立てでもある。明治維新から一五〇年を経て、今日の論壇では西洋的な近代に対する疑義がしきりに語られている。近代の推し進めた個人化（アトム化）への反省として、社会的な協調関係の推進がさまざまな文脈でいっそう重視されるようになった。

その結果として、今日の建築家はえてして立派な建築を作るよりも地域コミュニティの再生に向かおうとする。さらに、アーティストも作品を美術館でスタンドアローン（孤立）の状態に留めず、観客との「関係性」を生み出すソーシャル・メディア的な装置として用いようとするだろう（東日本大震災はこうした傾向を推進した）。この優しげな顔をしたヒューマンな関係主義の傍らで、人間を高度に知性化した機械的環境の尻尾程度のものに格下げしようとするポストヒューマンな技術主義も、モノのインターネットと人工知能の台頭のなかで加速している。人間の個別ばらばらに分断された孤独な知能ではなく、環境と溶け合った機械のユビキタスな知能にこそ、脱近代への鍵があるというわけだ。

この両者は一見すると対照的に映るが（実際、前者はときに偽善的に見えるし、後者はときに露悪的に振舞いたがる）、ともに近代的な「個」を嫌悪するという一点では共通する。関係主義にせよ、技術主義にせよ、主体という壁を壊したほうが面倒なトラブルもなくうまくいくというコンセプトである。それは個や主体の概念そのものを格下げし、思考から追い出すことを意味している。

だが、そのような個の無力化はとりわけ日本では「ムラ社会の回帰」という最悪のトラブルを招きかねないし、ファシズムに対する防波堤にもならない。だからこそ、近代というトラブルを相続し、それを面白くテストし拡張してきた先人の仕事を、私はここで改めて振り返ってみたい。文学や批評においては、近代的な個や主体、あるいはそれに付随する「責任」の概念はそう簡単に手放せない。それらは捨てようとすると抵抗を発生させる「厄介な遺産」なのである。しかし、文学というプロジェクトの価値は、むしろこの反時代的な抵抗にこそ宿ると私は考えている。

＊3　ディエス・デル・コラール『ヨーロッパの略奪』（小島威彦訳、未来社、一九六二年）一〇頁。なお、ヨーロッパを略奪しハイジャックしたアジア（とりわけ中国とロシア）は、二一世紀に到って、その富を活かしつつヨーロッパ的世界秩序の終わりの後の理念を構想している。ブルーノ・マカエスによれば、これは「ユーラシアの回帰」を意味する。Bruno Maçães, *The Dawn of Eurasia*, Yale University Press, 2018.「ユーラシア人」のモデルについては次著で扱う予定である。

以上の観点から言えば、本書はもっぱら近代の「百年」の時空に根ざしながら、トラブルと共生するための知恵の数々を集めたものである。第Ⅰ部では歴史的な「縦」のつながりを、第Ⅱ部では世代的な「横」のつながりを意識して、チームやシリーズを編成した。

第Ⅰ部は『太平記』や江戸末期の女性歌人・大田垣蓮月を扱った古典文学の論考から、漱石や折口信夫や坂口安吾ら近代の文学者の分析、さらに舞城王太郎のような平成の作家についての批評までを含む。これらの論考はそれぞれに独立したものだが、大きな意図を言えば、その時代ごとの先端的な――いわばモダンな――文学意識の一端を抽出しながら、それらを緩やかなシリーズとして配置したものである。『太平記』について考えることは、舞城について考えるのにも十分役立つはずである。

第Ⅱ部では、先述したように一九三〇年代生まれの作家や思想家を取り扱った。私の前著『ウルトラマンと戦後サブカルチャーの風景』(PLANETS)では、彼らと同じ「少国民世代」のサブカルチャー(特撮、漫画、アニメ)の作り手たちを取り上げたが、第Ⅱ部の内容はそれとも補完的な関係にある。この世代はリニアな政治的メッセージを信じることなく、社会の崩壊感覚を孕んだままそれぞれの分野の第一人者となった。私はこのチームから「日本において近代的であること」という難題に対する解を引き出そうとしている。彼らは建築語(磯崎)、演劇語(山崎)、小説語(大江)、アニメ語(高畑)、映画語(蓮實)に沈潜し、それらを日本語に翻訳するなかでユニークな自律性を獲得した。この翻訳的主体の生成プロセスにこそ、近代を評価し直す鍵があるだろう。

第Ⅲ部には書評とエッセイを収めた。これらは本書の内容を時事的なテーマと共鳴させるための小文であり、二〇一〇年代の人文系の出版物に関わるささやかな記録でもある。

むろん、このような論集に輪郭を与えるには編集者の協力が欠かせない。本書は青土社の菱沼達也氏の強い勧めによって作られた。当初は論集の刊行に乗り気でなかった私を説得し、雑多な文章を一冊の本にまで発展させて下さったことに深く感謝する。書籍部の若きリーダーとして奮闘している氏には、頭が下がる思いである。また、ひとりひとりの名前は挙げられないが、初出時にお世話になったすべての皆さんにも謝意を表したい。

なお、初出時のテクストには収録にあたって加筆修正を施したが、『太平記』および大田垣蓮月についての論考は、寄稿した雑誌が諸事情で未刊行のままお蔵入りになっていたものであり、今回初めて日の目を見たことをお断りしておく。大江健三郎論についてはすでに発表済みの文章があったものの、内容に不満があったため、新規の原稿を書き下ろした。

二〇一九年元旦　　福嶋亮大

第Ⅰ部　縦に読む

第1章　漱石におけるアポリア——夢・妹・子供

1　二種のエンブレム

漱石の小説をまとめて読んでいると、彼が人間関係のパターンについての在庫をもっていて、それを適宜、取捨選択しながら作品の骨格を決めている印象を受ける。結果的に、彼の作品群はそれぞれどこか似ているし、どこか違っている。この「差異と反復」に基づくミニマル・ミュージックのような創作法が、後の小津安二郎の映画や村上春樹の小説とも共通するのは興味深い。各時代の中産階級を描いた漱石、小津、村上は、一つの突出した作品を残すのではなく、その作品群を通じて、パターン化された人間関係や筋書きをずらしながら反復した。彼らは作品から作品へと表現のパターンをリレーすることで、波状のシリーズを形成したのである。レヴィ＝ストロースの構造主義のモデルを敷衍すれば、こうしたシリーズは少数のコードの変換によって作られた神話と見なせるだろう。

漱石の神話体系＝シリーズにおいては、人間関係が深刻な障害を伴っている。漱石はしばしばミソジニー（女性嫌悪）を内包しつつ、ホモソーシャルないしホモエロティックな「男どうしの絆」を作品の中心に据えた。それは特に、男性が一致団結して誘惑的な女性を懲罰する『虞美人草』で際立つ。しかし、そのことでかえって、男性には我有化できない不透明な障害である女性どうしの関係が上昇してくるところに、漱石の逆説があった。漱石の作品は外見上、男性中心主義的に見えるが、その裏面には男性から独立した女性たちが存在しており、その限りで「両性具有的」である。漱石は主人公の計算を超えた障害、つまりアポリア（難題）の周囲を旋回しながら、小説のシリーズを螺旋状に展開していった。

ところで、アポリアは解消不可能だが反復可能である。漱石は容易に解消できない「謎の女」のモチーフを執拗に変奏し続けた。彼の小説は迷宮的な問題を抱え込んでいるからこそ、独特の陰影を帯びたのである。それは明治以降の日本にとって「近代」が正体不明の迷宮であったこととアナロジー的に対応するだろう。

では、このアポリアにはいかなる具体的な表現が与えられたのか。その最も純粋な形態は『夢十夜』に見られるだろう。かつて柄谷行人が「内側から見た生」（『畏怖する人間』所収）で述べたように、第一夜に登場する謎めいた女は「百年」という「通常の時間性とは質的に異なったもの」を象徴している。語り手は彼女と決して社会的には結ばれることなく、ただ「百年」という霊的な時間性のなかでのみ出会うことができる。短編集『漾虚集《ようきょしゅう》』も含めて、初期の漱石は人生の有限の時間を超えるという不可能な試みを繰り返しており、その宇宙的な感覚が『夢十夜』のスピリチュアルな世界へと繋がっていく。

とはいえ、もし漱石の文学が『漾虚集』や『夢十夜』のような寓話や怪談の系列で終わったとしたら、それは現代のいわゆる「セカイ系」のアニメにも通じる想像力に留まっただろう（現に、『君の名は。』等で男女のあいだの絶対的な時差をテーマとした新海誠は、まさに霊的な時間性にこだわっている）。むしろ重要なのは、漱石が謎の女を夢や寓話のなかだけに留めずに、同時代の日本の社会的次元にむりやり降臨させたことである。再び柄谷の評論の概念装置を借りれば、漱石は本来「存在論的位相」（夢）でだけ結ばれるはずの女性を、強引に「倫理的位相」（社会）に出現させた。これを「セカイ系の社会化」と言い換えるならば、文字通り「百年前」の漱石の文学がアクチュアルな問題に届いていることは明らかである。

そして、拙著『厄介な遺産』でも論じたことだが、漱石は女を社会的次元に降ろす際に、彼にとって不快な異物であった「演劇的想像力」を用いた。この想像力は『夢十夜』の前年に書かれた『虞美人草』のヒロイン藤尾やその母親を象るのに用いられている。『夢十夜』の女性が「真白な百合」という美しくすっきりとしたエンブレム――ドイツ・ロマン派のノヴァーリスや後の中上健次の「花」の趣味とも響き合う記号――を伴っていたのとは対照的に、藤尾はさまざまな「仮面」をかぶった異様に装飾的かつ演劇的な女性として現れる。漱石はシェイクスピアの描いたクレオパトラや安珍《あんちん》・清姫《きよひめ》伝説の主人公を藤尾にオーヴァーラップさせ、霊的な時間を演出していた。

しかも、藤尾はその芝居がかった誘惑によって男たちのホモソーシャルな社会の優位性を脅かすだけではなく、唐突な死の後もなお、虞美人草の花を描いた江戸琳派の酒井抱一の銀屏風を背景に、豪奢な屍体となって男たちの前に横たわった。漱石がここで、琳派的な美学によって装飾された屍体という奇怪な図像を導入したことは興味深い。それはヴァルター・ベンヤミンが論じた一七世紀のバロック悲劇の手法を思わせる。

バロック悲劇の登場人物が死ぬのも〔…〕屍体となって、アレゴリー的な故郷に入るためなのだ。不滅のものとなるためにではなく、屍体となるために、彼らは滅びる。〔…〕十七世紀の悲劇にとって屍体は、文字通り最高のエンブレム的な小道具となる。華々しい大詰は、屍体なしにはほとんど考えられない。*1

漱石は藤尾を綺羅びやかなバロック的記号に仕立てることで、彼女がまさに「屍体となるために」滅びたかのような印象を読者に与える。逆に『夢十夜』では「仰向に寝た女」は屍体になるまもなく、月光のもと真珠貝で掘られた穴にすぐに埋葬された。『虞美人草』と『夢十夜』におけるエンブレムの違いは、アポリアとしての「謎の女」に対する漱石の二つの表現技術を示している。『夢十夜』の夢の次元では「静かな声」で自らの死を告げる謎の女を、強引に社会的次元に挿入したとき、『虞美人草』の表象システムはバロック的に極端になり、ついには異常なエンブレムを結晶化した。夢の水準は社会の水準とは決して等号で結ばれない。この二つの異質な水準をそれでも橋渡ししようとするとき、琳派の銀に飾られた記号的屍体が創出されたのである。

2　妹と「二十世紀の戦争」

失敗作という世評にもかかわらず、漱石の職業作家としての第一歩を刻む『虞美人草』はそれ以降の漱石文学のプロトタイプとなった重要な作品である（私は『虞美人草』から『三四郎』『それから』『門』

までを漱石の「前期四部作」と考えたい)。男性のホモソーシャルな関係性――『虞美人草』の冒頭は甲野欽吾と宗近一の男性二人組が、京都を旅行しつつ女を品定めする場面で始まる――に侵入する藤尾的な「謎の女」は、そのバロック的な華々しさを次第に薄めつつも、『三四郎』の美禰子や『それから』の三千代、さらに後期の『行人』の嫂として再来する。

この「謎の女」の原型という問題に加えて、私は『虞美人草』に二人の「妹」が出てくることに注目したい。一人は甲野欽吾の腹違いの妹・藤尾であり、もう一人は宗近一の妹・糸子である。我の強い藤尾が男性をコントロールしようと画策し、兄とも敵対するのと違って、糸子は明るい六畳の部屋のなかで兄と仲睦まじい会話をする。


「兄さんは藤尾さんのような方が好きなんでしょう」

「御前のようなのも好きだよ」

「私は別物として――ねえ、そうでしょう」

「嫌でもないね」

〔…〕

「糸公、兄さんは学問も出来ず落第もするが――まあ廃そう、どうでも好い。とにかく御前兄さんを好い兄さんと思わないかい」

＊1　「アレゴリーとバロック悲劇」『ベンヤミン・コレクション1』(浅井健二郎編訳、ちくま学芸文庫、一九九五年)二八九、二九一頁。

「そりゃ思うわ」
「小野さんとどっちが好い」
「そりゃ兄さんの方が好いわ」
「甲野さんとは」
「知らないわ」

ここで糸子と一は、リラックスした調子でお互いを慈しむ関係を築いている。それとは対照的に、糸子は藤尾とはお互いの腹のうちを探り合う緊迫した会話を繰り広げる（ちなみにそれは甲野欽吾と宗近一ののんきな京都旅行の場面に続くものだ――ここにはシチュエーションをして語らしめる漱石の劇作家的技術が発揮されている）。日露戦争の「戦後文学」である『虞美人草』の饒舌な語り手は、その会話の様子を実況して「二十世紀」の「戦争」と大袈裟に呼んでいる。「藤尾と糸子は六畳の座敷で五指と針の先との戦争をしている。すべての会話は戦争である。女の会話はもっとも戦争である」「二人の会話は互に、死と云う字を貫いて、左右に飛び離れた」「哲学者は二十世紀の会話を評して肝胆相曇らす戦争と云った」。

漱石は『虞美人草』や「二百十日」で、男どうしの会話を半ばふざけた調子で記している。それはお互いのゆるやかな融和と浸透をもたらす、平和でコミカルな会話である。それに対して、『虞美人草』の女どうしの会話は一触即発の危機を内包しており、決して穏やかな和解には到らない。ここには明確な敵対性が刻印されている。水村美苗が述べたように[*2]、『虞美人草』には融和的な「男と男」と誘惑的な「男と女」という関係が認められるが、この読解モデルには敵対的な「女と女」という第三の関係を付け加えるべきだろう。

宗近一は甲野欽吾の前で「糸公は君の知己だよ。御叔母さんや藤尾さんが君を誤解しても、僕が君を見損なっても、日本中がことごとく君に迫害を加えても、糸公だけはたしかだよ」と妹の糸子を評して、二人の結婚を促す。糸子は男性たちの最良の理解者であり、新時代の女である藤尾に対して憧れを抱きつつも、否定的に振る舞う。それは作中では決定的な重要性をもつ。なぜなら、「藤尾は駄目だよ」という糸子と甲野欽吾共通の意見によって、宗近一は藤尾への未練を断ち切るのだから。糸子は藤尾の誘惑をはねのけて、男たちの世界を正常化する「破邪」の役割を担っている。

要するに、『虞美人草』では男たちを異常化するのも「妹」ならば、それを修復するきっかけを作るのも「妹」である。私はここで「お前を傷つけたその槍だけが、その傷を癒すことができる」というワーグナーの『パルジファル』の言葉を思い出さずにはいられない。悪しき妹・藤尾のもたらしたトラウマ的被害から男たちが回復するには、良き妹・糸子の情愛と献身が必要であった。『虞美人草』のセラピー的な回復の物語は、妹の複数性によって構造化されている。

漱石文学のジェンダー表象については、その家族的な属性とともに考える必要があるだろう。漱石における「妹」という属性は、女性が男性社会を武装解除してそのなかに入っていくための、一種のフリーパスのようなものである。それは『虞美人草』に限らない。漱石の初期作品——『草枕』や『坊っちゃん』等——では主人公にとってヒロインは赤の他人であるのに対して、『虞美人草』以降のヒロインはしばしば「友人の妹」として設定されていた。

＊2　水村美苗「「男と男」と「男と女」——藤尾の死」『日本語で書くということ』（筑摩書房、二〇〇九年）所収。

例えば、『三四郎』ではヒロインの里見美禰子と野々宮よし子がともに「妹」として登場し、やがて同居する。前者の兄・恭助はすでに亡くなっている一方、後者の兄・野々宮宗八は三四郎の友人である。だが、三四郎は美禰子とよし子の同居によって美禰子と宗八が接近するのではないかと不安がっている。「この兄妹〔野々宮兄妹〕は絶えず往来していないと治まらないように出来上っている。絶えず往来しているうちには野々宮さんと美禰子との関係も次第次第に移って来る」。あるいは『門』では、宗助の親友の安井が、自分の恋人である御米を「妹」だと言って宗助に紹介し、結局は彼女を宗助に奪われる。ここには、妹として男性社会に入り込んだ女性が「男どうしの絆」を脅かすという『虞美人草』的なモチーフが再現されている。

女性でありながら男性間のホモソーシャルな共同性にするりと入り込むその浸透力ゆえに、漱石の「妹」はときに男たちを安堵させ、ときに混乱させるという両義性を備えている。妹は完全に男性社会に屈服するわけではなく、藤尾や美禰子のように理解を拒むミステリアスな存在として男たちを批評し攪乱するのだ。

さらに、ここで注目に値するのは、妹が一種の独立性をもつこと、つまり「女と女」の世界を構成する力を備えていることである。現に、『虞美人草』における「女と女」の対話は、晩年の『明暗』で再導入される。そこには、主人公の津田の妹で「雑誌や書物からばかり知識の供給を仰いでいた」お秀が、津田の妻であるお延と熱っぽく論争する場面がある。それは糸子と藤尾による「二十世紀の戦争」の再来だが、献身的な糸子と違ってお秀には兄の津田を守ろうという意志は強くない。妹・お秀はすでに自らの家庭と子供をもち、その限りで兄の家庭とは別種の独立性を獲得しているからである。お秀には、家族の親密さと他者のよそよそしさが入り混じっていた。

3　恋愛から家族へ

漱石にとって「女」は解きがたい謎であったが、それは決して彼の文学の停滞を招くものではなかった。それどころか、漱石はイメージの水準で言えばバロック的エンブレムを生成し、関係の水準で言えば「妹」の両義性や独立性を導入するというように、アポリアをいわば逆用して小説の内容を豊富にした。私たちはこのアポリアがもたらす表現の変異に対して鋭敏でなければならない。ところで、妹のテーマもそうだが、漱石にとって「家族」そのものが容易に決着のつかない難問であり、他者性の源泉であったのも明らかである。特に、『門』は家族のもつ不透明性を顕在化させた重要な作品である。この静かで地味な小説は、前期漱石と後期漱石のあいだの「門」であった（なお『門』の連載された一九一〇年には谷崎潤一郎が「刺青」を発表するとともに『門』を批判しており、新世代の台頭が鮮明になっていた）。

例えば、『草枕』や『虞美人草』、『三四郎』、『それから』等では独身の男が女と出会って、前例のないトラブルに直面する。だが、『門』以降の作品ではこの構図が変わる。『それから』までの漱石が解きがたいアポリアをおおむね独身者の「恋愛」から考えていたとしたら、『門』以降の漱石はアポリアを既婚者の作る「家族」から捉え返した。これは漱石におけるアポリアが、反復を通じて解決——というよりは移転したことを意味している。

一口に家族と言っても、『門』で焦点となるのは子供のいない夫婦、言い換えれば「親であること」から疎外された夫婦である。主人公の宗助と妻の御米は三度にわたって胎児を死なせてしまった。御米はそれが略奪婚という「罪」の報いではないかという疑念に囚われる。そして、子供の度重なる喪失を経て、彼らは社会から実質的に退却する。「彼らは山の中にいる心を抱いて、都会に住んでいた」。この『門』の暗い罪責感は、同じく子供のいないひっそりとした家に隠れ住む『こころ』の夫婦に引き継がれた。『こころ』の奥さんが「子供でもあると好いんですがね」と言うのに対して、先生はこう辛辣に答える。

「子供はいつまで経ったって出来っこないよ」と先生が言った。

奥さんは黙っていた。「なぜです」と私が代りに聞いた時先生は「天罰だからさ」と云って高く笑った。

『門』以降、漱石の家族は確かに呪わしいものとして現れてくる。『彼岸過迄』では幼い宵子の急死が語られる（この記述に漱石の愛娘ひな子の死が反映されているのはよく知られている）。さらに『行人』は『それから』の三角関係のテーマを継承しつつも、そこに新たに家族の危機——嫂との潜在的姦通と兄弟の争い——を接続した。

遺作の『明暗』でも、やはり主人公の津田夫婦には子供がない。そればかりか、津田は「子供子供したところがあるのね」と吉川の細君に言われ、しかもその「子供扱い」を密かに喜ぶ男性として設定されている（冒頭が痔の検査で始まることも含めて、津田には谷崎潤一郎の描くマゾヒスティックな変態男性を思わせるところがある）。その一方で、津田が叔父の息子に空気鉄砲を買ってやる話や、津田の妹・お秀がすでに二人の子持ちであるせいで所帯じみているという話が、『明暗』では印象的に語られる。津田からは父性的な性格が失われているが、そのぶん子供の影は作中のあちこちに出没し、それが大人たちの振る舞いに影響を及ぼす。

このように、『門』以降の漱石においては『行人』を例外として夫婦に子供がいないこと、その周辺に子供の残影がちらちらと見え隠れすることが、重要な特徴となる。子供の不在は、漱石において三角関係の成立する暗黙の前提となっている。そして、この特徴は『こころ』を読解するとき、必ず念頭に置かねばならないことである。

『こころ』の後半(下)と前半(上、中)は、それぞれ前期漱石と後期漱石の絵解きとして了解することができる。後半では、先生とKのホモソーシャルな関係が女性との恋愛によって崩壊する。これは『虞美人草』のパターンを踏襲したものである。それに対して、現在の先生および私にとっては、家族こそが沈黙や不幸の源となる。これは『門』のパターンを踏襲したものである。『こころ』はこの二つの漱石的神話、すなわち青年の恋愛の物語と中年の夫婦の物語を接合するのに、中年の先生から青年の私に宛てたかけがえのない手紙=遺書という道具立てを用いた。

先生は私と鎌倉の海岸で運命的な出会いを果たし、最終的には「ただあなただけに、私の過去を物語りたいのです。あなたは真面目だから。あなたは真面目に人生そのものから生きた教訓を得たいと云ったから」という秘密のメッセージとともに自らの遺書を送る。遺書を妻ではなく赤の他人、しかもいわば擬似的な息子である「私」に向けて発送すること——、それによって、先生は最悪の仕方で崩壊してしまったKとのホモソーシャルな友情を回復し、しかもそこに「明治の精神」という公的な問題も託すことができた。もとより、ルソーの書簡体小説『新エロイーズ』をはじめ、近代小説とは唯一無二性と公開性、単独性と一般性の折り重なるところで成立する。『こころ』にも誰にも見せてはいけないはずの秘密の手紙=遺書を、公共空間(新聞の紙面)で読者たちが読むというトリックが施されていた。

そして、この「男どうしの絆」は家族からの逃走を含む。『門』の夫婦と同じく、先生と静にはKの自殺という呪いがかかっており、家庭から子供は奪いとられている。先生に子供がいないことと、先生が年下の息子のような「私」と二人きりのホモエロティックな関係に歩み出すことは、不可分である。仮に先生と静に子供がいたら、『こころ』の筋書きは根本的に変わったことだろう。他方「私」も故郷の瀕死の父を放ったらかしにして、東京行きの汽車に飛び乗り、その車中でいわば擬似的な「父」である先生の手紙＝遺書を読む。あえて極端な言い方をすれば、この二人の行動は家族を捨てた男どうしの潜在的な「駆け落ち」のように見える。

さらに、ここで注目に値するのは、『こころ』では「血縁」の問題以上に「相続」の問題が上昇することである。「金さ君。金を見ると、どんな君子でもすぐ悪人になるのさ」と言い放つ先生は、叔父に遺産を騙し取られた苦い経験をもつ。この金銭的相続をめぐる醜いトラブルは、先生から私への魂の相続を強調する伏線となっていた。先生は「私の鼓動が停った時、あなたの胸に新しい命が宿る事ができるなら満足です」とまで記すが、それはこの遺書が経済的打算を一切排除した精神的相続の証明書であることを強調するものである。

そして、その相続＝コミュニケーションの内容については読者が想像で埋めるしかない。ここにはかつて東浩紀の論じた「否定神学」の問題が潜んでいる。[*3] 完全な説明を拒絶するブラックホールのような黒々とした謎が、先生によって思わせぶりに語られる。語り手の「私」だけではなく、多くの読者もこの否定神学的な謎に誘惑されて『こころ』の心の相続に導かれるだろう。漱石は一切の「著作」を残さなかった在野の知識人である先生に、いかなる著作よりも強い国民的な影響力をもった遺書を書かせた。しかし、このような相続が可能となったのは、先生の妻が「精神の相続人」としては実質的に排除されていたからなのである。

4 アポリアの作家

以上のように、『こころ』には、家族からの逃走と若い男性への精神的相続が書き込まれている。中年の先生は妻のために生きる代わりに、息子のような若者との「男どうしの絆」を復活させることで、かつての友人Kへの罪を償ったのだ。先生はその美しい遺書によって、呪われた夫から豊富な精神と友情をたたえた父――むろん擬似的な父だが――に「変身」しようとする。ここに『こころ』を支配する巨大なトリックがあった。

とはいえ、現実の漱石には七人の子供がいた。彼は『門』や『こころ』、『明暗』の子供のいない夫に「可能性としての自己」を託したと言えるだろうが、晩年になって現実に戻ってくる。すなわち、『こころ』に続く私小説的な『道草』で、彼は子供をもつ夫婦を正面から描いたのである。結論から言えば、漱石は家族というアポリアを放棄することなく、それをむしろいっそう厄介なテーマに変えてしまった。

漱石が決して良き父と言えなかったことについては、さまざまな証言がある。例えば、一説には

＊3 東浩紀『存在論的、郵便的』（新潮社、一九九八年）第二章参照。

『こころ』の「私」のモデルと言われる和辻哲郎は、漱石を慕う弟子の集った漱石山房のホモソーシャルな「友愛的な結合」を美しい言葉で回顧しながら、こう記している。「漱石は多くの若い連中に対して殆んど父親のような役目をつとめ尽くしたが、その代り自分の子供たちからはほとんど父親としては迎えられなかった。これは家庭の悲劇である」(「漱石の人物」)。漱石は若者たちの前では良き父として振る舞ったが、それは家庭における失敗した父であったことと裏表であった。この二面性は『こころ』の先生にも投影されている。

そう考えると、漱石が『こころ』では満足せずに、再びあえてアポリアとしての家族に戻ったのは、ホモソーシャルな関係という退路を自ら封鎖することであったと言える。彼が『道草』という私小説を手がけたのは、たんに同時代の自然主義文学の流行に沿ったという以上に、それまで直視してこなかった「親になった夫婦」に肉薄しようとする動機があったのではないか。『道草』に限らず、葛西善蔵の『子をつれて』から中上健次の初期作品、近年では東浩紀の『クォンタム・ファミリーズ』に到るまで、日本の私小説がたんに作家自身に近い「私」を表現するだけではなく、しばしば惨めな父を導入する技法となったことも、ここであわせて思い出されるべきだろう。

『道草』においてはミクロな家族からマクロな社会へという順路は断たれている。『こころ』が乃木希典の殉死をきっかけにして「明治の精神」という公共的な問題に接続されたのに対して、『道草』の小さな家庭は悲惨で「出口なし」である。漱石の分身である主人公の健三は、産まれたばかりの赤ん坊を「寒天のようにぷりぷり」していて「輪廓からいっても恰好の判然しない何かの塊に過ぎなかった」と形容し、それに「気味の悪い感じ」を覚える。さらに、次女は彼には「海坊主の化物」のように映り、長女についての評価も「親らしくもない」辛辣なものである。

彼女自身の容貌もしばらく見ないうちに悪い方に変化していた。彼女の顔はだんだん丈が詰って来た。輪廓に角が立った。健三はこの娘の容貌の中にいつか成長しつつある自分の相好の悪い所を明かに認めなければならなかった。

繰り返せば、漱石は子供のいない夫婦を「寂しい」人間たちとして描いた。といって、夫婦に子供がいる場合、その子供は嫌悪の対象にすぎない。しかも、その醜悪さは健三からの遺伝＝相続のせいなのである。こうして、『道草』では、「趣味の遺伝」から『こころ』にまで見られた美しく霊的な遺伝＝相続の物語が、すっかり反転させられている。この親子関係のトラブルは、『道草』のもう一つのテーマである、健三の養父母にまつわる苦々しい記憶から続く問題である。父としての健三＝漱石も息子（養子）としての健三＝漱石も、家族に関わる限り、どちらも苦しみから逃れられない。『門』以降の漱石において、親になれないことは社会から切り離された静寂を生み出すが、親になることは幻滅や嫌悪感と結びつく。言い換えれば、子供ができないことは呪い（天罰）だが、子供という「章魚のようにぐにゃぐにゃしている肉の塊」がいることは苦痛の源なのである。子供がいてもいなくても漱石の家族は綻びており、それを美談に回収することはできない。だからこそ、『こころ』の先生は男どうしで駆け落ちし、『明暗』の津田は年上の人妻のもとで「子供」のように振る舞うのだ。

にもかかわらず、漱石は家族を完全に無視することもできなかった。『道草』は家族という厄介なアポリアを純粋なやり方で露出させており、その意味で漱石の神話体系の極北を示している。『道草』は「世の中に片付くものなんてものは殆んどありゃしない。一遍起った事は何時までも続くのさ。ただ色々な形に変るから他にも自分にも解らなくなるだけの事さ」という、アポリアの作家である漱石自身の軌跡をそのまま言い当てたような健三の言葉に続いて、妻の冷淡な言葉で締めくくられる。

健三の口調は吐き出す様に苦々しかった。細君は黙って赤ん坊を抱き上げた。

「おお好い子だ好い子だ。御父さまのおっしゃる事は何だかちっとも分りゃしないわね」

細君はこう云い云い、幾度か赤い頬に接吻した。

『こころ』において家族の外への伝達＝相続の物語を美しく仕上げた漱石は、『道草』では家族内部における伝達＝相続の困難をあけすけに示す。「御父さまのおっしゃる事」は妻や子供にはまるで伝わらない。『道草』はまさに『こころ』の盲点に位置している。だが、この作品間の相互批評こそが、漱石の本領と言うべきである。

第2章　文学史における安吾

1　「狭間の世代」としての安吾

今日は坂口安吾研究会にお招きいただきましたが、僕は安吾の研究者ではないので専門的に深いことは言えません。ただ、安吾については彼の作品の内容に加えて、彼の属した文化史的な文脈を改めて検証するべきだという考えを抱いています。今日はその考えをお話することで、安吾という作家に何ができて何ができなかったのかが、つまり彼の「明視と盲目」が浮かび上がればよいと思っています。

僕がまず注目したいのは、安吾が「狭間の世代」に属することです。安吾は一九〇六年生まれですが、いわばその「兄」に当たる一九〇〇年前後生まれは実に豊穣な世代でした。映画では小津安二郎、円谷英二、衣笠貞之助、山本嘉次郎、森岩雄。文学では稲垣足穂、中野重治、林芙美子、小林多喜二、石川淳、川端康成、横光利一、北園克衛。批評では大宅壮一、小林秀雄、河上徹太郎。写真やデザインでは木村伊兵衛、原弘《ひろむ》、木村専一。漫画やアニメでは田河水泡、島田啓三、政岡憲三。美術では福沢一郎、瀧口修造、村山知義。哲学では西谷啓治、三木清、戸坂潤、下村寅太郎。建築では堀口捨己、岸田日出刀……。他にも有力な作家はもっと挙げられるでしょう。

もちろん、世代は単純な指標にすぎませんが、それでも大きな傾向性は読み取れます。彼らはおおむね文化生産に「技術」の問題を本格的に持ち込んだ、日本のモダニストの第一世代だと言えます。彼らには主体の自意識を超えたメカニズムへの注目があります。例えば、小林秀雄の「様々なる意匠」であれば、マラルメを介して象徴主義と言語上の唯物論が浮上するというように。あるいは川端康成や村山知義であれば、都市の事物のコラージュや前衛的な構成主義に向かうというように。特撮の円谷英二や漫画の田河水泡の仕事は、後のサブカルチャーの技術的な起源となりました。その円谷を招聘した東宝の森岩雄は、もともと新感覚派に影響を受けた文学青年であり、後に辣腕のプロデューサーとして映画制作をシステマティックに合理化することになります。さらに、三木清や戸坂潤が「技術」の哲学に着手していたことも見逃せません。

ここで面白いのは、昭和天皇と同世代である彼らが「日本的なもの」も「構成」したことです。例えば、建築家の岸田日出刀の『過去の構成』（一九二九年）は日本の伝統建築をライカで撮影し、断片の集積に変えてカタログのように並べた著作です。岸田は日本建築のアイデンティティを記号化して新たに「構成」し直したわけです。あるいは同じくライカを操った写真家の木村伊兵衛は、デザイナーの原弘（戦後に安吾の『堕落論』の装丁を手がけたのも彼です）らとともに戦時下のプロパガンダ雑誌『ＦＲＯＮＴ』に関わり、「日本」を海外に宣伝しました。その木村、川端康成、小津安二郎らは戦後にそれぞれ「日本」を表象する作家となりましたが、それには「日本的なもの」をいったん技術的に分解し、その後で再構成するという手順が介在していたのです。

付け加えると、この世代からは尾崎一雄、川崎長太郎、木山捷平、外村繁、上林暁らのような私小説作家も輩出されます。彼らの私小説はときに「私」を「場」とともに描こうとする傾向を示しており、必ずしも単純な自己表現には収まりきらないということは指摘しておくべきでしょう（漫画家のつげ義春が川崎長太郎から読み取ったのも、この「場」に対する感受性だと僕は考えます）。ともかく、マクロな「日本」とミクロの「私」をそれぞれ組織化した世代が、安吾に一歩先行していた。このことは安吾の「日本文化私観」や「風と光と二十の私と」等を考えるのにも示唆的だと思います。

では、安吾のいわば「弟」の世代、つまり一九一〇年代前半生まれの世代はどうでしょうか。このジェネレーションには保田與重郎、福田恆存、竹内好、中村光夫、吉田健一、立原道造、檀一雄、武田泰淳、野間宏、椎名麟三、黒澤明、本多猪四郎、梅崎春生、岡本太郎、丹下健三、丸山眞男らが含まれます。彼らもそれぞれ多様で一括りにはできませんが、大きく言って、やはり「日本浪漫派」の重力圏は無視できません。保田を典型として、戦争のもたらす極限状態が、まさに狂気と紙一重のロマン派的な滅びの美学を増幅させたのは確かでしょう。キリスト教や仏教をテーマとする作家が目立つことも特筆に値します。彼らは近代を超えた超越性に強い関心を示しました。戦後になっても、本多や岡本が『ゴジラ』や《太陽の塔》のような「怪獣」を生み出す一方、丹下のような弥生的なモダニストですら縄文的なプリミティヴィズムに誘引されたのです。

安吾はこのモダンな「兄」とロマンティックな「弟」の狭間にありました。この世代の文学者には安吾（一九〇六年生まれ）、伊東静雄（一九〇六年生まれ）、中原中也（一九〇七年生まれ）、藤枝静男（一九〇七年生まれ）、火野葦平（一九〇七年生まれ）、矢田津世子（一九〇七年生まれ）、太宰治（一九〇九年生まれ）、花田清輝（一九〇九年生まれ）らがいます。その目立った特徴は、安吾の新潟や太宰の津軽のようにしばしば「僻地」が舞台になったことでしょう。彼らは川端康成のようには都市（浅草）のサブカルチャーに興味を示すことはありませんでした。加えて、安吾のファルス（道化芝居）や太宰のおとぎ話、中原中也の詩のように「諧謔」の要素が強いことも見逃せません。彼らの作品は題材的にも表現様式的にも、マージナルな性格が強いのです。

僕の見立てでは、この世代の共有する最重要のテーマは「分身」です。例えば、伊東静雄の詩については、詩人が自らのドッペルゲンガー＝半身に歌わせたものだという杉本秀太郎のユニークな解釈がありますし（『伊東静雄』参照）、花田清輝の評論には二つの焦点をもつ楕円への関心がありました。太宰も『斜陽』でジェンダーを横断しながら、さまざまな仮面を道化的にかぶり分けていました。その主要な登場人物たちは皆どこか太宰に似ているのです。してみると、太宰の欲望は単純な自己表現や自己弁明にではなく、自己の分身を象ることにあったのではないでしょうか？　安吾の分身のテーマについては、後で詳しく述べましょう。

一九〇七年生まれの亀井勝一郎は「坂口にせよ、太宰にせよ、田中（英光）にせよ、揃いも揃った愚弟ばかりだね。彼等の兄貴を見て御覧、みんな堂々たる賢兄ばかりだよ。まるで愚弟賢兄型の見本のようなもんだ」と言っていたようです（檀一雄『太宰と安吾』参照）。いわば「兄」の世代の川端は実務的な才能にも富んでいたし、映画や絵画にも幅広く興味を示した。それに比べれば、安吾も太宰も確かに田舎の「愚弟」タイプでしょう。しかし、兄のモダニズムと弟の日本浪漫派に挟まれた彼らは、むしろその「愚かさ」によってこそ独特のポジションを占めたように思えます。なかでも、安吾はモダニズム的にも見えるし、ロマン主義的にも見える。それでいて、機能的な技術主義あるいはファナティックな日本主義と完全に同化したわけでもない。こういうアンビギュアスなところを文化史のなかで凝視すると、安吾や太宰にも新たな光を当てられるはずです。

2 「日本文化私観」のコンテクスト

もちろん、安吾には「兄」の世代に負けないほどに突出したモダニズム的な感覚、つまり「主体の自意識を超えたメカニズム」への感覚があります。例えば、建築家の磯崎新は安吾の一九四二年のエッセイ「日本文化私観」を引用しながら「坂口安吾は近代デザインが一九三〇年頃に到達した新即物主義的な思考をそのエッセンスにおいて語り尽くしている」(『建築における〈日本的なもの〉』参照）と高く評価しています。周知のように、安吾は桂離宮や修学院離宮に傾倒したブルーノ・タウトの日本論を撃ちながら、誰も見向きしなかった築地のドライアイス工場や小菅刑務所の建築にこそ「必要」の生んだ「美」を認めました。ちなみに、タウトは飛騨高山で乗った自動車の車窓からドイツ的そしてスイス的な農村風景を見出したのですが（『日本美の再発見』)、これも安吾が常磐線の車窓から殺風景な小菅刑務所を見出したのと対照的です。

ただ、この「新即物主義的」なデザインのリストに軍艦が含まれていたことは、意外に見落とされがちです。安吾はこう記しています。

ある春先、半島の尖端の港町へ旅行にでかけた。その小さな入江の中に、わが帝国の無敵駆逐艦が休んでいた。それは小さな、何か謙虚な感じをさせる軍艦であったけれども一見したばかりで、その美しさは僕の魂をゆりうごかした。僕は浜辺に休み、水にうかぶ黒い謙虚な鉄塊を飽かず眺めつづけ、そうして、小菅刑務所とドライアイスの工場と軍艦と、この三つのものを一にして、その美しさの正体を思いだしていたのであった。

ここにはいわゆる大艦巨砲主義とは区別される「小さく謙虚なもの」の美学があり、生成・運動・発展を停止した人間不在の世界への関心があります。安吾は「必要に応じた設備」だけでできた自己完結的な建造物を気に入っています。これらの殺風景なモノにはヒューマンな柔らかさや親しみやすさはない。だからこそ、安吾はそこに美を認めるのです。安吾のノイエ・ザッハリッヒカイトは「人間嫌い」の美学とも言えるでしょう。

ここで重要なのは、「日本文化私観」が決して時代から独立したものではないことです。そもそも、「日本文化私観」の発表された一九四二年は、前衛的なモダニズムがプロパガンダと結びついた年でした。先述した東方社のグラフ誌『FRONT』の刊行に加えて、真珠湾攻撃の戦勝を記念した山本嘉次郎監督・円谷英二特撮監督『ハワイ・マレー沖海戦』がこの年に公開されます。飛行機オタクの円谷は一九三〇年代にフェルナン・レジェの映画『バレエ・メカニック』に象徴性や物語性を超えた「機械的舞踏」を認める一方、新即物主義の牙城の『フォトタイムス』にも撮影の技術論を寄稿していました。映像の研究者であった円谷にとって、『ハワイ・マレー沖海戦』の真珠湾攻撃の場面は、飛行機や戦艦への欲望を満たす格好のチャンスでした。『FRONT』にせよ『ハワイ・マレー沖海戦』にせよ、モダニズムの技術がいかに近代戦争のプロパガンダと相性が良いかを示しています。安吾もまた「日本文化私観」において、羽田飛行場で見たソ連のイ－十六型戦闘機の「速力的な美しさ」に感嘆していました（宮澤隆義『坂口安吾の未来』参照）。「日本文化私観」は兵器とモダニズムの美学の結合のなかで書かれた軍事的なエッセイでもあるのです。

さらに、人間嫌いということで言えば、安吾と同世代の亀井文夫監督（一九〇八年生まれ）の戦争ドキュメンタリーでも人間以上に「モノ」が大きな存在感を示していました。亀井は『上海』（一九三八年）をはじめ、中国大陸を撮った国策記録映画を残しましたが、そこでは人間どうしの闘いは後景に退き、その代わりに番傘、木の根、鉄兜、金盥等の戦場の事物がフォーカスされます。『上海』を「我国における最初の芸術的な戦争の記録映画」と見なした映画評論家の今村太平は、ちょうど「日本文化私観」と同時期に、亀井のドキュメンタリーを「事物によって綴られた戦場の抒情歌」「これらの事物は悲劇の言葉のごとく我々を打つ。人間はあらわれないが、物が、人のようになる」と巧みに評していました（『映画芸術の性格』一九三九年／『戦争と映画』一九四二年）。安吾が人間不在の工場や軍艦に魅せられたように、亀井は戦争を事物中心の世界として「記録」したのです。人間の戦争をわざと撮らずに済ませる亀井の戦争記録映画――、それはほとんど反・戦争映画とでも呼ぶべきものでしょう。

このように、同時代の円谷や亀井のザッハリッヒな（人間よりも事物を優越させる）戦争映画と並べると「日本文化私観」の美学が必ずしも例外的ではないことが分かります。それに、逆説的なことですが、即物主義は日本主義とも無縁ではありませんでした。例えば、一九〇五年生まれの建築家・前川國男は、戦時中に後輩の丹下健三らに対して、古鷹や青葉のような能率的な巡洋艦のデザインこそが「日本的」だと発言していたようです（磯崎前掲書参照）。安吾とほぼ同い年で、同じ新潟出身でもあるこのモダニズム建築家の発言は、小さな無敵駆逐艦に美を認めた「日本文化私観」と共振しています。伝統建築よりも能率的な兵器を「日本文化」と結びつけること、殺伐として無機的な、それでいて「必要」を満たすモノにこそ「美」を認めること――、このような安吾の問題設定は同時代の表現者たちのテーマでもあったように思われます。

ちなみに、安吾と映画の関わりは微妙な問題を含んでいます。安吾は一九四四年に国策ニュースを制作していた日本映画社の嘱託となり、記録映画『黄河』のシナリオに着手しますが未完で終わります。敗戦直後の一九四六年の「白痴」では、「大学を卒業すると新聞記者になり、つづいて文化映画の演出家（まだ見習いで単独演出したことはない）になった男」である主人公の伊沢に託して、一種のメディア批評として戦時下の記録映画への批判が記されます。

新聞記者だの文化映画の演出家などは賤業中の賤業であった。彼等の心得ているのは時代の流行ということだけで、動く時間に乗遅れまいとすることだけが生活であり、自我の追求、個性や独創というものはこの世界には存在しない。

底知れぬ退屈を植えつける奇妙な映画が次々に作られ、生フィルムは欠乏し、動くカメラは少なくなり〔…〕蒼ざめた紙の如く退屈無限の映画がつくられ、明日の東京は廃墟になろうとしていた。

「白痴」には、戦時下の自我のない記録映画（文化映画）や翼賛的なニュース映画に対する辛辣な批判がしつこく書き込まれています。安吾はここで、記録映画に唾を吐きかけながら「自我の追求」を目指すオーソドックスな近代文学の理念に立ち返ったわけです。このような態度は、映画と文学を積極的に交差させた谷崎潤一郎や川端康成とは異質です。さらに、年下の亀井文夫や今村太平がドキュメンタリーに映画表現の革新を認めたのとも対照的です。

しかし、安吾自身が戦後にどう思おうと、「日本文化私観」は戦時下の日本の戦争映画のパラダイムと無縁ではありません。安吾はブルーノ・タウトの日本論を見事に批判しましたが、安吾のザッハリッヒな美学そのものはむしろ当時のプロパガンダ映画と通底しています。そもそも、桂離宮や修学院離宮を評価するタウトの表現主義的な美学で、近代の戦争映画を撮れるはずがないのです。柄谷行人は「日本文化私観」を戦後の作品だと錯覚していたそうですが（『坂口安吾と中上健次』参照）、このエッセイはむしろ「一九四二年」の文化的なコンテクストと紐づけて考えるべきです。従来の議論は「日本文化私観」に対してずいぶん保護的で好意的であったように僕には見えますが、このような神話化はかえって反安吾的なものではないでしょうか？　もちろん、僕は安吾を自覚せざるプロパガンディストと見なしたいわけではありません。必要なのはむしろ、安吾も含めた一九四〇年代の言説空間を、ジャンルを超えて多面的に吟味することでしょう。

3　四〇年代前半の安吾の可能性

このノイエ・ザッハリッヒカイトの問題とも関わることですが、安吾が近代の合理主義や機能主義とどう向き合ったのかは、詳しく調べられるべきテーマです。例えば、加藤典洋は今言った柄谷の錯覚を踏まえながら、新潟生まれの安吾と田中角栄のあいだに類縁性を認めています（『日本風景論』参照）。確かに、戦後の高度成長および角栄の「列島改造論」は、戦時下の「日本文化私観」の挑発的言辞を文字通りに実現してしまったようにも思えます。

安吾のようなマテリアリストは、戦前から戦後にかけて転向する必要がなかった。このイデオロギーを断ち切る強さゆえに彼は評価されるわけですが、しかし「必要」こそ「美」だという安吾の言い方が、戦後日本のドミナントな風潮と限りなく近いことも確かです。戦後の日本は能率性の高さをナショナルな誇りにしてきました。加藤が言うように、法隆寺も「必要」に応じて停車場にしてしまえばよいという「日本文化私観」の主張は、田中角栄が唱えても不思議のない言葉です（今ふうに言えば、さびれた商店街はショッピングモールにしてしまえという発想に近いでしょう）。安吾が物質主義化していく日本を見ることなく、五五年体制の確立した一九五五年に死んだのは、結果的に幸福なことかもしれません。

興味深いことに、安吾は小説でも合理主義を大きなテーマとしていました。「理知そのものの化身」にして「近代の鼻祖」である織田信長を描いて「今我々に必要なのは信長の精神である。飛行機をつくれ。それのみが勝つ道だ」と締めくくった「鉄砲」（一九四四年）を経て、戦後の『信長』（一九五三年）へと続く作品群は、歴史小説の枠内でそのテーマを表現しようとしたものです。

しかし、歴史小説ということで僕がむしろ興味をもつのは、安吾が一九四一年に着手した「島原の乱」が未完で終わったことです（「島原の乱雑記」という取材ノートは発表されています）。というのも「島原の乱」という題材は、織田信長を描いたシリーズとは異なる問題設定を要求するように思えるからです。もとより、現存する作品だけ見ても安吾の本質は分かりません。何が書かれたかではなく、何が書かれなかったかに注目すること――、それこそが安吾を安吾的に、つまり歴史探偵的に読むことではないでしょうか？

そもそも、キリシタンたちが反旗を翻した島原の乱は、強い暴力性が発揮された事件です。徳川の抑圧は徹底したものでした。彼らは武力によって島原の乱を鎮圧しただけではありません。島原の乱後に島原の政治改革に取り組んだのは、禅僧鈴木正三《しょうさん》の弟・重成であり、後には彼を祀った鈴木神社まで作られます。鈴木正三の勤勉の哲学は「徳川イデオロギー」（ヘルマン・オームス）の一面を代表するものですが、その弟が島原を精神的に慰撫したのは、たいへん象徴的なことです。キリスト教が徳川の支配的な価値観によって上書きされたことを、よく示す事例であるように思えます。

いわゆる「徳川の平和」の起源には、島原の乱におけるキリシタンの肉体的・精神的征服があります。それは「戦後の平和」の起源に、アジアへの侵略戦争や原爆投下があったことと似ています。そして、一度「平和」が確立してしまえば、その暴力は忘れられ、合理主義が勝利することになります。安吾は一九四〇年の「イノチガケ」のなかで、新井白石に託して、まさにこのキリシタンの征服の後に成立した合理主義に言及していました。「彼〔新井白石〕はキリシトの教を理窟にてらして一々説破し、超理的なるが故に人性の秘奥にむすびつく宗教の本義に関しては恬として心を振向けようとしなかった」。この白石的な合理主義は、戦後日本の経済成長を支えたメンタリティに類比できるものです。

してみると、四〇年代前半の安吾が「イノチガケ」に続いて（そして「日本文化私観」に先立って）「島原の乱」の執筆に取り組んだことは、大きな意味をもっています。安吾は恐らく、信長や白石の合理主義の背後に、何らかのトラウマティックな暴力性や残忍性を鋭く嗅ぎつけていたのでしょう。もし「島原の乱」が完成していれば、それは平和と合理主義の覆い隠した不気味なトラウマを検証するものに――そして同時期の「日本文化私観」や「鉄砲」の即物主義や合理主義を自己批評するものに――なったはずです。少なくとも「島原の乱」という一作があるだけで、安吾という作家の印象は大きく変わり得たでしょう。

しかし、残念なことに、当時の安吾は「島原の乱」という難題を作品にまで育てられませんでした。厳密に言えば、敗戦直後の一九四六年の「わが血を追ふ人々」で、島原の乱は多少取り扱われてはいます。悪魔的かつ破壊的な金鍔次兵衛が、「妖美なる姿態」をした天草四郎との同性愛的合一を夢見るというストーリーですが、これはしかし、島原の乱という難題をエロスとタナトスの平凡な神話に回収してしまった作品として僕には読めます。そして、晩年の安吾はむしろ『信長』という長大な歴史小説に向かうことになります。繰り返せば、それは戦後日本のドミナントな風潮と矛盾しません。

とはいえ、僕は「現実の安吾」について不満を言うだけではつまらないと思います。四〇年代前半の安吾には、さまざまなオルタナティヴな可能性があり、しかも先述したように同時代の言説空間とのさまざまな連続性もあった。僕はこの戦時下の「可能的安吾」の豊かさに惹かれます。安吾は「島原の乱」をなぜ書けなかったのか、もし書いていたらどのようなものであり得たのか――、こうした問題が歴史探偵的に究明されれば、安吾論にも新たな地平が開けるのではないでしょうか？

4　安吾とロマン主義

僕はここまで安吾を「狭間の世代」の作家として位置づけながら、モダニズム的な「日本文化私観」とそのような物質主義や合理主義から逸れる可能性を潜ませた「島原の乱」について述べてきました。では、ロマン主義（日本浪漫派）との距離についてはどうでしょうか？

戦時下の日本のロマン主義者にとって、最大の関心事は戦争の美学化でした。例えば、一九一〇年生まれの保田與重郎は、後鳥羽院から松尾芭蕉に到る詩人の「慟哭」に感応しながら、戦争を「一大芸術」（『日本浪漫派の時代』）と見なしました。保田のイロニーとは、戦争の極限状況のなかに「日本」をさらし、その究極の否定によって日本を芸術作品として蜃気楼のように浮かび上がらせるという逆説的な戦略でした。

それに対して、安吾がこの日本浪漫派的な「戦争の美学化」を回避したことは明らかでしょう。「特攻隊の勇士はただ幻影であるにすぎず」という戦後の「堕落論」の一節は有名ですが、すでに真珠湾攻撃の死者について語った一九四二年の「真珠」には「生還の二字を忘れたとき、あなた方は死も忘れた。まったく、あなた方は遠足に行ってしまったのである」とあり、一九四六年の「魔の退屈」にも「戦争中、私ぐらいだらしのない男はめったになかったと思う」と記されています。もとより、「極限」とはそれ自体が観念的なフィクションです。安吾は死や滅亡を神話化する極限状態の観念に代わって「遠足」や「退屈」という俗っぽい言葉を多用する。この肉体的な「ぐうたら」は、安吾のザッハリッヒな文体とも呼応するものです。

年下の保田と比べたとき、安吾の批評性は愚かさやバカバカしさを拒まなかったところにあります。それはジャンルの選択とも深く関わるものです。日本浪漫派にとっては、詩が特権的なジャンルとなりました。それに対して、安吾は物語や戯作を選びます。ザッハリッヒな文体によって深遠な大義を蒸発させ、モノのような死を紡ぐ物語――、この安吾の俗っぽいスタイルは日本浪漫派と際立った対照をなしています。四〇年代の安吾の言説を、ロマン主義への批判として読むことは十分可能でしょう。

しかしながら、安吾には保田とは違った形で、ロマン主義的な志向があったこともここで確認しておくべきです。「日本の文学には、理想の女というものは殆ど書かれていない」「日本には〔…〕ロマンというものの意欲が欠けていた」「私のめざしているものは、ロマン、思想家と戯作者の合作品であり、最も正統的な文学だ」（「理想の女」一九四七年）。一般に、進歩的な批評家はロマン主義に強い警戒を示します。それはロマン主義が空想的な全体性を語りがちだからですが、安吾はそうやって一括りにロマン主義を切り捨てることには懐疑的でした。実際、ロマン主義的な想像力を完全に断ち切ってしまえば、そこにはただ日本の素寒貧の現実が残るだけでしょう。すでに一九三三年のエッセイ「ドストエフスキーとバルザック」で、安吾は「日本の文学ではレアリズムということを、ひどく狭義に解していないか」と問うています。安吾にとっては、ロマンを生み出す人間の想像力の現実まで捉えるのが、真のリアリズムなのです。

ただ、安吾がちょっと「オタク的」に見えるのは、その「ロマン」がしばしば少女の透明性に託されたためです。「この谷底の精気が化して娘の姿をなしているなら、さしずめそれにふさわしいのが葛子である。修吉は思った。この娘を全裸にして、この水中にたわむれさせてみたいものだ、と」（「木々の精、谷の精」一九三九年）。ここには、僻地の風景の霊的分身である少女が、透きとおったエロスとともに夢見られています。意外に思われるかもしれませんが、こういう「地方の霊的少女」の先例は自然主義作家である田山花袋の「名張少女」や「アリユウシヤ」に認められるものです。日本の自然主義はたんに素朴なリアリズム運動ではなく、地方の霊性を発見しようとする運動でもあったのではないか——この点は『厄介な遺産』でも少し書いておきました。安吾はこの僻地の花袋的少女に、水や風や光のような「透明性」を与えたのです。

安吾は即物主義的な作家である一方で、「風と光と二十の私と」を典型として、モノとしては触れないが確かに実在するものにも鋭敏でした。この鋭い感覚によって、光と風と記憶を同じ資格で捉えたところに、安吾の想像力の特性があると言えるでしょう。この透明性への志向は、今のオタク系の美学とも近いものです。宮﨑駿監督の『風の谷のナウシカ』にせよ、あるいはゼロ年代にカルト的な人気を博した『Air』というノベルゲームにせよ、透明な風を孕んだ少女はアニメやゲームのお気に入りのイメージとなってきました。この安吾的ないしオタク的な透明度の高い少女は、ちょうど夏目漱石の女性表象と好対照をなしています。漱石はしばしば風や光をバロック劇ふうのおどろおどろしい魔術的演出として用いていて、特に『虞美人草』や『行人』には怪しげな風や光とともに女性の不透明な言動が描かれています。逆に、安吾は漱石的女性のバロックふうの不気味さを和らげて、女性を透明化＝風景化したのです。

面白いことに、安吾の透明性への志向は、ジェンダーの違いも想像的に乗り越えるものでした。安吾に少女との同化願望を認めるのは比較的容易です。例えば、一九三一年のエッセイ「ふるさとに寄する讃歌」を見てみましょう。

私は少女の彼女を記憶の中に知っていた。それは疑いもなく真実であった。しかし彼女は、私の知らぬ間に、私の中に生長していた。そして、私の中に生長した彼女は、もはや現実に成育している彼女とは別の人であるのかも知れなかった。〔…〕風景である私は、風景である彼女を、私の心にならべることをむしろ好むのかも知れなかった。

「風景である女」を「風景である私」の心のなかの分身に変えること――、この透過性の高いヴィジョンこそが安吾のロマンを支えています。「芸術としての日本」に向かってアイロニカルに進む保田與重郎的なロマン主義ではなく、むしろ自己を透明化しつつ分裂させる分身のロマン主義にこそ、僕は安吾文学の核心を見たいと思います。保田がシュレーゲルやヘルダーリンのようなドイツのロマン派から影響を受けていたのに対して、安吾はE・T・A・ホフマンやエドガー・ポー、ドストエフスキーらの開拓してきたドッペルゲンガーや分身のテーマに対して、より親和的でした。これは彼らから直接影響を受けたというよりは、彼らと資質的な連続性があったということを意味します。

5 「二」の作家

もちろん、安吾の「ふるさと」と言えば、まずは名高いエッセイ「文学のふるさと」(一九四一年)が挙げられます。安吾はシャルル・ペローの『赤頭巾』を例にして「モラルがないこと、突き放すこと」に「文学のふるさと」を認めました。この主張はちょうど同時期の「島原の乱」の構想とも共鳴するものでしょう。文学を突き放すアモラルな「ふるさと」とは、具体的に肉づけされれば「島原の乱」のようになるはずです。

僕はあまりジャック・ラカンの精神分析理論を援用することはないのですが、この意味での「ふるさと」はラカンの言う「現実界」、つまり認識や意味を超えた不可知の物自体のようなものに相当するでしょう。それに対して、先述した「ふるさとに寄する讃歌」はむしろラカンの理論で言えば「想像界」に近い世界受容、つまり法や言語の作る「象徴界」に参入する以前の《対》の関係（風景化した少女と私の関係）を象っています。この二種類の「ふるさと」が、安吾の二つの焦点だと考えられます。

このうち後者の「想像界」の感覚は「白痴」にもよく示されています。「白痴」は戦時下のアモラルな日本を舞台にしながら、伊沢と白痴の女の奇妙な共生を描いた作品ですが、ここで注目に値するのは、伊沢と女の二者関係が成立するとともに第三者が撤退していくことです。そもそも、「白痴」は本来ならば、伊沢と女、およびその夫の三角関係の話であるはずです。しかし、この夫ははじきに作中から消え失せ、物語は伊沢と女の二者関係に収束していくのです。「女と肩を組み、蒲団をかぶり、群集の流れに訣別した」伊沢は「死ぬ時は、こうして、二人一緒だよ」と女に優しく語りかけます。安吾はここで、一対の男と女が第三者を無視して伴侶となる、その「対幻想」の強さを読者に示しています。

法や言語や国家や文化のような第三者の作る象徴秩序から撤退して、伊沢は白痴の女とのあいだに言葉を介さない想像的な関係を夢見ます。ただし、その二者関係はひどく不安定で、お互いを消滅させかねないものです。現に、伊沢は「男は女をねじ倒して、肉体の行為に耽りながら、男は女の尻の肉をむしりとって食べている」情景を想像します。安吾の「伴侶の文学」には、相手を動物やモノのように消費しようとする攻撃衝動がつきまとっている。とりわけ、戦後の安吾の描く二者関係（対幻想）は、常に死や殺害と隣り合わせなのです。

夏目漱石や谷崎潤一郎は三角関係によって小説を駆動しました。ルネ・ジラールの「欲望の三角形」モデルを用いて、漱石を読み解いた社会学者の作田啓一の『個人主義の運命』は有名です。逆に、安吾の特徴は「第三者の不在」にあるというのが僕の考えです。漱石と谷崎が「三」の作家だとしたら、安吾は「二」の作家です。前者が長編小説をいくつも書けたのに、後者の主要作品が短い物語ばかりであることには、構造的な理由があります。安吾は作品を展開していくための第三者的な装置を投げ捨ててしまうのです。先述の「日本文化私観」もそうですが、安吾にはうねるような弁証法的展開を嫌い、工場や駆逐艦のように静止したモノを好む傾向があります。彼が自らの推理小説を『不連続殺人事件』（一九四八年）と題したのは示唆的です。

この「二」への傾きは、安吾の代表作である「桜の森の満開の下」（一九四七年）でも顕著に見られます。ある山賊が桜の花の魔力に操られて、道行く旅人を襲ってその妻をさらい続けるのですが、八番目にさらった妻は、男を魔術的にコントロールする魔性の女でした。その女に命じられて、男はハーレムの七人の女たちをぽんぽん殺して、女の競争者をすべて排除してしまいます。ここでもやはり第三者は文字通り「切断」され、名前をもたない男と女の「二」の世界が形作られるのです。それは母子密着の状態に近いものです。男は桜の森のなかで幼児退行しているとも言えるでしょう。

この作品で面白いのは、男が女に命じられて彼女を背負って歩く場面です。この場面は母のように献身的な男が、子のように我儘な女を背負っているとも読めます。ですが、逆に大きな子のような男が、母のように命じる女を献身的に背負っているとも読めるのです。男が母なのか、それとも女が母なのか？　安吾はそこをあいまいなままで処理しています。いずれにせよ、この背負い背負われる構図は、大人の男女どうしの関係とは言えません。ここでは強い「父」ではなく、子と文字通り密着した「母」の存在が際立ってきます（これは宇野常寛の言う「母性のディストピア」の問題そのものです）。この想像界の領域では、男と女の境界もあいまいになります。

あの女が俺なんだろうか？　そして空を無限に直線的に飛ぶ鳥が俺自身だったのだろうか？　と彼は疑りました。女を殺すと、俺を殺してしまうのだろうか。俺は何を考えているのだろう？

このような透明な相互浸透は「ふるさとに寄せる讃歌」にも見られたものですが、ここではそれが「白痴」と同じく攻撃性やタナトス（死の欲動）とともに現れています。二人が透明の分身になっていくぶんだけ、破滅も近づくわけです。実際「桜の森の満開の下」は男が女を殺し、ともに桜の花びらとなって、透明な虚空に溶け込む場面で終わります。これは「母殺し」がそのまま潜在的な自殺であることを暗示するものです。

もう一つの例として「夜長姫と耳男」（一九五二年）を引用してみましょう。耳男は夜長姫と対面したとき、やはり透明な合一を夢見ます。「のしかかるように見つめ伏せてはダメだ。その人やその物とともに、ひと色の水のようにすきとおらなければならないのだ。／オレは夜長ヒメを見つめた。ヒメはまだ十三だった」。そして、飛騨の匠である耳男は、夜長姫にさんざん翻弄された後に、姫の似姿であるミロク像を制作しようとします。

理想の女の像を制作するというのは、一見すると谷崎潤一郎的なテーマです。例えば、『痴人の愛』のナオミはロダンの彫刻や映画女優メアリー・ピックフォードにたとえられています。谷崎の小説にはたいてい欲望を媒介する第三者的な存在がいます。谷崎の男女関係には、常にピックフォードやロダンのような媒介＝モデルが挟まっている。この媒介＝モデルに沿って「制作」した女性に対して、主人公のマゾヒストの男性は喜んで拝跪するのです。しかも、この媒介＝モデルがしばしば消費社会の商品（映画女優や彫刻）から得られたところに、谷崎文学のポストモダン的な性格があります。

それに対して、安吾には第三者的な媒介＝モデルの存在がきわめて希薄です。耳男にとっては、一三歳の高貴な少女こそがすべてなのであり、ロダンの彫刻のような外部のモデルは要らないのです。当初、耳男にとっては別の二人の「匠」が競争相手であったのですが、彼らも物語の進行とともにいつしか消えてしまうので「この邸内で人間らしくうごいているのは、ヒメとオレの二人だけであった」という状況になります。第三者が次々と引き算されることによって、夜長姫と耳男の関係もやはり母と子のクローズドな関係に近づいていきます。したがって、その結末も「桜の森の満開の下」と同じく、死と自己消去に向かいます。

オレはヒメに歩み寄ると、オレの左手をヒメの左の肩にかけ、だきすくめて、右手のノミを胸にうちこんだ。オレの肩はハアハアと大きな波をうっていたが、ヒメは目をあけてニッコリ笑った。

〔…〕

ヒメの目が笑って、とじた。

オレはヒメを抱いたまま気を失って倒れてしまった。

この結末では、耳男の身体は一三歳の夜長姫と一体化したことが分かります。男と女は対等の主体として向かい合うことはありません。耳男はいわば透明の身体となって、背後から姫と重なり合ってから、ノミを彼女の（つまり彼女の透明な分身である自分の）胸、恐らくは心臓に打ち込みます。ここには「桜の森の満開の下」の背負い背負われる関係が再来しています。そして、姫と完全に合一することは、耳男にとって潜在的な自殺＝自己消去なのであり、だからこそ彼は失神するのです。

ちなみに、『ガロ』出身の漫画家・近藤ようこは『戦争と一人の女』に加えて『夜長姫と耳男』と『桜の森の満開の下』をコミック化していますが、それらは安吾のアモラルでノンセンスなところだけではなく「母性的なものの支配」というモチーフもうまく捉えた秀作です。一つだけ不満があるとしたら、それは近藤が「関係の透明性ゆえの破滅」を十分に表現しきれていないのではないか、ということです。ただ、それは近藤の限界というよりは、紙という不透明な支持体に縛られた漫画そのものの臨界点と関わっているようにも思います。アニメのセル画ならば、別の透明性の表現があり得るでしょうから。

6　安吾の戦争

僕の考えでは、分身のテーマは安吾の作品世界を解明するための不可欠の鍵です。改めてまとめると、一九三〇年代の「ふるさとに寄する讃歌」で分身との合一の欲望が際立たせられたとすれば、敗戦以降の「白痴」や「桜の森の満開の下」や「夜長姫と耳男」では分身の殺害というテーマが上昇してきます。

なぜこのような攻撃性が生じるのでしょうか。ここでもジャック・ラカンの教えは役に立ちます。ラカンは『エクリ』で《父の名》によって整序される以前の、想像界の攻撃性について語っています。ラカンによれば、幼児が失われた半身を求めようとして、鏡像＝分身に合一しようとするとき、この不安定なオムレット（人間＋オムレツ）はぐちゃぐちゃになってしまうというわけです。母と子が密室のなかでお互いを求め合う状態は、常に自己崩壊の一歩手前にあるのです。安吾が描いたのも、まさに想像的同一化（透明度の高い世界での相互浸透）ゆえの死でした。ふわふわの二つのオムレツが衝突して、ぐちゃっと潰れてしまうように、安吾の描く分身たちもお互いの距離がいちばん縮まったところで、メルヘン的な破局を迎えます。安吾の主人公に幼児的なところがあるのは、決して偶然ではありません。

言うまでもなく、安吾にとって、人間の攻撃性（およびその帰結としての戦争）は中心的な課題でした。特に、戦後の安吾は歴史小説やメルヘンの形式によって「戦争文学」を書き続けたと言えます。とはいえ、ここまで見てきたように、それらは国家どうしの大人の戦争とは別物です。たとえ戦争が背景になっていたとしても、安吾はあくまで「二」にこだわるからです。安吾の描く戦争は「想像界の戦争」です。それは分身の殺害であり、自らを透明にしようとする欲望に満ちたものです。

そして、このような想像界の戦争と死を描くには、《父の名》（規範）を前にして演技できるだけの自意識を備えた近代的主体、およびそれを表現した近代小説では不都合でした。例えば、安吾の初期の長編小説『吹雪物語』（一九三八年）にはすでに母殺しのテーマが書き込まれています。日本女子大を設立した成瀬仁蔵のもとで学んでいた「母」が、夢破れて暗い新潟に幽閉される。主人公はこの現実の母の代わりに、新しい母を生み出そうとする欲望に駆り立てられます。ただし、『吹雪物語』は近代小説の型で書かれたために、展開も上昇もないまま、ひたすら陰鬱な調子が続くばかりです。逆に、戦後の安吾は「桜の森の満開の下」や「夜長姫と耳男」のように、社会の時間から切り離されたポストヒストリカルなメルヘンによって、想像界の戦争にふさわしい文学形式を編み出すことができたのではないでしょうか？

先ほども言いましたが、分身のテーマは安吾の同世代の共有物です。そのなかでも、安吾の作品は徹底して「二」の甘美な残酷さを選んだ点で際立っています。のみならず、安吾自身が分身的な作家でもあります。徹底して即物主義的でありつつ、同時に透明性を志向する。モダニズム的でありつつ、ロマン主義的でもある。想像界の戦争を書きつつ、同時代の誰よりも鋭利な評論も手がける……。安吾は二つの焦点を備えた「二の作家」として、文学史のなかに存在しているのです。

第3章　文明と失踪——丸谷才一の両面性

1　文学の呪術的性格

丸谷才一の『日本文学史早わかり』は、『万葉集』から芭蕉七部集へと到る詞華集（アンソロジー）を中心として日本の文学史を区分しようとするユニークな試みである。と同時に、自然主義以来のジメジメとした日本近代文学の風土に、宮廷文化の華やかさやふくよかさを処方しようとする丸谷の意図が、いちばん分かりやすく示された書物でもある。日本近代文学の狭さに対する批判は丸谷に限らず文芸批評家の「お家芸」とでも呼べるものだが、『日本文学史早わかり』はたんなる難癖に終わらず、ポジティブな文学観を提示したところが貴重である。

宮中の詞華集を重んじる丸谷の議論の背後には、本居宣長の批評があったように思われる。例えば、宣長は「よの中のあらゆるよき事のかぎりをえりいで、とりあつめて、よきことばかりをいふ」ことに『源氏物語』の優れた技術を見出した（『源氏物語玉の小櫛』）。宣長によれば、仕業や心はもちろん、容貌、位、身の栄えといった世の中のすべての「よきこと」を集約したのが、光源氏という人物である。宮廷文化の精華を一人の人間に注ぎ込んだ長大な作品——、それはもはや文学というより文明そのものと言ったほうがいいだろう。丸谷が着眼した宮廷の詞華集も、まさに文明の美的な縮図である。逆に、詩歌のもつ文飾（形式）が失われ、内面（内容）一辺倒になったのが日本近代文学の大きな失策であり、丸谷はそれとは別の可能性を古典に見出そうとしたのである。

もとより、藤原定家の「紅旗征戎《こうきせいじゅう》は吾が事にあらず」（『明月記』）という有名な発言に見られるように、日本の王朝文学は生臭い現実から切り離されたところで生育してきた。中国の文明が、周辺の国々を納得させるだけの普遍性を獲得せねばならなかったのに対して、日本の古代文学は感情表現に好きなだけ磨きをかけていくことができた。『万葉集』以来今日に到るまで千年以上の歴史があるにもかかわらず、日本文学が他国に影響を及ぼした事例はほとんどない。日本文学はまさに究極の「ガラパゴス」であり、そのことと『日本文学史早わかり』の前提となった歌の技術的洗練は表裏一体であった。

とはいえ、丸谷の批評は日本文学史を歌のアンソロジーから再構築しつつも、文学をたんなる美的対象に留めなかった。フレイザーやジェーン・ハリソンらイギリスの学者の議論に示唆を受けながら、丸谷は日本文学を「呪術」のカテゴリーにおいて見ていこうとする。日本文学における美は呪術と区別できない。

> イギリス文学を曲りなりにも学んだ者の眼で見ると、日本文学史といふのはじつに不思議な怪物で、無気味に見えて仕方がなかったのである。〔…〕『古今』や『新古今』、『源氏物語』や『曽我物語』や『奥の細道』は西洋文学で言ふやうな意味での文学作品ではなく、思ひ切つて放言すればむしろ呪術的な何かなのではないか、いや、近代文学でも事情はあまり変らなくて、同種の

ことはたとえば夏目漱石の作中、人を最も興奮させる『こころ』についても言ひ得るのでないか、などといふ思ひは、もちろんこんな明確な形ではないにせよ、わたしの心に去来しつづけてゐた。（『横しぐれ』講談社文芸文庫版あとがき）

先生やKの死、乃木将軍の殉死を多重に重ね合わせながら「明治の精神」という謎めいた概念を呼び出した『こころ』は、確かに鎮魂の呪術として理解できる（この認識を敷衍すると、例えば村上春樹の『ノルウェイの森』にも同じことが言えるだろう）。同様に、丸谷は『忠臣蔵とは何か』においても、『忠臣蔵』を一種の御霊信仰の現れとして読み解いている。呪術と文学を連続させたとき、『忠臣蔵』のようなサブカルチャーから『古今集』のようなハイカルチャーまでが、一つの文学史的な視野のなかに収められるのだ。

もっとも、文明の華やぎや死者の鎮魂を演出する呪術的能力は、今日の日本語においてはかなり減衰している。私たちはほとんどの場合、言葉をコミュニケーションに仕える道具だと見なしている。その結果として、言葉の呪術性は失われ、すべてはコミュニケーションの符牒にすぎなくなる。この言葉の道具化の一方で、ガス抜きのための強い刺激が要求されることにもなるので、他者を糾弾し、笑いものにする暴力的な言語使用が大手を振ってまかり通る。今日の日本語は、インターネットだろうがマスメディアだろうが、政治家の発言だろうがtwitterの呟きだろうが、伝達とガス抜きのサイクルのなかにある。だが、ユーモア不足の「ホンネ」丸出しのコミュニケーションの傍らに、剥き出しの暴力や嫉妬がへばりついているのだとすれば、私たちの言語使用は近代の自然主義の球体に相変わらず閉じ込められているのではないか。

丸谷はこうした粗野で飾り気のない言語使用を嫌っていた。むろん、イギリスの批評に学んだ丸谷の文章は、あくまで論理的な筋道の通った散文のスタイルを崩さない。かといって、彼は日本語をたんに物事を伝達するだけの道具とも見なさなかった。世界を賑やかにし、人間の感情に喜びを植えつけ、恨みを呑んで死んだ古人を慰める――、これらの呪術的性格を見なければ日本文学という奇妙な代物は確かに到底理解できないだろう。しかも、丸谷はこうした認識を小説でも実践している。彼の小説は生活のディテールを巧みに積み重ねていくが、それはまさに読者の気を引く呪術であった。

2　失踪者たち

しかし、それと同時に、丸谷の小説においては、賑やかで華やかな文明生活から遁走したいという衝動が露出していることも見逃せない。文学＝呪術によって文明を飾ろうとする批評家・丸谷の態度は、小説家・丸谷においてはときにくるりと反転する。

例えば、『横しぐれ』（一九七五年）では、昭和一四年の道後温泉で、語り手の亡父と漂泊の俳人・種田山頭火が出会ったことがあったのではないかという推論（妄想？）が延々と展開されていく。それは亡父の経歴に対して、ちょっとした華やぎを与えることであった。「そのときわたしは〔…〕父が四国旅行のとき「現代日本文学全集」にはいるほどの俳人に酒をおごったと想像することで、一介の町医者にすぎない父の生涯をほんのすこし飾ることができるやうに思ってみたものらしい」。

だが、この意図は最後の最後でひっくり返される。つまり、父が道後温泉を訪れたのは実は昭和一三年であり、山頭火とは何の接点もなく、しかもその四国行きの背後には父親の秘密の「罪」があったことが明るみに出されるのだ（ちなみに、道後温泉と言えば、『古事記』では衣通姫との密通を咎められた軽皇子の流罪の地とされるが、『横しぐれ』はその罪→旅という神話的な語りの順序を入れ替えている）。こうして、山頭火という文学＝呪術によって父親の人生を飾ることは失敗に終わる。

そもそも、山頭火という漂泊の俳人自体が他を圧する輝きを持たない、あえて言えば素人的な文学者であったことも、この作品の色調を決定している。本来、日本文学史では旅する素人作家は不可欠の存在であり、紀貫之や藤原定家のようにプロフェッショナルであることを自任する歌人＝批評家がいる一方で、「心あまりて、ことばたらず」（『古今集』仮名序）という欠点を持つ在原業平、あるいは西行のような歌人が首都を離れて旅をすることで、日本文学の新しい境地を切り開いてきた。だが、山頭火は彼らのようないわば偉大な素人ではなく、所詮はマイナー・ポエットにすぎない。『横しぐれ』の語り手も、『種田山頭火集』のテーマが「旅と孤独と飢ゑと貧困のことばかり」なのにうんざりしていたのである。

丸谷の代表的な長編小説『笹まくら』（一九六六年）にも、この山頭火的な貧しさは通底している。かつて戦時中に徴兵忌避者となり、杉浦健次の偽名で砂絵屋をやりながら全国を放浪した過去のある浜田庄吉は、戦後となった今は大学の事務室に勤務している。だが、その戦後の平凡なサラリーマン生活は急なアクシデントに見舞われる。妻が万引きして警察に捕まったという電話を受けた浜田は、呆然としながら正門に駆け出そうとする。

「おい！　浜田君、どうした」

フランス語の桑野助教授が、ズボンのポケットに両手をつっこんで立っている。

「ええ、女房が……」と浜田はそこまで言って言葉を切り、歩きつづけようとした。

「やられたか！」と助教授は罵るように呻いて、片足で地面を蹴った。

「……？」

浜田は助教授の言葉の意味を知ろうとして、思わず二三歩近より、そして桑野も彼に近よった。

「近頃は、目茶な運転する奴、いっぱいいるからな」とオウナー・ドライバーは嘆息し、「車でゆけ、早く」と言ってポケットから鍵を出した。


助教授の桑野は、浜田の妻が交通事故に巻き込まれたものと勘違いして、興奮ぎみに浜田に車を貸すが、彼女は実際には交通事故とは何の関係もなく、万引きというショボい罪で捕まったにすぎない。しかし、この軽犯罪が引き金となって、浜田は再びかつての杉浦に、つまり放浪者＝失踪者に戻っていくのだ。作中で最もシリアスな場面に、丸谷は間の抜けた調子を与えた。だが、この「ショボさ」や「間抜けさ」にこそ『笹まくら』の思想が認められるべきではないか。考えてみれば、徴兵忌避者としての「杉浦健次」もまたふらふらとした香具師的人物であって、どことなく山頭火に通じるところがある。[*1]

このように、『笹まくら』にせよ『横しぐれ』にせよ、丸谷の小説は戦後日本社会に矮小な失踪者のイメージを呼び戻した。とはいえ、それは必ずしも否定的なイメージではない。丸谷はむしろ、くだらない理由で失踪者に戻ってしまうことにこそ、何か逆説的な「自由」があると言っているようにも見える。興味深いことに、こうした失踪者のあり方は『笹まくら』の末尾において戦争の死者の運命的気高さと対比されている。

> おれはもう彼ではない。呼びつけられ、闘い、そして死ぬ、あの従順で善良な彼らのなかの一人ではない。彼らには彼らの、共通の運命がある。その共通性が、彼らの運命をいたわってくれるだろう。祝福してくれるだろう。そしてぼくにはぼくの……孤独な運命がある。ぼくはその運命を生きてゆくしかない。おれは自由な反逆者なのだ。

大学職員である浜田から、砂絵屋にして徴兵忌避者である杉浦への「変身」が描き出されるこの場面で、浜田＝杉浦は戦地に赴いた「彼ら」の「共通の運命」から脱落した自己の孤独を語る。丸谷の小説の主題は戦争の死者にではなく、あくまで戦争の死者になりそびれた人間、すなわち共通の運命＝目的地を失った失踪者にあった。批評家として「御霊信仰」を論じた丸谷が、小説家として戦争の死者を文学の力によって弔おうとしたのであれば、話は分かりやすい。だが、小説家・丸谷にとっての霊的存在は、むしろ死に損ないの孤独な放浪者＝失踪者に認められたのであり、そこから作中人物たちの「ショボさ」や「間抜けさ」が導き出される。

さらに、こうした死者と失踪者の対比は、後の『輝く日の宮』（二〇〇三年）にも認められる。女性の国文学者を主人公としたこの小説の前半では、『奥の細道』における松尾芭蕉の東北旅行が、「義経五百回忌」にあわせた鎮魂の旅であったという魅力的な仮説が語られる。だが、それはあくまで話の前座であって、後半に入ると『源氏物語』の幻の第二巻「輝く日の宮」の実在をめぐってさまざまな議論が交わされ、ついにはその幻の巻が丸谷流のやり方で復元される。もとより、存在しない本について本当らしく書くというのは、ボルヘスやスタニスワフ・レムがやったポストモダンふうの知的遊戯であり、丸谷自身もすでに「樹影譚」（一九八七年）でそれを試みていたが、こうした遊び心に加えて、『輝く日の宮』は丸谷の従来のテーマを巧みに転調している。すなわち、そこでは源義経という具体的な死者を経て、「輝く日の宮」がまさに文学史上の失踪者に見立てられたのだ。

＊1　ちなみに、『笹まくら』の浜田＝杉浦は昭和一五年一〇月から「徴兵忌避」を実行して宇和島に赴き、『横しぐれ』の山頭火は昭和一四年に道後温泉を訪れたことになっている。ここには恐らく当時の風潮も反映している。例えば、柄谷行人は一九一二年生まれの作家・森敦の放浪癖に、保田與重郎や西田幾多郎に通じる「昭和十年ごろの知的雰囲気」を見出している。「「放浪」は、昭和十年ごろには、一九六〇年代のヒッピーにおいてそうであったように、一つの思想であったというべきかもしれない」（「死者の眼」『終焉をめぐって』所収）。こうした「思想としての放浪」は、昭和一五年前後にこだわった丸谷の一つのベースになっているのかもしれない。少なくとも、今日の私たちが考えるほど「放浪」は消極的な行為ではなかったのだろう。

先述したように、丸谷は『古今集』から『こころ』までを呪術のカテゴリーにおいて捉えていたが、実際には彼の文学活動そのものが近代小説のふりをした古代的な呪術に近づいていた。戦地の若者たちは生命をなくしたが、放浪者＝失踪者は共通の運命をなくしてしまった。丸谷はこの奇妙な存在に深く囚われ、「彼」のためにさまざまな呪術を駆使していたのだと私は思う。

しかも、丸谷の態度は必ずしも孤立したものではなかった。戦争の死者ではなく、その周囲を漂う失踪者――、これと似た形象は『笹まくら』が書かれた一九六〇年代の日本文学においてたびたび出現していたからだ。例えば、丸谷と同年に生まれた三島由紀夫は、『英霊の聲』（一九六六年）のなかで「叛乱軍」の汚名を着せられた二・二六事件の青年将校の「霊」を召喚し、「などてすめろぎは人間《ヒト》となりたまいし」という呪詛を語らせる。二・二六事件の霊は「戦前」と「戦後」という区切りの外部で、まともに位置づけられることなく彷徨っていた歴史の失踪者に他ならない。あるいは小松左京の『日本アパッチ族』（一九六四年）が、敗戦直後の大阪に蠢く「アパッチ族」を高度経済成長の時代に呼び戻したことを思い出してもよい。小松は、闇市に束の間出現していた不気味な〈戦後〉の民衆をSFの道具立てによって再生したのである。

こうして「戦後民主主義」という言説では封印しきれなかった不吉な「モノ」たちが、六〇年代にぞろぞろと出現する。野間宏らいわゆる「第一次戦後派」のリアリズム的な作品とは違って、当時の三島や丸谷や小松の作品は強い呪術性を帯びた。彼らは忘却されたことそのものを忘れられた対象を捉えるために、通常のリアリズムを超えた小説的趣向を凝らしたのだ。ただ、三島や小松と違うのは、丸谷が戦後の市民社会と存外近いところに――それこそ万引きのような軽犯罪と隣接する場所に――このモノを出現させたことである。『英霊の聲』や『日本アパッチ族』が虚構的な空間を作り、そこを招魂の場としたのに対して、丸谷はあくまで日常の皮膜を一枚めくったところにオルター・エゴとしての失踪者を据え置いた。

そして、この小説家・丸谷の鄙びた分身こそが、批評家・丸谷の文学批評＝文明批評をも駆動していたのだとしたらどうだろうか。[*2] 丸谷は博識な書き手だが、その根底には内なる寂しい放浪者＝失踪者に恩寵を授けようとする衝動があったとは言えないだろうか。逆に、今日の物知りな書き手というのは、たいていの場合は知識自慢のディレッタントにすぎない。彼らには文学によって祀られるべき内なる放浪者＝失踪者を欠いている。そのため、呪術に向かう衝動ももたない。

むろん、こうした衝動は作品の思想的弱点にもなり得る。例えば、江藤淳が「裏声文学と地声文学」（『自由と禁忌』所収）という評論文で、「目的といふものがなくてただ存在してゐる国家」という丸谷の『裏声で歌へ君が代』（一九八二年）の表現を猛烈に批判し「第二次大戦後の日本は、もとより「ただ存在」しているのではなくて、米ソの力関係のあいだで、主として米国によって「存在させられている」のである」と反論したことは、よく知られている。確かに、丸谷の「目的といふものが

＊2　なお「樹影譚」では、作中人物は作者の無意識＝夢に形を与える精神分析的な装置と見なされている。「樹影譚」の小説内小説家（古屋逸平）は次のように考える。「作中人物はしばしば、作者の意識に支配されず自在に行動し、語り、思索し、そして彼らの生き方によって作者の心の奥をあばくといふのが、彼が若年のころに発見し、長い経験ののちいよいよ強固なものになった小説論なのである。すなはち作中人物の人生は作者の見る夢であつて、夢ではありながら脈絡が必要なのは当然のことだが、それを解読することは読者にゆだねられてゐる」。

なくてただ存在してゐる国家」という認識の延長線上に、米軍基地問題も天皇の戦争責任もあいまいにやり過ごしてきた戦後日本の去勢されたお気楽空間があると言われれば、それは否定できないだろう。この点で、江藤の丸谷批判はもっともである。だが、そもそも丸谷はリアルな国家論を語ろうとしたのだろうか。

もとより、丸谷の言う「目的といふものがなくてただ存在してゐる国家」とは運命を失った国家のことである。そして、こうした淋しい国家＝文明だけが、やはり同様に運命を失った香具師的な放浪者＝失踪者に場を与えることができるだろう。丸谷の膨大な文学批評＝文明批評はまさにそのような文明を仮構しようとしている。実際、王朝（宮廷）の詞華集は国家＝文明の大きな運命を教えようとはしなかった。貧相な世界をふくよかで豊かでめでたく麗しいものに変える呪術的体系としての日本文学――、それは運命をもたない国家＝文明の住人にも恩寵を与えることのできる言葉の束であった。

だとすれば、丸谷の日本近代文学批判というのは、実は見せかけであったのかもしれない。彼の批評活動の本当の狙いは、貧相な自然主義の改良などではなく、むしろ文明から遁走してしまったオルター・エゴ、戦争の死者の傍らを漂っている運命喪失者としての失踪者への祝福にあったのではないか。そして、小説でしか描くことのできない、この淋しい存在を助けるために、どうしても文明批評というもう一つの「呪術」が必要であったのではないか。こうして、丸谷の小説と批評は独特の仕方で結びつくように思えるのである。

要するに、私の見立てでは、丸谷才一の仕事は一種の「両面性」を有している。「よの中のあらゆるよき事」を集めた、華やかな王朝文学の世界――、その再評価は確かに日本近代文学の貧しさに抗議し、日本人の文学観をもっと豊かでおおらかなものにしようとする動機と結びついていた。しかし、そのような発想の足下には、素寒貧な放浪者＝失踪者の姿が見え隠れしている。戦後社会から弾き出された「彼」を、丸谷の小説はさまざまな角度から浮上させようとしていた。と同時に、この内なる放浪者＝失踪者の淋しさを埋め合わせるかのように、丸谷の批評は、過去の文明の精華を現代社会に呼び戻し続けたのだ。

第4章　司馬遼太郎と三島由紀夫

戦後日本の文学者として、司馬遼太郎（一九二三年生）と三島由紀夫（一九二五年生）は双璧の存在である。司馬は今なお根強い崇拝の対象であり（日本人にとっての「国民作家」は依然として村上春樹ではなく司馬だろう）、三島は古典主義とロマン主義の緊張関係のなかで書き綴られた小説群に加えて、戦後日本批判とパフォーマンス的な自殺によって、言論の参照点であり続けている。

もっとも、この両者を関連づけるのは一筋縄ではいかない。一九七〇年の三島の割腹自殺に際して、司馬は「さんたんたる死」「異常死」と形容し、あくまで「政治」ではなく、芥川龍之介や太宰治の自殺のような「文学」の出来事として回収しようとした（「異常な三島事件に接して」『司馬遼太郎が考えたこと5』所収）。司馬なりの礼節が尽くされているものの、合理主義者の彼にとって晩年の三島は理解不能の狂人にすぎなかっただろうし、ましてその死に深い政治的含意を認めようとするのはたんにナンセンスであった。

だが、両者に同時代性がないわけではない。例えば、三島が一九七〇年の自殺の直前「日本はなくなって、その代わりに、無機的な、からっぽな、ニュートラルな、中間色の、富裕な、抜目がない、或る経済的大国が極東の一角に残るであろう」という有名な予言を残した翌年以降、司馬が『街道をゆく』によって、高度経済成長以前からある日本の風習や風土を輪郭づけ続けたことは、明らかに共振するところがある。その対照的な生き様にもかかわらず、彼らは、日本の伝統的なアイデンティティが自明でなくなっていく時代を共有していた。

私は戦後日本のあり方を了解するにあたって、この両者の比較は有益だと考えている。このテーマについてはすでに松本健一『三島由紀夫と司馬遼太郎』（新潮社）という著作があるが、ここでは主に司馬を中心として私なりの見解を示したい。

1　写生と虚構

今日の私たちは、戦時中の日本は「軍国主義」であったと教えられている。しかし、司馬の考えでは、当時の日本はそれ以前の段階、すなわち軍国主義もまともに遂行できない不出来な国家であった。司馬の『歴史と視点』（一九七四年）所収の秀逸なエッセイ「大正生れの『故老』」によれば「〔第二次大戦の頃の日本陸軍の装備は〕満州の馬賊を追っかけているのが似合いで、よくいわれる「軍国主義国家」などといったような内容のものではなかった。このことは昭和十四年のノモンハンでの対ソ戦の完敗によって骨身に沁みてわかったはずであるのにその惨烈な敗北を国民にも相棒の海軍にも知らせなかった」。

司馬によれば、こうした「集団的政治発狂者」による国家的な「愚行」を象徴するのが、合理的な軽便性を欠き、装甲も薄っぺらな九七式中戦車（通称チハ車）であった。戦場の司馬は、まさにこの見掛け倒しの「憂鬱な乗り物」であるところのチハ車に乗らされる。昭和期の行政官僚や陸軍が現実離れした「形而上的ポーズ」に支配され、正常な自己認識を失った結果として、兵士の命を脅かす時代遅れでポンコツの戦車ができてしまう——、戦争は善か悪かという問い以前に、司馬にとってはまずこの日本軍の奇怪な行動様式こそが最大級の批判に値するものであった。

もっとも、ここで司馬は、下品な恨みつらみにならないように言葉を選んでいる。正岡子規を敬愛していた司馬は、国家の愚かさを高みから裁断するのではなく、自分自身をも客体視する「写生文」の手法を巧みに用いている。むろん、チハ車が徹甲弾にやられて「自分が挽肉になるという想像は愉快なものではなかった」にしても、この深刻な想像を描くとき、司馬の筆致は独特のユーモアを醸し出す。「挽肉のことを書こうとしているのではない。／機械のことを書くつもりだった」。それはちょうど、死後の自分のありさまをコミカルに描いた子規の写生文と通じるものがある。

司馬は戦場に何のロマンも幻想も認めなかった。彼にとって、戦場とは軍国主義にすら及ばない日本の愚かさが支配する空間にすぎない。彼の写生文は、一兵卒である自分自身も含めて、すべてを等価なモノのように扱う。そして、この非熱狂的な文章技術によって、馬鹿げた戦争の描写には奇妙な「おかしさ」が宿ったのだ。「写生」と言っても、これは科学的なリアリズムとは違っている。歴史にべったり同化するのではなく、過去の日本を懐かしんだり褒めたり皮肉ったりしながら歴史を操作する気ままな語り手が、司馬の写生文的歴史小説の中心にあった。過去の主人公と今の語り手、つまり行為者と批評家を文章のなかでシームレスにつないだところに、司馬の創意があるだろう。

それに対して、三島由紀夫は戦場から疎外された人間である。入隊検査で誤診されて即日帰郷を命ぜられたことが、後々まで彼の感情的負債になったことは、よく知られている。戦場で死ぬはずであった自分が戦後も生き延びて、なぜか時代の寵児になってしまったという不発感は、そのまま戦後日本のちぐはぐな状況――敗戦とともに滅亡するはずが、なぜかのうのうと生き延びて経済的繁栄を謳歌している――とぴたりと重なりあう。三島は戦後の空虚さには耐えられないというポーズを幾度も示していた。戦後日本社会も自分自身も死に損ないの漫画的フィクションであるというところに、三島のアイロニーがある。天皇主義を掲げて「文化防衛」を唱えたことも、三島一流の逆説的なゲーム、つまりきわめて真剣なお笑いと言うべきだろう。

こうした疎外は、三島の小説にも反映される。例えば、日露戦争から戦後社会までを舞台とした畢生の大作『豊饒の海』の第三部『暁の寺』で、真珠湾攻撃の開始の報を聞いた主人公は、すぐさまインドの輪廻哲学に思いを馳せ、東京大空襲の廃墟を見渡した際には、そこに自らの「輪廻転生の研究」を投影する。三島はすでに戦時中の作品「中世」において、応仁の乱で廃墟化した日本に高貴な美男子の霊を降ろそうとする権力者を描いたが、『暁の寺』においてもなお、戦争の生んだ廃墟に仏教的なファンタジーを書き込んでいた。三島には戦争（戦場）を写生する気がまったくなかった。

ただ、司馬にしても、三島とは別の意味でアイロニカルな一面がある。それは、司馬以前の代表的な大衆作家である吉川英治と比べるとよく分かる。吉川の『宮本武蔵』はきわめて健康的なビルドゥングス・ロマンである。若年の武蔵は「古代日本の原始的な一面」をもった野性的・動物的な存在である。それが三年かけて書物を読んだ後は「理智」のおかげで、新たな物の見方を手に入れる。吉川にとって、この武蔵の知・情・意の成長には「行き過ぎやすい社会進歩の習性に対する反省」（はしがき）が含まれていた。『宮本武蔵』に限らず、日本の大衆的な歴史小説には、慌ただしい近代化への不満が内包されている。

日本人の精神形態を総覧するような『宮本武蔵』の統合力は、日本の純文学がついに獲得できなかったものである。近代日本の地盤は主人公を円満に成長させ、世界の豊かさに目を開かせるには、あまりにも急ごしらえであった。主人公の生きる地盤が崩れていては成長物語も書けない。近代は精神の発展の場としては淋しく貧しい——だからこそ、田山花袋や島崎藤村のような自然主義作家はキャリアの後半に歴史小説に向かい、宮沢賢治はイーハトーブというユートピア（どこにもない場所）を作ったのだ。そして、賢治と同世代の吉川は、宮本武蔵を自己完成に導くユートピアを、戦乱の終わった江戸時代初期に求めた。

しかし、司馬は吉川のように健康的なビルドゥングス・ロマンを描くには、シニカルな諦念に侵されすぎていた。明治以降の近代日本は、軍国主義未満の最悪の国家に行き着くしかなかった。この失敗をなかったことにして主人公の成長を描くのは、あまりに能天気すぎる。といって、三島のように空虚な日本にすっかり囚われてしまっては、結局は純文学の限界を追認するだけで終わってしまうだろう。

そのとき、司馬は写生文作家としての立場から、いわば仮想のビルドゥングス・ロマンとして『竜馬がゆく』を書くことになる。司馬が自由な語り手として幕末の歴史的環境を写生しセットアップしてはじめて、竜馬は「海援隊」を組織した近代の先駆者として浮かび上がってくる。それ以降も、司馬は歴史というゲームボードを自らが脱線しながら製作していく、そのうねうねと蛇行するプロセスを作中でまったく隠さなかった。それは、吉川英治が宮本武蔵をまっすぐに見据えて、その精神の完成を描いたのと対照的である。

2 思想への不信

ともあれ、司馬が「写生」を旨とした作家であったとすれば、三島は「虚構」に取り憑かれた作家である。戦場においてあらゆる甘い幻想を打ち砕かれた作家と、戦場に行きそびれてヴァーチャルな幻想を再生産し続けた作家——、この両者はまさに日本の戦後文化の両極を指し示している。

ところで、司馬や三島が活躍する傍らで、戦後の日本社会で哲学の地位が失墜したことは注目に値する。京都学派を筆頭に、戦前の有力な哲学者たちが司馬の言う「国家的愚行」に加担したために、戦後日本は知に対する不信感を抱え込んだ。司馬や三島と同世代でいわゆる「新京都学派」の代表者である梅原猛が、哲学者を名乗りつつも、実際には抽象的な哲学を捨てて古代史や宗教に向かったことは、その知の変動の一例である。

この点で、司馬はまさに「戦後日本」の知識人の典型であった。彼にとって、抽象的な知や思想はまるで信用に値しなかった。例えば、彼は新京都学派の梅棹忠夫との一九六九年の対談で、日本史における「思想」は「アルコール」のようなものにすぎず、今後の日本人はその酩酊から覚め、世界に先駆けて「無思想時代」に入るとまで述べていた（『日本人を考える』）。さらに、戦争に関しても、反戦・非戦を声高に叫ぶよりも「日本は地理的に対外戦争などできる国ではない」という「小学生なみの地理的常識」から始めたほうがよいと提言する。思想を「白昼のオバケ」と見なした司馬は、日本の歴史と地理をしておのずと真理を語らしめようとした。司馬を戦後日本最大の「反知性主義」（知性への盲信を戒める思潮）の担い手と言っても、あながち誤りではないだろう。

こうした態度は、司馬の独特の文体とも共鳴している。彼の小説やエッセイは、いかめしい論考のスタイルではなく、気取らない談話のスタイルで書かれた。そこでは日本語が自由に呼吸しているが、そのぶん作家の気分次第の「脱線」に流れるところも多く、文学作品としての緻密さを欠いている。しかし、まさにこの文体によって、司馬が歴史のゲームボードを製作できたことは先述した通りである。様式化された「カタリ」というより雑談的な「ハナシ」を介して、彼は合理的な計算と非合理的な衝動を兼ね備えた主人公を描き続けた。

三島もまた、知に対しては屈折した態度を示した。むろん、彼ほど知性と教養を備えた日本人作家は他にいないが、にもかかわらず、彼ほどインテリを軽蔑してみせた作家もいない。彼がこれ見よがしにボディビルをやり、悪趣味な邸宅に住んだことは、その現れである。さらに、先輩の谷崎潤一郎が自己の素質を見誤らず、インテリぶらずにとことん変態であり続けたことに、三島は賛辞を惜しまなかった（『作家論』）。漱石や鷗外を例外として、偉大な教養人であることと優れた小説家であることは日本では両立しがたい。三島はそのことを知悉していた。

このように、司馬も三島も思想への不信という点では共通している。ただし、戦後社会に対する振る舞いは大きく異なっていた。司馬は『街道をゆく』で国土を旅する一方、列島改造計画によって日本の土地状況が致命的に混乱させられたことを憂いていた。驚くべきことに、彼は土地を公有化すべきだとすら主張した。しかし、虚構の作家である三島においては、先述したように初期の「中世」から晩年の『豊饒の海』に到るまで、日本の国土はヴァーチャルな幻想をおろす文字通りの「空間」に留まる。戦後社会の醜さは土地の公有化程度でどうこうなるものではなく、ただ金閣寺のように焼き払うしかないのだ。これと似たような発想は、三島だけではなく、例えば小松左京（一九三一年生）の『日本アパッチ族』や『日本沈没』にも認められる。小松にとっても、戦後社会の繁栄は偽りであり、だからこそそれをハチャメチャなＳＦのなかで滅亡させなければならなかった。

戦場を知らない作家たちのこの破壊願望は、戦場で「挽肉」にされかかった司馬には到底共有できないものであっただろう（その願望は、日本を自滅させた戦前の「国家的愚行」とどこが違うというのか？）。三島や小松の示した想像力のパターンは今日のサブカルチャーにまで受け継がれているが、司馬はまさにこのサブカルチャー的な破壊願望にこそ暗に抵抗していた。ちなみに、この点で、終末世界を描いたアニメーション作家の宮崎駿が、司馬を敬愛していたのは興味深い。

３　国家からの遁走

もっとも、戦後社会への対処の違いはあったとしても、この両者の国家観については意外に似通っているところもある。彼らの仕事はともに、近代の国民国家や産業社会という現実を認めつつ、そこから遁走する契機も含んでいた。

一般的には、司馬は明治国家の擁護者と見なされている。すなわち、愚かな戦争に突入した昭和前期の日本を批判するために、明治のナショナリズムを「美化」したと考えられている。しかし、この通説は間違いではないが、正確でもない。司馬自身はこう述べていた。「近代国家というのは、じつに国家が重い。庶民のながい生き死にの歴史からいえば明治というのは国家というとほうもない怪物の出現時代であり、その怪物に出くわした以上はもはや逃げようはなかった」(『大正生れの『故老』』)。自分自身をも客体化する司馬の写生文は、重い国家の時代を軽く書こうとしたものである。

司馬は戦後日本社会にこの「重い国家」からの解放を感じていた。一九六九年のエッセイ「日本史から見た国家」(『歴史の世界から』所収)によれば「現代日本は軽い国家です。これを正視しなければいかなる議論もカラブリだと思います。たとえば、権力といっても権力ではない。自民党だって、握っているのはせいぜい利権というべきものといえるほどのものであって、権力ではない」。明治以降の「重い国家」が日本史上の例外的な「怪物」であったとすれば、戦後の「軽い国家」はむしろ日本の平常状態である――、少なくとも、司馬はそのように見立てている。

この「軽い国家」への欲望は、今の日本社会でも消えていない。国家は道徳に干渉するより、行政サービスの最適化に勤しんでくれればよいというタイプの議論は、むしろ今日のグローバル化のなかで活気づいている。ただ、司馬の「軽い国家」論はたんに経済合理性から来ているわけでもない。大阪外国語学校在学中にモンゴル語を学び、晩年にはモンゴルを舞台にして佳品『草原の記』を残した司馬は、国家の歴史が蒸発した世界への憧れをずっと抱えていた。

あるいは幕末明治についても、司馬は国家の偉大な中心人物というよりは、大村益次郎や坂本竜馬のように近代をお膳立てしてすぐに退場した、さわやかな消失する媒介者にいっそう強いシンパシーを抱いていた。それは司馬自身が歴史の媒介者であったことと切り離せない。『国盗り物語』で織田信長という重厚な主役を描く前に、斎藤道三という軽快な媒介者から始めたことも、司馬らしい選択である。私にとっていちばん面白い『菜の花の沖』の高田屋嘉兵衛も、淡路島からロシアまでを横切りながらモノを商品へと媒介した商人であった。

司馬が「近代国家以前の軽さ」への憧憬を抱いていたように、三島もまた近代国家へのアンチテーゼを導入していた。それは彼の名高い天皇論として現れる。彼は福田恆存との対談でこう無遠慮に述べていた。「天皇といふのは、国家のエゴイズム、国民のエゴイズムといふものの、一番反極のところにあるべきだ。さういふ意味で、天皇が尊いんだから、天皇が自由を縛られてもしかたがない。その根元にあるのは、とにかく『お祭』だ、といふことです。天皇がなすべきことは、お祭、お祭、お祭、お祭、――それだけだ。これがぼくの天皇論の概略です」(「文武両道と死の哲学」『源泉の感情』所収)。

こうして、三島は反近代的な「お祭」を担う「美的天皇制」に対してこそ「忠義を尽くす」と言い放つ。政治的にシステム化された国家や天皇は、三島を満足させるものではない。国家の重荷を取り去り、祭祀や輪廻という無時間的なものに忠誠を誓うこと――、この三島の態度は司馬のモンゴルへの憧憬と決して別物ではない(ただし、松本健一が『三島由紀夫と司馬遼太郎』で言うように、司馬における天皇の不在は三島との決定的な違いである――司馬の日本が天皇のような超越者を不要とするほどに散文的だとすれば、三島の日本はあくまで詩的であった)。彼らはともに、明治から戦中にかけての「重い国家」を日本史のイレギュラーな現象と見なしていた。

戦後日本を代表する二人の作家が、ともに近代の国民国家からの遁走を内包していることは、きわめて興味深い問題である。私たちはそこに巨大な矛盾をも認めるだろう。しかし、その亀裂から目を背けては「昭和」の精神をつかむことはできない。もとより、巨大な戦争をあいだに挟む昭和は、国民規模の変身=転向の時代であり、誰もが混乱を回避できなかった時代である。そのとき、文学はたんなるエンターテインメントではなく、その社会的・心理的トラブルを引き受けるための容器となった。さまざまな矛盾を内包した司馬と三島が、まさにこの意味での「昭和の文学者」であったことを、私たちは戦後七〇年を迎えた二〇一五年の今、改めて思い出してよいだろう。

第5章　『太平記』のプロトコル

ヘイドン・ホワイトは大著『メタヒストリー』において、一九世紀の歴史記述を規定する四つの言語論的なプロトコル（約束事）、すなわち隠喩、換喩、提喩、アイロニーを仮定しながら、ヘーゲル、マルクス、ミシュレ、ランケら思想家たちの書き方のパターンを抽出した。[*1] それは歴史記述の方法論についての形式主義的な分析であり、一九世紀の西欧が歴史をいかなる想像力によって組み立てたかを論じた思想史的な分析でもある。

もし日本でホワイトと似たような作業をやるとしたら、『太平記』についての考察は欠かせない。このきわめて大きな影響力をもった軍記物語は、後醍醐天皇や足利尊氏らを中心にして南北朝の動乱を四〇巻にわたって語ったが、その内容のみならず、歴史記述の形式という面から言っても豊かな問題を含んだ文学作品である。『太平記』を読むとき、我々は日本において歴史を書くとはどういうことか、歴史はいかなる機能を帯びたのかというメタヒストリー的な問いに向き合うことになるだろう。私は以下、『太平記』に影響を与えた中国の史書との比較を随時交えながら、『太平記』の

＊1　ヘイドン・ホワイト『メタヒストリー』（岩崎稔監訳、作品社、二〇一七年）四三頁。

歴史記述のプロトコルを読み解くための道筋を示したい。

1　歴史という超越者

一読して明らかなように『太平記』は中国の史書からおびただしい数の歴史的エピソードを引用し、象徴的な意味の宇宙を作り出している。例えば、南朝と北朝の抗争は、作中ではしばしば項羽（楚）と劉邦（漢）や夫差（呉）と勾践《こうせん》（越）の争いに擬せられる。あるいは政治家の驕慢や失態が明らかになったとき、『太平記』の登場人物たちはきまって漢籍を参照し、この種の事案の成り行きを占う。さらに、宮廷で未知の出来事が起こったときにも、臣下は中国のアネクドート（逸話）を指針としてその意味をつかもうとするのだ。俗っぽく言えば、『太平記』の語り手は日本人に中国人の「コスプレ」をさせ、中国化した喩によって南北朝時代の状況を意味づけしようとした。その結果、出来事の事実性以上に、出来事についての解釈が膨張していくのだ。

山崎正和が指摘したように、『太平記』は「歴史的な先例」に対して異常に強い関心を抱いている。[*2] その語り手と登場人物はともに中国と日本の歴史をモデルとして現在を解読し、未来を占い、自らの行為や選択に意味を与えようとした。『太平記』は物語の解読に満ちた物語であり、歴史に夢中になった歴史文学である。その世界に関与する者は、誰もが皆、歴史というフィーバー（熱）に取り憑かれていた。

こうした先例への情熱は、後年の読者にも感染する。『太平記』の象徴的宇宙は、後々の日本人にとって文化生産のモデルとなった。高師直《こうのもろなお》と塩冶判官《えんやはんがん》の争いを描いた『太平記』の巻二十一「塩冶判官讒死事」を「世界」として、吉良上野介を師直に、浅野内匠頭を塩冶判官になぞらえた『仮名手本忠臣蔵』をはじめ、後世の小説や演劇はしばしば『太平記』のキャラクターをモデルとして、登場人物を輪郭づけた。山崎の言い方を借りれば「『太平記』は新たに、その登場人物をそれ自身ひとつの歴史的原型に作りあげた」[*3]。後年の多くの文学作品や随筆で『〇〇太平記』というタイトルがよく用いられたことをとっても、その影響力の大きさがうかがえる。『太平記』は疑いなく、日本文化史のなかでも最大級の神話生成的《ミソポエティック》な作品であった。

『太平記』の象徴的宇宙の広がりを観測していると、歴史意識についての比較文化論的考察の必要性も見えてくる。和漢の歴史書を断絶の意識のないまま、とめどなく引用し続ける『太平記』の書き方は、例えば後期ユダヤ教の黙示文学の終末論とは明らかに異質であった。著名な聖書学者ルドルフ・ブルトマンは、『第四エズラ書』等に見られるユダヤ的終末論から、神あるいはメシアが現れて世界が更新されるとき、歴史そのものが終焉を迎えるという思想を引き出している。

　このような歴史の終りは、もはや歴史そのものには属さない。〔…〕終りは歴史の完成ではなくて、歴史の終止である。それはいわばこの世界が年をとって死ぬということなのである。新しい創造が古い世界にとって代わるであろう。しかも、それら二つの世の間には何らの連続がないのであ

＊2　山崎正和『生存のための表現』（構想社、一九七八年）八頁。
＊3　同前、二二頁。

る。過去の記憶そのものは消失し、それと共に歴史が消失するのである。[*4]

逆に『太平記』に欠けているのは、歴史そのものの死という観念である。『太平記』における歴史は完全にテクスト化されているので、その語り手は過去の中国の出来事を任意に引用し、作中人物の境遇と重ねあわせることに、何ら躊躇いがなかった。終末論的なメシアニズムとは無縁のまま、歴史の総体を引用可能なテクストに変換し、状況のたとえとして用いること――、『太平記』の語り方はこの情報化に根ざしている。

もとより、終末論の希薄さは中国の文明の特徴でもある。古代中国の聖人はあくまで制度を創設する力をもつ政治家（医学を創出したとされる黄帝、治水工事を行った禹、礼楽を基礎づけた周公旦……）であり、世界を根源的に転換させるメシアではなかった。むろん、黄巾の乱を起こした太平道――「蒼天すでに死す、黄天まさに立つべし」という転覆的なスローガンを掲げた宗教集団――から清代の太平天国まで、メシア的な救世主を待望する千年王国思想が中国になかったわけではないが[*5]、それらはあくまで異端思想に留まる。

こうした傾向は日本についてもさほど変わらない。中国史の衣装を借りた戦争文学である『太平記』の記述は、創造よりも滅亡に重心があるが、かといってユダヤ的な終末論のように、歴史そのものの死や転換を語るわけではなかった。北条氏の滅亡や楠正成の戦死のような政治的破局でさえ、歴史の連続体のなかのパターンとして語られる。『太平記』の政治的人間は次々と敗北し没落していくが、その滅亡を見守る歴史という超越者は無傷のままなのである。

2　東アジアの歴史記述の変容

ここで問いの次元をもう一つ引き上げてみよう。そもそも、歴史を書くことは東アジアの文明史においていかなる機能を帯びたのだろうか？

中国では古くから史書に大きな価値が与えられてきたが、その主な仕事は事件を記すこと（記事）と言葉を記すこと（記言）、つまり「叙事の文」と「議論の文」にあった。中国の聖人や政治家は、行動によって出来事を生み出し、言葉によって思想する――この両方を記録するところから中国の歴史記述の歴史が始まったのだ。このうち「記事」のテクストの代表は重大事件の日付やその内容を簡潔に記した『春秋』であり、「記言」のテクストの代表は君主と臣下の問答を記録した『書経』である[*6]。『書経』の系統からは『論語』や『孟子』のような対話的な思想書が生み出された。事件と思想をしっかりと肉づけする散文の伝統があったからこそ、中国の文明は他国への強靭な伝達力を得られたのである。

その後、『春秋』の簡潔なデータに多くのエピソードを補足した『春秋左氏伝』（以下『左伝』）には、「記言」と「記事」の要素がともに含まれる。そこには政治や倫理に関わる議論とともに、戦争や政局にまつわる事件が物語的に記録されていた。春秋戦国時代は諸子百家の活躍した時期であり、『左

＊4　R・K・ブルトマン『歴史と終末論』（中川秀恭訳、岩波書店、一九五九年）三九頁。
＊5　この点は、三石善吉『中国の千年王国』（東京大学出版会、一九九一年）が参考になる。
＊6　「中国散文の諸相」『小川環樹著作集』（第一巻、筑摩書房、一九九七年）四一頁以下。

伝』に「議論の文」が多く見られることは、各国に言説を売り込もうとする思想家たちの知的風土と関わるものだろう。そして、『左伝』を経て紀元前一世紀の司馬遷の『史記』に到って、中国の史書の表現技術は一つの頂点を極めることになった。

思想から叙事までを広くカバーできる性能の良い散文である中国の史書は、文芸の基本的な書式にもなった。特に、小説の書き方には明らかに史書の影響が見られる。例えば、唐には『古鏡記』『虬髯客伝《きゅうぜんかくでん》』『長恨歌伝』『東城老父伝』等のいわゆる伝奇小説が書かれるが、これらのタイトル、構造、筆運び、人物造形等はいずれも史書のスタイルを踏襲したものである。[*7] その後も、白話小説『水滸伝』や『儒林外史』、『児女英雄伝』等から二〇世紀の魯迅の「阿Q正伝」、最近では閻連科の『炸裂志』に到るまで、中国の小説には史書の遺伝子が組み込まれている。

その一方、近世（宋代以降）になると、中国を含めたアジアの諸文明において歴史記述の地盤が大きく変容したことも見逃せない。中国とインドを比較文化論的に考察したアメリカの研究者たちは、一三世紀から一七世紀にかけて、インドで「歴史家と国家のつながりが強化された」のとは逆に「中国では公的な歴史記述が衰退期に入ったとき、非公式的な歴史が勃興した」とまとめている。[*8] インドも中国も近世における外敵の侵入を経て、歴史を育む条件が大きく変わったのだ。

特に、中国の公的な歴史書は、『元史』の編纂がきわめて杜撰であったことに象徴されるように、近世には文明の主導的な地位を失ってしまう。しかし、この衰退の傍らで、民間の歴史書である野史や稗史、地域の地理・歴史を詳しく記した地方志、さらに『水滸伝』や『三国演義』のような歴史小説が台頭した。中国の近世とは「歴史を記述すること」が公の管理を超えて、民間レベルで増殖し、その結果として虚構的なテクストの生産も大いに活気づいた時代だと言えるだろう。この

「歴史から虚構へ」という推移は、中国文学史の大きな事件であった。

一四世紀日本での『太平記』の成立も、巨視的に見れば、近世東アジアにおける歴史の虚構化の流れに属している。もともと、日本では中国ならば史書が担うような仕事を、伝統的に物語というフィクションが担ってきた。『日本書紀』以降の公的な史書の編纂事業は徐々に尻すぼみとなり、中世には『平家物語』や『太平記』のような軍記物語が史書の代用品として流布した。日本はこれらの物語文学にこそ「叙事」（事柄を記すこと）と「思想」（言葉を記すこと）という大きな仕事を託したのだ。

司馬遷が父の司馬談以来のプロフェッショナルな歴史家として『史記』を書いたのと違って、『源氏物語』の紫式部は政治的責任を負わない女房であり、『平家物語』や『太平記』の著者に到っては実像も定かではない、恐らくは芸能に深く関わる在野のミステリアスな存在であった。[*9] 中国の基準から言えば、これら日本の物語は総じていかがわしいサブカルチャーにすぎないだろう（現に、一五世紀初頭の今川了俊は『太平記』の誤りの多さを糾弾している）。にもかかわらず、日本はこの怪しげな物語群に、出来事の記録のみならず、抒情的な文章からゴシップ、占術、批評、政治思想に到るまでの文明の知の保管を任せてきた。特に、『太平記』は脱線の多い衒学的な語り手のせいで、一種のエンサイクロペディア（百科全書）のような様相を呈している。

＊7　董乃斌『中国古典小説的文体独立』（中国社会科学出版社、一九九四年）九三頁。
＊8　Sheldon Pollock and Benjamin Elman ed., *What China and India Once Were*, Columbia University Press, 2018, p.142.
＊9　林屋辰三郎は『太平記』の作者を「散所」の芸能民に近い存在と想定している。『古典文化の創造』（東京大学出版会、一九六四年）一五二頁以下。

エリック・ハヴロックは古代ギリシアのホメロスの詩が、共同体に必要なパイデイア（教育・教養）を伝承する口誦の「部族的なエンサイクロペディア」であったと述べているが[*10]、それと似たことが『太平記』にも当てはまるかもしれない。『太平記』は戦争のルポルタージュであるとともに、共同体にとって必要な知識を読み手に伝える、文学的な教育機関としての一面をもった。『太平記』以降も、江戸時代の曲亭馬琴が共同体のエンサイクロペディアとして物語を用いた。馬琴は『椿説弓張月』や『南総里見八犬伝』のなかに、琉球の地誌から中国由来の小説批評に到るまでの珍しい雑学的な情報を詰め込んだ。このような文学的なペダゴギー（教育学）は、まさに『太平記』のスタイルを受け継ぐものである。

3　近世のナショナリズム、中世の魔術

もとより、物語は中立性や客観性をもった散文とは言い難い。兵藤裕己は『平家物語』や『太平記』の語りを分析して、三人称と一人称がしばしば融合することに注目している[*11]。軍記物語のメタレベルの語り手は三人称的（客観的）に過去を記述するが、物語の中心部に近づくとしばしば登場人物に何の断りもなく憑依し、一人称的（主観的）に感情をドラマティックに語る。それによって、語りは中立性を失って登場人物の魂に浸透していくだろう。

非公式的で、ときにアナーキーですらある在野の物語によって、マクロな国家とミクロな個人の運命を語ること――、これはかなり危うい営為である。現に、『太平記』は政権の興亡を物語として

象りながら、いかがわしい想像力も呼び出してしまった。兵藤が「正成の合戦物語を起点にして、太平記のイデオロジカルな枠組みが相対化されてゆく」と述べるように、[12]『太平記』は宋学（朱子学）を前提にしたイデオロギーの物語でありながら、楠正成の登場をきっかけにして、それを「相対化」するようにオカルトまがいの奇怪なエピソードも侵入させる。楠正成という軍人政治家には、物語のまじめさといかがわしさが凝縮されていた。

例えば、日本史家の若尾政希は『太平記』を生み出した一四世紀後半を「近世の新しい政治理念（撫民・仁政の思想）が胚胎した時代」と位置づけながら、一七世紀になると注釈書の『太平記評判秘伝理尽鈔』を通じて、正成が理想的な「明君」として語られたと論じる。中世の「顕密仏教」に根ざした国家像とは別の、仁政イデオロギーに基づく新しい国家像が近世に現れ、正成はそのリーダーとして崇められた。[13]さらに、明の亡命知識人（遺民）の朱舜水が、徳川光圀の庇護のもとで正成を中国的な忠君愛国の士として顕揚し、湊川の碑文に賛を残したことは、正成が後にエスノセントリックな皇国史観のアイコンに高められる第一歩となった。[14]

そもそも、東アジア政治史において、近世《アーリー・モダン》はナショナリズムの勃興した時代である。唐が多民

*10 エリック・A・ハヴロック『プラトン序説』（村岡晋一訳、新書館、一九九七年）一五一頁以下。
*11 兵藤裕己『平家物語の読み方』（ちくま学芸文庫、二〇一一年）一六六頁以下。この三人称と一人称の融合は、日本の近代文学にもしばしば現れる現象である。
*12 兵藤裕己『太平記〈よみ〉の可能性――歴史という物語』（講談社学術文庫、二〇〇五年）一二八頁。
*13 若尾政希『近世の政治思想論』（校倉書房、二〇一二年）一一六頁。
*14 山本七平『現人神の創作者たち』（上巻、ちくま文庫、二〇〇七年）六四頁以下。

族を包摂する「帝国」であったとすれば、近世の漢民族国家である宋は、周囲の対等の軍事力を備えた異民族国家のライヴァルに対して自らを文化的に差異化しようとする「国民国家」に近づいた。南宋の文天祥や明の朱舜水のような文人的なナショナリストは、まさにこの近世の China among Equals の状況の申し子である。宋学の大義名分論を取り入れ、楠正成を忠臣として活躍させた『太平記』も、近世の政治的環境の所産と言えるだろう。*15

むろん、近代のナショナリズムがプロパガンダによって大衆に広く国民の自覚を植えつけるのと違って、近世のナショナリズムは上層のエリート（士大夫）に限定される。さらに、前者がエスニシティによって自他を弁別するのに対して、後者は文明化の度合いを重んじるという違いもある。*16 要は、近世中国にはネーションの意識が部分的にあっただけで、ネーションの身体はなかったのだ。だとしても、ナショナリズムの成立を近代のたった一度きりの現象と見なすのも正しくない。現に、楠正成が近代の皇国史観につながっていくことは、近世の層が近代の層をある程度規定していることを示唆する。このナショナリズムのミルフィーユ的な重層性を探るために、私たちにはいわば「ナショナリズムの考古学」が必要なのだ。

ただ、その詳しい分析は別の機会に譲って、先に進もう。ここで強調したいのは、『太平記』には以上の近世のまじめなナショナリズムの萌芽とは別に、中世的ないかがわしい魔術の記述も多く見られることである。それは特に「夢」と深く関わっている。

例えば、正成が抜擢されたのは、後醍醐天皇が大きな常盤木が「南」に向かって枝を伸ばしているさまを夢に見て、目覚めてから「楠」という文字に思い至ったのがきっかけであった（巻三）。法衣に身を包み、密教の宝具を手にして加持祈祷にいそしむ後醍醐天皇の政権は「異形の王権」（網野善彦）と形容されるが、『太平記』の語り手はそのような王権の魔術性を夢占いと重ねている。

面白いことに、『太平記』はたんに夢のサインを語るだけではなく、世界そのものを「夢」のように捉えていた。あれよあれよというまに事態が急変し、昨日の勝者が今日の敗者に変わってしまう——、この一寸先は闇の世界に対して、語り手は「夢」と「うつつ」が分かち難いという評語を繰り返している（巻三、巻十五等）。激変する状況に対して確固たるリアリティをもてない、どこか離人症的な夢見心地の感覚が『太平記』の底を流れている。だからこそ、政治家も軍人も必死になって、「夢」に浮かび上がる暗号を解読しようとするのだ。

現に、夢を解読し損ねた人物には致命的な災難が訪れる。とりわけ、南朝方のヒーローの一人であった新田義貞の死は、教訓的に語られている。敵方の尾張守高経が平泉寺で真言密教に伝わる「怨敵調伏の法」を執り行った、その七日目の晩に、義貞は自分が大蛇に変身する夢を見る。占い師はこのサインを吉兆と見なしたが、斎藤七郎入道道猷は諸葛孔明の故事を踏まえて、それはむしろ凶兆だと判断する。この判断は的中し、義貞は流矢にあたってあっけなく敵方に首をとられてしまう（巻二十）。

作中の義貞一派は、未熟な帝徳に対する批評家でもあった。例えば、後醍醐天皇が自らの独断で

＊15　なお、後醍醐天皇の同時代の中国はモンゴル支配下にあったことも見逃せない。東洋史家の杉山正明は『ユーラシアの東西』（日本経済新聞出版社、二〇一〇年）で、後醍醐天皇は宋の朱子学そのものではなく、むしろモンゴル帝国で流行した朱子学の君臣論・大義名分論・国家論に触発されたと見なすが（二一七頁）、これは傾聴に値する。
＊16　Nicolas Tackett, *The Origins of Chinese Nation*, Cambridge University Press, 2017, pp.5-6.

還幸の儀を決めてしまったとき、義貞の配下であった堀口美濃守貞満は怒りをあらわにして天皇に抗議し、天皇もその言葉に心うたれて、義貞の忠義を高く評価する（巻十七）。しかし、このような君臣関係も、夢のサインを解読し損ねれば、あえなく崩壊してしまう程度のものでしかない。『太平記』の語り手の関心は、大義名分論のような「政治的正しさ」を麻痺させるオカルト的な現象にあったように見える。

こうして『太平記』において、占いは最上級の政治的行為となり、夢の暗号解読は生存を賭けた行為となる。夢のヌーミナス（神霊的）な作用はそれほどに強力なのだ。第三部の後半になると、『太平記』は大義名分のない「私戦」に覆われる一方、正成、護良親王、後醍醐天皇、日野資朝・俊基らは怨霊と化すが、[*17]この怨霊たちも吉野の後醍醐天皇の廟に参った北面の武士の夢に現れる（巻三十四）。イデオロギーや秩序が壊れた後も、サインを生み出す夢の力だけはまったく衰える兆しを見せない。そのおかげで『太平記』の象徴的宇宙は活力を保ち続けたのだ。

4　占術と修辞

ここで注目に値するのは、『太平記』よりずっと以前に、中国の古い史書がすでに神霊的なサインの解読を伴っていたことである。『太平記』をメタヒストリー的に考えようとするとき、中国の歴史記述のパターンを知ることは欠かせない。

中国の最初期の歴史家たちは、国家や君主を災厄から守る予言者的性格を備えており、自然現象や民衆の歌を観察することによって、世界からの警告を読み取っていた。先述した『左伝』や『国語』を読むと、周代における「太史」がたんに国家の重大事件を記すだけではなく、お祓いや卜筮、占星術、さらには「巫」と似た祭祀の仕事などを受け持っていたことが分かる。[*18]

特に『左伝』には多くの占術（夢占いや星占い）が書き込まれている。君主のシャーマン的な側近はときに、『詩経』の一節を踏まえながら善政の到来を祝福し（宣公十六年）、脳髄を吸い出されるという王の夢を吉兆と見なして進軍を促し（桓公十二年）、戦争前の鬼神を祀る儀式での不敬なジェスチュアに将来の災禍を予感した（成公十三年）。逆に、そのような占いを拒否して、人間的な意志を優越させるタイプの君主も『左伝』には登場する（昭公十三年）。ミステリアスなサインに対する数々の反応のパターンが、『左伝』には記録されていた。

アメリカの中国文学者・李惠儀が言うように「『左伝』は濃密な象徴的宇宙であり、そこでは意味作用と解釈がさまざまなレベルで働いている」。その宇宙のなかで「夢は人間的なものとしても神霊的なものとしても機能する」[*19]。『左伝』ではシャーマン的な解読者たちの判断によって、意味がたえず生み出される。その記号の解読がうまくいかないと、国家や個人の存続もただちに危うくなる。そのため、夢占いは政治にとって自己保存の手段となった。

興味深いことに、中国の最初期の「文芸批評家」もサインの解読者であった。『左伝』によれば、

*17　永積安明『太平記』（岩波書店、一九九八年）四五頁以下。
*18　許兆昌『先秦史官的制度与文化』（黒竜江人民出版社、二〇〇六年）第二章参照。
*19　Wai-yee Li, *The Readability of the Past in Early Chinese Historiography*, Harvard University Asia Center, 2007, p.172, 234.

呉の優れた政治家である季札は魯を訪問した際に、各国の歌を聴かされ、その調子からそれぞれの国家の未来を予言した（襄公二十九年）。サインの解読によって社会情勢と未来を洞察するという点で、占術と批評と政治は思いのほか接近していた。高度な暗号解読能力を有することは、古代の政治家にとって不可欠な資質であったのだ。

このように、サインの帝国を構築した『左伝』の書式は、漢の武帝の時代の『史記』にも引き継がれる。武帝の時代には「前兆」の理論が受け入れられており、「天人感応説」で知られる著名な儒者である董仲舒も、その信奉者であった。司馬遷は合理主義的・現実主義的な精神の持ち主であったが、若い劉邦の頭上に瑞雲が立ち込めていたというようなオカルト的な伝承を『史記』に書き残すことも厭わなかった。大成する政治家に付き物のサインは、司馬遷にとって記録に値する情報であったことが分かる。

さらに、このサインの解読は権力者の説得のためのレトリックにも現れてくる。戦国時代に宮廷を訪れた遊説家たちは、歴史的エピソードをしきりに引用することによって、自らの議論を補強し、飾り立てた。神話の乏しい中国にあって、歴史を参照することは、他者の感情に訴えかけるための有力な修辞的技法となった。『左伝』や『史記』の英訳者であるバートン・ワトソンは次のように述べている。

修辞の道具として歴史への言及を用いることは、古代中国史の諸材料に深甚なる影響を与えた。その反復使用と潤色によって、数多くの文学的なパターンを作りあげたのである。徳不徳・賢愚を明らかにする人物類型の探索は、禹・湯・文・武といった卓越した道徳的君主や、桀・紂・秦の始皇帝といったとんでもない悪人の発達を導いた。[20]

『左伝』や『史記』は歴史をパターン化し、可読的（リーダブル）な記号に変えた。古代中国人にとっての歴史は客観的なデータであるだけではなく、未来を示すサインであり、権力者の説得に役立つ修辞的な喩のセットでもあった。

5　解読・制作・説得

世界をサインの集積と見なし、前兆とパターンから成る象徴的宇宙を解読し続けた『左伝』のプロトコルは、千年以上の時を隔てた『太平記』にも隔世遺伝的に伝えられた。奇妙なサインを解読し、将来についての判断を下すこと（予言的機能）。あるいは過去の王朝の興亡のパターンを踏まえながら、権力者を説得すること（修辞的機能）。中国史のエピソードに熱中した『太平記』の語り手は、これらの歴史書の中国的機能も模倣したのだ。

特に、『太平記』は正成に意味を与えるのに熱心であった。正成が弟の正季とともに湊川で自害したとき、語り手はこの壮絶な出来事に「聖主再び国を失て、逆臣横に威を振ふべき、其前表のしるし」を認めた（巻十六）。正成兄弟の死は、未来の混乱を予言する「前兆」として位置づけられた。

＊20　バートン・ワトソン『司馬遷』（今鷹真訳、筑摩書房、一九六五年）一九一頁。

そして、当の正成自身も、箴文（予言書）の解読者として描かれた。巻六で、護良親王の母が北野神社に参拝した折に見た夢は、隠岐に配流された後醍醐天皇の還幸を告げていたが、その場面に続いて、正成は聖徳太子の残した天王寺の「未来記」を閲読し、この「不思議の記録」がやはり後醍醐天皇の還幸を予告することを読み解いてみせた。『太平記』は聖徳太子の信仰に立脚しながら、予言者・聖徳太子と解読者・正成を交わらせたのだ。

その一方で「しるし」を人為的に制作しようとする人物も『太平記』には現れる。それは後醍醐天皇そのひとである。官軍の連敗に頭を悩ませた天皇は、自ら皇居で金輪の法（大日如来の真言を唱える儀式）を執り行った。その七日目の晩に、日・月・星の三光天子が顕現したことが『太平記』には記録されている。「その一七日に当たりける夜、三光天子、光を並べて壇上に現じ給ければ、御願忽ちに成就しぬと、憑《たの》もしくぞ思し召ける」（巻八）。この天皇の修法は、未来を好転させるサインを呼び寄せるはずであったが、天皇が京都に送った千種忠顕は大敗を喫してしまう。

もとより、儀式と戦争は中国の政治学のふるさとと呼べるものである。『左伝』には「国の大事は祀（祭祀）と戎（軍事）にあり」（成公十三年）という劉康子の発言が見える。この二つのイベントには多くの吉兆や凶兆が集まってくるので、それを正しく解読することが『左伝』における政治の要諦となった。『太平記』の政治家たちも、同じく儀式や戦場のような非日常の空間でさまざまなオカルト的なサインと出会う。物語はその暗号解読のデータを保存するアーカイブとなった。

さらに、歴史が権力者や軍人を説得するための修辞的技法として使われるケースも『太平記』には認められる。陰謀家の三善文衡が中国史の興亡のパターンを踏まえながら、微子（殷の紂王の庶兄）や范増（楚の項羽の幕僚）を追放したように賢臣を追い出した今の日本の朝廷は落ち目にあるとして、公家の西園寺公宗に対して後醍醐天皇への謀反を勧めるくだりは、その一例である（巻十三）。文衡は中国の遊説家のように、歴史のパターンを参照して決起を煽ったが、この企ては失敗して公宗も文衡も処刑されてしまう。

このように、『太平記』にはサインを解読する軍人、サインを儀式によって制作する為政者、歴史を説得のレトリックとして用いる陰謀家らが現れる。彼らはサインに潜む未来の予兆を読み取ろうとするが、新田義貞、後醍醐天皇、三善文衡らのように、その解読に失敗し没落するケースも『太平記』では珍しくない。だからこそ、夢と象徴の宇宙の申し子のような楠正成が、『太平記』でもとびきりの神話的存在として際立ってくるのだ。

ここで『太平記』と『平家物語』の比較を交えるのは有益だろう。かつて文芸批評家の保田與重郎は、『平家物語』の木曾義仲と源義経について「世界」を所有していないと評した[*21]。平家の没落が大きな時代精神を背負っているのに対して、彼ら二人にはいかなる理念的な相続者もおらず、ただ虚しく栄え、虚しく死んでいくばかりである。二人の代表的な軍人が世界喪失者であったために、『平家物語』はうつろな人間の画廊のようにも見えてくる。『平家物語』冒頭で示される「諸行無常」の観念も、このうつろさと無関係ではない。

それに対して、『太平記』の正成はたくさんの種子を含んだ神話的人物であり、多くの子孫を残した。ちょっとした事件のあいまにも漢籍の物語を挿入し、象徴的宇宙を広げていく『太平記』の語りは、『平家物語』の書きぶりと比べるとバランスを欠くが、この巨大な宇宙を背景にしているから

＊21　保田與重郎「木曾冠者」『改版日本の橋』（新学社、二〇〇一年）一二二頁。

こそ、楠正成は意味の重力を手に入れることができた。後の『忠臣蔵』の大石内蔵助は正成の生まれ変わりとして理解され、幕末の勤王家にとっても正成は行動のモデルとなった。正成は歴史的連続体のなかで長い死後の生を与えられた。そして、この持続力は『太平記』という中国化した物語文学から生じたのである。この点で、楠正成は近代の「翻訳的主体」の先駆者にほかならない。

私はここまで、メシアニズム的な断絶の観念が希薄な環境において、中国の史書および日本の物語がいかなる機能を帯びたかを、かいつまんで示そうとしてきた。和漢の歴史をテクスト的な情報として吸収しながら、中世と近世を横断する『太平記』は、この環境の生んだハイブリッドな奇書である。

かつて司馬遼太郎が評したように、『太平記』は「文学書である以前に、歴史をもっともつようくごかした戦慄的な書物」である。[*22]『太平記』が尊王思想のようなエキセントリックな政治神学を発展させたのは、この作品がたんなる叙事の文ではなく、前兆の解読や修辞的な説得のような諸部門を含んだエンサイクロペディア的な思想書であったことと深く関係する。日本の物語について考えるには、歴史のプロトコルの伝播についてのメタヒストリー的な分析が要求される。それによって、私たちは東アジアの歴史哲学を実りある形で構想できるだろう。

＊22　司馬遼太郎「解説」『太平記』（河出書房新社、一九九〇年）三五五頁。

第6章　京都の市民的ミニマリズム——大田垣蓮月について

1　近世の女流文学

幕末明治の京都に生きて和歌や陶器、書の制作を手掛けた大田垣蓮月は、現代ふうに言えば「マルチメディア」の作家であり、勤皇の志士と交わりのあった才女としても知られる。蓮月のような近世の女性作家の活動はその後の文化史にも、陰に陽にさまざまな影響を与えたに違いない。ただ、その実体や系譜はなかなか捉えにくい。日本の女流文学史は平安朝の女房文学からいきなり近代に飛び、近世（江戸時代）を省略してしまう傾向があるからだ。

むろん、門玲子の労作『江戸女流文学の発見』が示したように、近世も本来はさまざまな女性作家たちを生み出した時代である。例えば、女訓書や文学的な紀行文で知られる井上通女、柳沢吉保の側室で長大な『松蔭日記』を書いた正親町《おおぎまち》町子、王朝文学を研究し中国文学の影響も受けた物語作家の荒木田麗女、さらに蓮月と同時代の福岡の歌人・野村望東尼らは、それぞれ個性的な作家として近世文学史の一隅を占めている。とはいえ、彼女らもやはり一般に知られた存在とは言い難い。近世の女流文学の見えにくさは、日本だけの問題ではない。中国にも似たようなところがある。

例えば、近世中国の文化的先進地域であった江南には、一七～一九世紀にかけて「弾詞《だんし》小説」(三絃の伴奏を付してセリフと歌で組み立てられたパフォーマンス的な文学形式)を作る女性たちがいたが、研究の光が当たるようになったのはごく最近のことである。彼女らは婦人の美徳を語りつつ、自らの秘密を語る「自叙の欲望」を育てていった(胡暁真『才女徹夜未眠』参照)。ジェンダー論の立場から言えば、女のエクリチュールの発掘は今後も重要な課題になってくるだろう。近世の日中において女性と「書くこと」は新たな社会的条件のなかで結びついた。蓮月もその大きな文脈の一部である。

と同時に、蓮月がメディア・アーティストとして、その近世の文脈を超え出ていくような独自の作家性を示したことも確かである。過去にほとんど前例のない女流陶芸家であった彼女は、たんに紙に文字を書くだけではなく、陶刻を通じて自らの書も変化させた。「蓮月流」と称される彼女の書の瓜型字型は、陶刻の経験から来たものだと言われている(徳田光圓「蓮月の陶刻と書風」『大田垣蓮月』講談社所収)。京焼に用いる岡崎土という物質との出会いから、蓮月の文字の細く、清々しく、繊細で、のびやかで、またどこかまろやかで優しい外見が生み出されたことは、たいへん興味深い。線の美学を追い求めた蓮月流は、土と筆との対話の所産なのである。

蓮月の芸術は試行錯誤の産物であり、その変容のプロセスから彼女がいかに固有の表現を形作っていったかがうかがえる。それを「彼女の過酷な人生が書なり陶芸なりに反映されている」というふうに人生論的に解釈してしまうと、かえってこの試行錯誤の意味が消えてしまうだろう。蓮月を語ろうとするとき、若くして夫や子供と死別し、尼になった後は男を遠ざけるために自分の歯を抜いたという強烈なエピソードが必ずつきまとう。だが、私はそれ以上に、蓮月が陶芸と書という二つのメディアを跨ぎながら「書くこと」を濁りのないミニマリズムのなかで研ぎ澄ましていったことに、いっそうの魅力を覚える。彼女は実社会での激動の生のなかで、メディアとメディアのあいだにもう一つの静かな生を刻み込んでいったのだ。

2　蓮月の市民的性格

ところで、歌人である蓮月が、京都の岡崎に住んだ小沢蘆庵を敬愛したことはよく知られる。彼女は富岡鉄斎――四五歳年上の蓮月の身の回りの世話をし、彼女から大きな影響を受けた――とともに北白川の心性寺（現在はバプテスト病院の敷地）に蟄居した時期があるが、そこには蘆庵の墓があった。

一八世紀に生きた蘆庵はその歌論のなかで、技巧的な修飾を排し、「人情」を平明に表出することこそが歌の目的だと見なした。専門家の高度な技術に囲い込まれた和歌を、アマチュアの素直な心に開いていくこと――、それはまた「生きとし生けるものいずれか歌を詠まざりける」という『古今集』仮名序以来の、いわば歌の平等主義を復活させるものであり、京都の市民文化にもうまく適合するものであっただろう。

蓮月の歌も、蘆庵あるいは香川景樹の系譜に属する平明な市民文学だと言える。ここで言う「市民文学」とは、身近な言葉や物を素材にして生活や心を上質のものに仕立て、それによって個の自律性を確立しようとする文学、というくらいに考えてもらえばいい。

この穏健な市民的性格は、恐らく蓮月の思想にも及んでいる。蓮月というと、どうしても幕末明治という時代背景から、勤皇思想との繋がりが強調される傾向がある。しかし、村井康彦が説得的に述べているように、蓮月は「必要以上に熱烈な勤王思想家」に仕立てられてきた面がある（「蓮月尼の生涯と思想」前掲『大田垣蓮月』所収）。その文学の本質はむしろ、政治的な主義主張よりも、気取らない市民的なヒューマニズムにあるだろう。

例えば、鳥羽伏見の戦いのさなか「よそにきく音もはげしき時津風花のみやこをちらさずもがな」「うつ人もうたるる人もこころせよおなじ御国の御民ならずや」「あたみかたかつもまくるも哀なりおなじ御国の人とおもへば」（拾遺・雑部）などと詠んだ蓮月は、戦時下における一般市民の小さな祈りの感情をすくいとり、双方の被害に思いを馳せ、戦争の無意味さを哀愁とともに訴えている。ここでは戦争は、素朴でセンチメンタルな庶民の視線から捉えられていた。

このことは、蓮月が我が子のように可愛がった富岡鉄斎の振る舞いと対比してみることもできる。各地を旅した鉄斎は、歴史的な遺跡を漢詩によって荘厳なモニュメントに仕立てた。さらに、彼は文人画家としても《富士山図》のように、富士山を遠景と近景から描き分けることによって、美しく端正に表象されてきた富士山が実際には異形のモノでもあることを暴露するという、きわめてユニークな絵画を残した。そこには、蓮月とは違って、文化的コード（約束事）を食い破ろうとする強い自己主張を認めることができる。

だからこそ、この弟子の鉄斎に対して、蓮月がたびたび祈りを含む歌を贈っているのは面白い。鉄斎が「唐人」に会いに長崎に赴く際には「もろこしの月のかつらの一本もをりもてかへれわが家づとに」と詠み、蝦夷へ向かう際には「君のゆくえぞのちしまのあら波もをりしづまりてまちわたるらん」（拾遺・雑部）と詠んだ蓮月は、あくまで市民の等身大の生活感情を手放さなかった。

この気取らない穏やかさがあったからこそ、和歌、陶器、書に広がる蓮月の作品群は、京都の市民の「共有財」になり得た。彼女の歌を彫り込んだ「蓮月焼」が、京都で土産物として人気を博したというだけではない。蓮月には市民の日々の生活を陶治し、上質なものに変えていく教育者としての一面があった。例えば、京都生まれの与謝野寛（鉄幹）は蓮月と交際があった父親（与謝野尚絅）に加えて、母親もまた蓮月の字を手本にしていたことを述懐している。「父は固より、母も蓮月尼を敬ひしかば、尼のやうに字を書かんとは母の願ひの一つなりき。母の遺墨を見るに、やがて尼に似たる所多し」（与謝野寛「蓮月尼の事ども」村上素道編『蓮月尼全集』所収）。

このような受容の仕方は、鉄幹の母親に限ったことではなかっただろう。蓮月の書はたんなる鑑賞の素材ではなく、市民の一人ひとりの美意識を静かに問い直し、字の書き方を試行錯誤する余裕を与えるものであった。ここには、良質の市民的ミニマリズムとでも呼ぶべきものがある。

3　自己消去願望とモダニティ

一般的に言って、日本の女流文学を考えるとき、その教育者としての機能は見逃せない。例えば、明治の樋口一葉にしても生前に唯一著書として刊行されたのは、博文館の『日用百科全書』の一冊『通俗書簡文』であった。これは主に女性向けに手紙の書き方を教えるマニュアル本だが、細かいシチュエーションを設定して、手紙の文例を具体的に教示していくところに、一葉の繊細な配慮がうかがえる。

さらに、明治以降の男性作家の仕事にも「女性による教育」の影響が見受けられる。例えば、坪内逍遥はもともと母から江戸時代の演劇や読本の教養を伝授された。あるいは松子夫人から陰に陽に影響を受けた谷崎潤一郎は、女性のエクリチュール（書き方）を学ぶことによって、稀に見るほどの文学的長寿を保つことができた。大江健三郎や中上健次にしても、土地の女性の語りを抜きにして故郷の風土にアクセスすることはできなかった。

残念ながら、この種の伝承は文学史のなかで必ずしも重視されておらず、そのせいで日本文学の見方も貧しくなっている。だからこそ、江戸から明治への移行期を生き抜いた大田垣蓮月という女性アーティストの精神や技法が、富岡鉄斎や与謝野鉄幹といった男性たちにもリレーされたことには、改めて光を当ててよいだろう。

それとも関わって言えば、蓮月には自らを透明化しようとする傾向があったように思える。例えば、蓮月が引っ越し魔であったのは有名だが、そこには行方不明者になろうとする根深い自己消去願望があったのではないか。それは例えば、次の和歌によってもある程度裏付けられるだろう。「世の中をながれわたりのみづからも濁りたる名を跡にのこさじ」「さそふ水ありとはなしに浮草のながれてわたる身こそやすけれ」（拾遺・雑部）。蓮月は水のような「ながれわたる」媒体に変身することによって、人生の生々しさからいったん切り離されたところに、汚れのない生活の芸術を立ち上げることができた。杉本秀太郎は蓮月の歌について、実生活の不幸のとげを抜いて、言葉の綾によって生活を飼いならそうとする「戦術としての歌」と評しているが（『大田垣蓮月』）、水のモチーフはまさにその戦術の支えとなったと言えそうだ。

もとより、蓮月の人生には謎も多く、その事績について断定的なことを言うのは難しい（その謎が彼女の神秘化を招いたところもある)。だが、一つ確かなのは、市民たちがこの女性作家を敬愛し、作品を今日まで受け継いでいったことである。私たちは作家とそれを取り巻く市民の総体を「蓮月という現象」として捉えるべきだろう。自己を「水」のように透明な存在に近づけ、作品を市民に向けてマルチメディアに展開していくことによって、かえって作家性・固有性が浮かび上がってくるという蓮月の逆説的なモダニティには、いまだ尽きせぬ魅力がある。

補記：蓮月の和歌はすべて村上素道編『蓮月尼全集』からの引用である。

第7章　家・中国化・メディア――折口信夫『死者の書』の構造

折口信夫の『死者の書』はしばしば、その特異な文体によって、古代の神秘的世界を捉えた作品と見なされてきた。例えば、松浦寿輝は作品冒頭の「した　した　した」という響きに「絶対的な「近さ」の体験」を認めている。[*1] 確かに「こう　こう　こう」「ほほき　ほほきい　ほほほきい」等も含めた奇妙な擬音語の数々は、古代世界の音が直接読者の耳元に伝わってくるかのような強い印象を与える。「折口名彙」と呼ばれる独自の学問語まで作った折口は、宮沢賢治と並んで、近代日本における「個人言語」(idiolect) の使い手であった。

ただ、その呪文めいた官能的な文章に眼と耳を奪われすぎると、村井紀の言う折口の神秘化を助長しかねない。「大阪に生まれ、コカインを常用していた大正モダニストを「古代人」などと呼ぶことは、根本的にばかげているし、何の根拠もない」ことは当然の前提として確認しておくべきだろう。[*2] そもそも、『死者の書』は神的なもの・超常的なものと無媒介に触れ合おうとするニューエイジふうの作品に還元し得るだろうか？　否、私の考えでは、『死者の書』はむしろ神を諸関係のネットワークに置き直そうとする構造化の意志を備えた作品として読み解くことができる。そこでは、神はいきなり無条件に現れるのではなく、それを求める人間の心、さらにその心を作り出した歴史的・社会的環境と一体になっていた。彼自身の神道研究の枠には必ずしも収まりきらない、小説ならではの特異な具体性が、そこには認められる。

私たちは折口の神秘化という罠から逃れるためにも、作品の構造を努めてドライに分析するべきである。本章ではさしあたり（1）家（2）中国化（3）メディアという三つの視点を定め、『死者の書』の体系を指し示すことを目指す（なお、以下の引用は岩波文庫版に依拠する）。

1　家

中将姫《ちゅうじょうひめ》が蓮の糸によって一晩で曼陀羅を織り上げたという著名な伝説に基づく『死者の書』の隠れた主役は「家」である。中将姫（藤原南家郎女《いらつめ》）は藤原武智麻呂を祖とする藤原南家の出身であり、霊的な資質に恵まれていた。ある春分の日、夕闇の二上山の「三つの峰の間に、ありありと荘厳な人の俤が、瞬間顕れて消え」るさまを幻視した彼女は、その後「神隠し」に遭う。そして、彼女が彷徨の果てにたどり着いた山間の万法蔵院に「当麻の村の旧族、当麻真人の「氏の語部」、亡び残りの一人」である老女が現れ、この高貴な珍客の前で藤原氏の歴史を止めどなく話し始める。

＊1　松浦寿輝『折口信夫論』（太田出版、一九九五年）一九頁。
＊2　村井紀『反折口信夫論』（作品社、二〇〇四年）二二七頁。

藤原のお家が、今は、四筋に分れて居りまする。じゃが、大織冠さま〔鎌足〕の代どころでは、ありは致しませぬ。淡海公〔不比等〕の時も、まだ一流れのお家でおざりました。併し其頃やはり、藤原は、中臣と二つの筋に岐れました。

かつて中将姫に「古物語り」を語った中臣志斐嫗《しいのおむな》と同じ表情をした、この当麻氏の語り部の老女は、藤原不比等の頃に「神事」を司る中臣と「公家」の藤原の分岐が発生したことを述べる。この重大な祭政分離については、作中の別の箇所でもっと明確に言い直されている。

古い氏種姓を言い立てて、神代以来の家職の神聖を誇った者どもは、其家職自身が、新しい藤原奈良の都には、次第に意味を失って来ている事に、気がついて居なかった。最早くそこに心づいた、姫の祖父淡海公などは、古き神秘を誇って来た家職を、末代まで伝える為に、別に家を立てて中臣の名を保とうとした。そうして、自分・子供ら・孫たちと言う風に、いちはやく、新しい官人の生活に入り立って行った。

『死者の書』では、不比等は祭政分離を自覚的に推し進めた政治家として位置づけられる。それまで中臣氏として神職を担ってきた家を、政治に従事する「藤原」と神に仕える「大中臣」に分離して「中臣の名」にまつわる「古き神秘」を生き延びさせること――、この苦心の歴史的決断が『死者の書』の前提となった。逆に、作中にも登場する大伴家持の一族はその新しい流れについていけず、政治的には敗者となる。[*3] 折口はこの八世紀初頭の文化革命をことのほか重視し、その転換のもつ意味を藤原の「家」に即して説明した。それによって、中将姫は「中臣」の廃れゆく「神わざ」の隔世遺伝的な継承者として描き出される（ちなみに、このアタヴィズム＝隔世遺伝も折口が自らの古代論で繰り返した論点である）。

折口は文化伝承＝管理の単位としての「家」から決して離れない。弟子の角川源義《げんよし》の研究もそうだが、折口の学問の面白さは物語の「管理者」への注目にあった。そして、家は感情も複写して伝える。当麻の老女は中将姫に対して、作品冒頭で目覚める死者の滋賀津彦（大津皇子）の想い人・耳《みみ》面刀自《ものとじ》が鎌足の娘（中将姫の叔母）であり、幽界の住人には中将姫がその耳面刀自と重なって見えるのだと不気味に告げる。中将姫は「神わざ」だけではなく、耳面刀自をめぐる愛の物語まで受け継いでいるのだ。『死者の書』の世界は、家という複写機によって支えられていた。

さらに、『死者の書』のなかで決定的に重要な「水」のモチーフにしても「中臣」の家と深く関わっていた。中将姫が中臣の遺産に繋がることは、次の箇所によく示される。

外には、瀬音が荒れて聞えている。中臣・藤原の遠祖が、天二上に求めた天八井の水を集めて、峰を流れ降り、岩にあたって漲り激つ川なのであろう。瀬音のする方に向いて、姫は、掌を合せた。

＊3　折口の弟子の高崎正秀は次のように記している。「藤原氏は政に専念し、大中臣氏は祭に専念するといふので、ここで中臣氏は二つに分れる。大伴家持はこれに拮抗しながら、そこのところを考えることが出来なかった。このことは、折口先生が『死者の書』の中に、具体的に小説として描いてをられます。大伴氏は、神を祀る事を切り離してしまふことが出来なかった。そのことが藤原氏に負ける一つの大きな原因でせう。祭と政を分けなければならない処に差し掛った時、藤原氏はいち早くそれをやってのけた」（『源氏物語論』桜楓社、一九七一年、二九頁）。

この中臣／藤原ゆかりの荒々しい「瀬音」は、大津皇子の目覚めの場面に響く「した　した　した」という水垂れの音と呼応するものだ。そもそも、不比等が海女と契って房前が生まれ、その房前の母である海女が讃岐の龍神から鎌足ゆかりの宝玉を取り戻すという玉取り物語（能の『海人』はこの説話と深く関連する）に見られるように、そして中将姫自身にも「川」に関わる伝承が残されているように、中臣／藤原は水との物語的な関係がきわめて深い。少なくとも、折口は中将姫という「水の女」をその家柄と固く結びつけていた。

しかし、中臣にせよ当麻にせよ、古代的な「神さびた」家職は存続の危機にさらされてもいる。不比等以降の祭政分離はもはや覆ることなく、神を述べ伝える「家」も決定的に衰えつつあるという厳然たる「歴史」のなかに、中将姫は存在している。大塚英志が指摘するように、柳田國男以来の民俗学の根底には「「貰い子妄想」的な「血統」との乖離感覚」に基づくファミリーロマンスがあったが、[*4]『死者の書』には家＝血統から乖離した「捨て子」の孤独というよりは、滅びつつある家の伝統をたった一人で隔世遺伝的に受け継いでしまった少女の孤独が描かれていた。神もこの浮世離れした少女の幻視としてのみ象られるのだ。

ここで『死者の書』の書かれた時代を思い出せば、以上の仕掛けには大きな意味が認められるだろう。『死者の書』は一九三九年に『日本評論』で連載され、構成上の大きな修正を施されたうえで一九四三年に単行本化された。この時期はまさに国家神道という「祭政一致」の時代、つまり折口の言う天皇霊（Geist）が国家主義の精神（Geist）として君臨した時代に他ならない。

だとすれば、祭政一致ならぬ祭政分離の時空に根ざす『死者の書』は、当時の「神国日本」というイデオロギーに連なる神秘的外見にもかかわらず、むしろそこからの逸脱を含んでいたのではないか。折口が敗戦の後に「神やぶれたまふ」と歌ったことはよく知られている。彼にとって日本の敗戦は神の敗北であった。しかし、戦時下の文学である『死者の書』で、折口はすでに神を述べ伝える家の危機を扱っていた。この点で、同じく一九四三年に折口が「招魂の御儀を拝して」という短い文章のなかで、靖国神社の「招魂の儀」を初めて見た印象を書き残したことは注目に値する。「国家のイデオロギー装置」である靖国神社の儀式において、折口は天皇の神聖さと永遠の「神」になった戦士を讃える一方、神を見送ることしかできない自分たち生者（現身）の有限性にも注意を向けた。ここにも、祭政一致の「神国」との距離感が読み取れなくもない。[*5]

そして、この折口の屈折は『死者の書』の構成にも作用しているのではないか。安藤礼二によれば、少女＝中将姫を主人公とする軸がはっきりしていた連載時と比べると、単行本版の『死者の書』は故意に時間的順序が錯綜させられている。[*6] しかし、私はむしろその錯綜した単行本のほうを評価したい。日本の物語の特性は空間と時間のルースな取り扱いにあるというのは折口の持論であった

＊4　大塚英志『「捨て子」たちの民俗学』（角川学芸出版、二〇〇六年）四二頁。
＊5　現に、戦後の折口は国家神道（民族教）を批判し、神道の「人類教」化を訴えた。とはいえ、国家神道がすでにいわば「人類教」として、朝鮮、台湾、中国大陸、シンガポール等に進出した帝国の宗教であったこと、したがって折口の戦後の言説は本質的な国家神道批判にならないことは、村井前掲書で指摘される通りだろう（一三九頁以下）。なお、単行本『死者の書』の出た一九四三年に、島崎藤村が未完の遺作『東方の門』で、国家神道以前の中世の交通の神（道祖神）を復興しようとしたことも見逃せない。折口と藤村の類似性については、拙著『厄介な遺産』（青土社、二〇一六年）第四章参照。
＊6　安藤礼二「解説　光の曼陀羅」折口信夫『初稿・死者の書』（国書刊行会、二〇〇四年）二六五頁。

が、『死者の書』はまさにこの日本文学のお家芸と言うべき時間錯誤（アナクロニズム）を最大限に利用し、時間の流れを大胆に編集しながら、大津皇子と中将姫というかけ離れた二人を奇跡的に結びつけた。衰えた「神わざ」は、錯綜した時間的構造のなかでようやく回復されるのだ。

もとの連載版では、金色の冠をかぶった金髪の超人的救世主のイメージ――安藤によれば「アジアにひろがる信仰のすべてを統一する」「戴冠せるアナーキスト」としての天皇[*7]――が出現するが、それは「神国日本」のイデオロギーと共犯的だろう。実際、そのようなメシアのイメージは、一九四〇年の紀元二千六百年記念行事のような「神国日本」の大規模な祭典とも親和的である。それに対して、少女の幻視と構造的な錯綜という単行本版『死者の書』のプログラムは、折口自身の意図はどうあれ「神国」の壮麗なイメージをいくぶん中和するものであったように思われる。

2　中国化

ところで、『死者の書』はたんに神の物語の苦境を語るだけではなく、日本の古い文化に取って代わりつつある中国の新しい文化にも言及していた。この点で、小説の中盤に中将姫のほぼ同時代人である大伴家持が登場することは（従来の『死者の書』論ではなぜか無視されることも多いが）重要な意味をもつ。

古い武人の家柄でありながら「晋唐の新しい文学の影響を、受け過ぎるほど享け入れた文人かたぎ」の家持は、中国風のファッショナブルな文化人として振る舞いつつも「神々から引きついで来た、重苦しい家の歴史」を抱え込んでもいる。日本の神と中国の新文学のあいだで引き裂かれた彼は「新しい唐の制度の模倣ばかりして、漢土の才が、やまと心に入り替った」とも噂される藤原仲麻呂（恵美押勝）と対面する。しかし、仲麻呂の「才」への没頭は外見上のことにすぎない。仲麻呂は「家に居る時だけは、やはり神代以来の氏上づきあいが、ええ」と家持に親しく語りかけ、次のような文学談義に花を咲かせる。

> お身がその年になっても、まだ二十代の若い心や、瑞々しい顔を持って居るのは、宋玉のおかげじゃぞ。〔…〕おれなどは、張文成ばかり古くから読み過ぎて、早く精気の尽きてしもうた心持ちがする。――じゃが全く、文成はええのう。あの仁に会って来た者の話では、豬肥えのした、唯の漢土びとじゃったげなが、心はまるで、やまとのものと、一つと思うが、お身なら、諾うてくれるだろうの。

宋玉は古代中国の南方の文学『楚辞』の主要な詩人である。家持はその賦を愛読したことが「四十面さげてもまだ、涙もろい歌や、詩の出て来る元」になったと告白する。仲麻呂にとっても、唐のエロティックな小説『遊仙窟』の著者・張文成は日本人と同じ「心」を持っているかのようであり、そのエロスは精気を吸い取るほどだ……。ここでは、仲麻呂と家持が体制的で有用な学問ではなく官能的で無用の文学に熱中していること、そして彼らの豊かな情緒が中国文学によって形成さ

＊7　同前、三三八頁。

れたことがうかがえる。
しかし、家持はそのような「中国化」に抵抗を示してもいる。彼はある恐怖とともに、船来の中国文学が「いつの間にか」大和心を侵食し、文学の発想法を密かに上書きしてしまったと語る。

文成に限る事ではおざらぬが、あちらの物は、読んで居て、知らぬ事ばかり教えられるようで、時々ふっと思い返すと、こんな思わざった考えを、いつの間にか、持っている——そんな空恐ろしい気さえすることが、ありますて。

興味深いことに、中国本土ではやがて忘れられたポルノ的な小説『遊仙窟』は、日本の歌や物語に大きな影響を与えた。例えば、山上憶良「沈痾病自哀文」(『万葉集』巻五)には『遊仙窟』の痕跡があり、『源氏物語』の一四世紀の高名な注釈書『河海抄』では『遊仙窟』の用例がたびたび参照された。[*8]それればかりか、『遊仙窟』は日本の神によって神聖化されることもあった。嵯峨天皇に難解な『遊仙窟』の読み方を質問されて困っていた学者が、京都の木島明神の化身である老人に助けてもらったという奇妙なエピソードは、まさに日本の神と中国の新文学の結合を語っている。
さらに、折口の『死者の書　続篇』にも登場する空海は、儒・仏・道の教理問答である『聾《ろう》瞽《こ》指《しい》帰《き》』の序文で、張文成について彼の文体の素晴らしさを絶賛した後、一転して「濫に浮事を縦にして曾て雅詞無し」と批判しながら、その不埒でエロティックな内容を読めば桑門(僧侶)も動揺するだろうと述べた。空海がここで、律令体制における非公式的な小説にあえて言及しているのは興味深い。[*9]この一節は『聾瞽指帰』を改訂した『三教指帰《さんごうしいき》』の序文では削除されるが、それだけに空海の文学体験を生々しく示すものだろう。

『死者の書』の家持たちは、この中国のいかがわしい「サブカルチャー」である『遊仙窟』が「やまと心」を侵食したことを語る。と同時に、『死者の書』では中国の「唐才」（学問）にも大きなインパクトが認められた。「才優れた」仲麻呂だけではなく、中将姫も楽毅論や元興寺縁起の手習いや阿弥陀経の千部写経に励む、学問好きの少女として描かれている。仲麻呂はその彼女のことを「なかなかの女博士」と形容し、こう続ける。「楚辞や、小説にうき身をやつす身や、お身は近よれぬわのう。〔…〕どうして、其だけの女子が、神隠しなどに逢おうかい」。律令体制を支える学問的世界に深入りする中将姫は、その限りで日本の「神」の世界からは遠ざかっていた。

このように、仲麻呂と家持の対話は、文学的世界（やまと心）と学問的世界（唐才）の両面において、日本文化が中国化していたことを示している。「楚辞や小説にうき身をやつす」この両者は、律令体制に属するにもかかわらず、エロティックかつセンティメンタルないかがわしい文学から逃れることができない。そして、中将姫も神さびた「やまと心」をもちながら、中国的な「才」の世界に足を踏み入れていた。こうした二重性は、西洋の学問体系（才）を受け入れつつ、日本の伝統を独自のやり方で再創造した折口自身の境遇にも重なり合うだろう。

江戸期の国学以来、日本の神道は外来の仏教と対比されることが多い。しかし、折口は日本の神

＊8　河野貴美子「古注釈からみる源氏物語と唐代伝奇」日向一雅編『源氏物語と唐代伝奇』（青簡舎、二〇一二年）所収参照。
＊9　Ryuichi Abe, *The Weaving of Mantra: Kukai and the Construction of Esoteric Buddhist Discourse*, Columbia University Press, 2000, p.99.

の信仰のなかに中国の小説がいかに侵入し、いかに神を上書きしたかを強調していた（なお、連載版の『死者の書』のエピグラフに中国の古小説『穆天子伝《ぼくてんしでん》』の一節が掲げられていたことも、ここで思い出すべきだろう）。本居宣長が中国の文化を儒教的な「からごころ」として否定的に語ったのとは違って、折口は『楚辞』やポルノ小説のような中国のサブカルチャー的な文学と「やまと心」の野合を認める。明治末期から大正期にかけて思想形成した折口にとって、この「中国化」した雑種的な文学空間は決して他人事ではなかったはずだ。

3　メディア

盧溝橋事件を発端として日中の大規模な戦争が始まった後に、折口が日本文化の「中国化」をモチーフに含む『死者の書』を連載したことは、改めて注目に値するだろう。『死者の書』は祭政分離の「後」の世界に根ざしながら、新興の中国小説によって植民地化された「神国日本」を象った。このような作品が戦時下に書かれたのは、驚くべきことである。

しかし、繰り返せば、もしその終着点に金髪の超人が出現するだけならば、それは大日本帝国と大東亜共栄圏を神学的に補完するメシアニズムにすぎない。むしろ『死者の書』の趣向は、神仏を何重にも間接化され、メディア化されたイメージや気配として浮かび上がらせたことにある。

折口は中将姫を徹底して「メディア的存在」として描いた。一心に写経するうちに、彼女は天井の光の輪に阿弥陀仏の白々とした幻覚を見るようになり、ついに秋分の日の夕闇のなか、二上山に

「白銀の炎」とともに巨大な尊者が浮かび上がるのを見る。先述したように、彼女はたんに物語を聞かせられるだけでは満足できず、旧来の慣習を破って自発的に「才」を習う。

二巻の女手の写経らしい物が出て来た。姫にとっては、肉縁はないが、曾祖母にも当る橘夫人の法華経、又其御胎にいらせられる——筋から申せば、大叔母御にお当り遊ばす、今の皇太后様の楽毅論。此二つの巻物が、美しい装いで、棚を架いた上に載せてあった。

こうして、中将姫は美しく装丁された法華経と楽毅論を一心に習ううちに、やがて天井の光の輪に阿弥陀仏の白々とした幻覚を感じるようになる。そして、ついに秋分の日の夕闇のなか、二上山に「白銀の炎」とともに巨大な尊者が、彼女の幻想のなかに浮かび上がってくるのだ。それは麻薬的なトリップも思わせる。

その尊者の白い素肌を覆おうと、当麻の語り部の声をした尼に励まされて、中将姫は蓮糸で織物を織ろうとする。「はた　はた　ゆら　ゆら」という機の音とともに一反の美しい錦ができあがった後、彼女は唐の絵の具を取り寄せて、この錦に「七色八色の虹」のような彩画を施し、そのまま一人静かに盧堂を立ち去るのだ。完成した「曼陀羅」は彼女にとって「唯一人の色身の幻」を描いたものにすぎなかった。しかし、その残された画面からは「数千地涌の菩薩の姿」が白日夢のように現れるのであった。

折口は後のエッセイ「山越しの阿弥陀像の画因」で、この阿弥陀仏に『観無量寿経』に記される日想観（日没の太陽を観じる修行）が反映していたことを明かしている。そのイメージは純粋に仏教的なものというよりも、むしろ「仏教以前から、我々祖先の間に持ち伝えられた日の光の凝り成して、更にはなばなと輝き出た姿」を凝縮したものであった。ただ、ここで重要なのは、折口がこのイメージをたんに古代の原始信仰に収めるのではなく、むしろ先端的な「才」とさまざまなメディア（絵や経典）に触れた「女博士」中将姫と結びつけたことである。神を求める中将姫の心はメディアによって媒介されている。衰退した神の力は、学問と芸術によってようやく回復されるのだ。

読者は意外に思うかもしれないが、ここで折口と比較すべきは彼と一歳違いの谷崎潤一郎である。谷崎は代表作『春琴抄』（一九三三年）から『少将滋幹の母』（一九五〇年）、晩年の『瘋癲老人日記』（一九六二年）に到るまで、たびたび女性の身体に仏教的なアウラをまとわせた。谷崎にとって、仏教は敬虔な信仰の対象である以上に、芸術的な身体イメージの母胎であった。その身体イメージはときにグロテスクなものにも変貌する。例えば、『少将滋幹の母』には滋幹の父が「不浄観」の実践として、若い女性の腐乱死体を見続ける場面がある。[*10] それは『大智度論』や『摩訶止観』のサディスティックかつグロテスクな記述から得られている。

谷崎と折口はともに、仏教経典をヴィジュアルなメディアに変換する想像力をもっていた。ただ、谷崎の想像力が総じて彫刻的であったとすれば、後者の想像力は総じて絵画的であったと言えるだろう。谷崎の男性主人公はおおむね、身体以前の霊的な気配をあてにせず、女性の官能的な身体をとことん物質的・彫刻的に創出しようとする。それに対して、『死者の書』は神の身体を絵画的なメディア（曼荼羅）に重ね合わせていた。折口は絵画を、神仏の幻影や気配を捉えるメディアとして用いたのである。

ここで発想を思い切って広げれば、この同世代の両者の違いは、日本における神の存在形態に関わるものであったとも言える。もともと、日本の神は人間社会に「常在」するものでなかった。そこに仏像彫刻が入ってきたとき、従来の「神の非常在性」（気配としての神）は否定され、人間社会に常在する身体＝偶像が定着したのである。しかし、だからといって「神の非常在性」は消滅したわけではなく、後々の革新的な仏教（例えば浄土真宗）のなかにときに回帰することにもなる。[*11] 神の身体は必要か、それとも不要かという問いは容易に決着がつかない。この難題は、谷崎の彫刻的身体と折口の絵画的幻影の違いに象徴されるように、二〇世紀以降も持続してきたのではないか。

すでに論じてきたように、『死者の書』は神に熱狂する物語ではなく、むしろ神を取り巻く環境の変化（神を司る家職の衰退、日本文学の中国化、学問と芸術の伸長……）を捉えた作品であり、神の身体の問題もその環境のなかに組み込まれている。私たちは続く作業として、宗教と文学を横断する「神の身体の系譜学」を描かなければ、折口を真に理解することはできないだろう。だが、それは後日に譲るべき大きな課題である。

＊10 『少将滋幹の母』の「不浄」の死体は、世界戦争の死者を想起させるものがある。『少将滋幹の母』は谷崎の「戦後文学」として読み解けるだろう。

＊11 阿満利麿『法然の衝撃』（ちくま学芸文庫、二〇〇五年）五二頁以下。

第8章　舞城王太郎と平成文学のナラティヴ

1　日本文学の苦境

平成の終わりの時点から見ると、なぜ舞城王太郎の小説がゼロ年代前半に、私を含めた多くの若い読者から強い支持を集めたかは、すでに分かりづらくなっているかもしれない。確か二〇〇五年だと思うが、京都から仕事で上京した私を自宅に泊めてくれた同世代のライター（彼は東浩紀のもとでメールマガジンの批評誌『波状言論』の編集を手伝っていた――私自身のデビュー評論もこの『波状言論』に投稿した舞城論であった）が「日本語は舞城の『九十九十九』を書くためにあったのだと思う」と深夜に熱っぽく語っていたことを、今でも印象深く覚えている。硬直化した純文学に飽き飽きしていた一部の若い文芸読者にとって、舞城は文学の力によって日本語表現の状況そのものを更新できるのではないかという期待を託せる数少ない未規定の存在であった。

ゼロ年代は出版不況とインターネットの浸透のなかで、文壇も含めて旧態依然とした文化生産のシステムの危機がしきりに語られた時期だが、一九七三年に生まれ二〇〇一年にデビューした舞城には、その閉塞したシステムを打破する変革の象徴としての一面があった。舞城自身、奇想天外なミステリを得意とした清涼院流水へのトリビュート作品として書かれた『九十九十九』（二〇〇三年）で、当時批評の変革を試みていた東浩紀の『動物化するポストモダン』や自身の担当編集者の太田克史、さらに太田の創刊した講談社の文芸誌『ファウスト』に集った若手作家の佐藤友哉らに言及することによって、当時の賑やかな雰囲気の一端を伝えている。舞城が一人の新人作家として孤独に書いていたのではなく、未知の何かを求めるカオス的な熱気とともにあったことは、改めて確認しておくべきだろう。

もっとも、既存の文学の書き方や読まれ方を転覆しようとする反抗的な気分は長続きしなかった。舞城の背後にあったアナーキーな熱量は、ゼロ年代が終わり、二〇一一年の東日本大震災に到って雲散霧消してしまった。それは文学の明るい破壊と再生を夢見ることのできた楽天的な時期が、すでに過去のものになったことを意味している。ゼロ年代に駆け出しの評論家として二〇代を過ごしながら、何の役にも立てなかった自分自身の非力さにも忸怩たるものがある。

私の見るところでは、二〇一〇年代はいよいよ「日本文学の終わり」が鮮明になってきた時代である。むろん、日本語の文学そのものは書かれ続けているし、それは今後も変わらないだろうが、その営みは日本文学というジャンルの連続性とは無関係になりつつある。現に、先行する文学や批評が営々と積み上げてきたアジェンダ（問題設定）を意識する作家や批評家がますます少数派となる一方、舞城ブームのようなほんの一〇年前の出来事すら、まるで存在しなかったかのようにあっという間に風化してしまうのが実情なのだ。昔のことを忘れ、最近のことも覚えられなくなっているという点で、今の日本文壇はすっかり痴呆老人化しているのではないか？

こうした退行に抗するためにも、私はここでゼロ年代以降の文学状況を振り返った後、舞城の登場にも何らかの文学史的な位置づけを与えておきたい（それは、事態の丹念な言語化を怠らせたゼロ年代前半のお祭り気分の脆弱さを改めて痛感しているためでもある）。その作業は、いずれ来るべき本格的な「平成文学論」のための布石になるだろう。

2　ロスジェネのナラティヴ

今は話題を純文学、特に小説に限定しよう。ポスト冷戦と情報化に直面した平成の小説家たちは、ナラティヴ（語り）を再設計する必要に迫られていたように見える。平成の初頭において、ナラティヴの更新に最も自覚的であった作家の一人は大江健三郎である。大江は『M／Tと森のフシギの物語』に付された後書き「語り方《ナラティヴ》の問題」（一九九〇年）にこう記していた。

> 自分にとって、小説とはなにか、書くとはどういうことか、と考えつめるのは、つまり小説の叙法、語り方《ナラティヴ》を発見するためだった。小説をひとつ書きあげようとする瞬間に、こちらを不意撃ちして、危機におちいらせるのがつねだったのは、この語り方《ナラティヴ》は自分にとっていま本当に必要な語り方《ナラティヴ》ではない、という発見なのでした。この仮の語り方《ナラティヴ》と、自分が真に発明しなければならなかった語り方《ナラティヴ》とは、まったくちがうものだと考えながら、私は作品を書き終わるのがつねだった。むしろそのふたつの語り方《ナラティヴ》の間のズレを模索することで次の小説に向かって行った、というのが実情なのです。

一九世紀ヨーロッパの偉大な文豪たちが世界のすべてを見通しているかのように書いたとしたら、二〇世紀の作家たちはそのつど「仮のナラティヴ」を「発見」しながら、複雑で不透明な現実をゲリラ的に切り取り続けなければならなかった。大江もまさにこの意味で「二〇世紀的」な作家である（本書所収「分身の力」参照）。全知全能の神のような不動の三人称客観の視点から世界を把握するのではなく、「語り」のトーンやテンポやリズムを毎回調整しながら、その獲得し直された語り手のポジションから世界をたえず再構築すること――、この戦術は大江から後の村上春樹らにまで共有されている。二〇世紀の戦略的な文学者にとって、ナラティヴの設計は世界への入射角度を決めるための必須の作業となった。

　初期の村上春樹の主人公は空虚さを抱えたシニカルな存在だが、それでも「語り」の意志だけは手放さなかった。「僕がここに書きしめすことができるのは、ただのリストだ。小説でも文学でもなければ、芸術でもない」という有名な一節で知られる一九七九年のデビュー作『風の歌を聴け』においてさえ、その語り手はデレク・ハートフィールドという架空の作家に書くことのすべてを学んだとうそぶきながら「今、僕は語ろうと思う」という前向きの決意を表明している。たとえ語るべき内容はなかったとしても、語ろうとする姿勢を設計することはできる――、この点で村上は大江の「語り方《ナラティヴ》の問題」を引き継いだ作家である。

　それに対して、ゼロ年代以降の日本文学で表面化したのは、語るべき内容がないだけではなく、語ろうとする姿勢すら保ちづらくなっていくという事態である。それは岡田利規（チェルフィッチュ主宰）や前田司郎（五反田団主宰）のような、一九七〇年代生まれのいわゆるロスト・ジェネレーション（バブル崩壊後の不況下に青春期を過ごした世代）の劇作家において顕著である。彼らの演劇の話法は様式的な「カタリ」というより、脱線の多いだらだらとした「ハナシ」に近づいた。よそ行きの言葉遣いをいったん止め、無軌道なおしゃべりに話法を預けながら、彼らは都市の若者の生態にアプローチする。それは、大江と同世代の前衛的な劇作家である鈴木忠志が、僻地の利賀村に拠点を構え、方法論的な鍛錬（スズキ・メソッド）を通じて強靭なカタリや身体を再発明したのとは、対照的な戦略である。

この俗っぽい「ハナシ」の上昇は、両者が二〇〇七年に相次いで刊行した小説にも見出される。例えば、岡田の小説「三月の5日間」（『わたしたちに許された特別な時間の終わり』所収）では渋谷を背景にして、行きずりの関係を結んだ男女がラブホテルに五日間宿泊する。この二人はお互いに心の内で饒舌な独白を続けるが、それは九・一一以降の「テロとの戦争」も書き割りめいた背景にしてしまう渋谷の麻痺的な雰囲気のなかで、譫言のような浮遊感を伴っている。そこでは零度の熱っぽさとでも言うべき奇妙な情動に満たされた渋谷の街が、いわば虚の語り手として浮かび上がり、ラブホテルでの「特別な時間」を演出するのだ。その時間と同化しベッドに寝転ぶ語り手たちは、もはや村上春樹のような「今、僕は語ろうと思う」という強い決意を示さない。岡田は「わたしの場所の複数」（同右所収）も、布団に「ずっと体を折り曲げた姿勢で寝ている」妻の一人語りとして構成していた。

かたや前田の小説『グレート生活アドベンチャー』では、主人公の若者は同棲相手の部屋でだらだらとゲームをするだけで、働く意志もない。彼は彼女へのつまらないイタズラを重ねて、時間を無駄に消費するばかりだ。前田はニートやフリーターの生態に根ざしながら、その意味的な貧しさを徹底させた。もはや物語る体勢を失った怠け者の語り手は、そのだらけた「ハナシ」のリズムによって社会の裏手の情動空間に沈み込んでいくのである。

　岡田がラブホテルの一室を、前田がカップルの部屋をそれぞれ「舞台」としたことには象徴性がある。もはや主人公をしっかりと起立させることのない、この無気力な体勢から、社会的現実の切片を言葉によって盗み出すところに、岡田と前田の本領があった。彼らの発明した寝転んだナラティヴは、小説家にとっての語るための姿勢がすでに崩れかかっていることを示唆している。そのとき、劇作家出身の彼らは、気だるい横臥状態のアングルから、大人の社会生活から零れ落ちた人間を捉えるための語り口を巧みに編み出してみせた。

　一九七三年生まれの岡田や七七年生まれの前田は、いわば積極的に消極性を選んだと言ってもよいだろう。彼らはロスジェネの生の意味的な貧しさを逆手にとって、大江や村上では真似できないような低い姿勢からのナラティヴを実現した。この「象徴的貧困」の文学を二〇一〇年代になってから引き継いだのが、一九七九年生まれの村田沙耶香である。彼女の二〇一六年のベストセラー『コンビニ人間』——良し悪しは別にして、この小説が二〇一〇年代を代表する純文学作品になるだろう——では、あえて一昔前の言い方をすれば「オールドミス」の自閉症的なコンビニバイトが、規格化された生に何の疑いもなく同化していく。日々の業務を正しくこなすことに心地よさを覚える彼女の耳に入るのは、キラキラとした清潔な店内を満たす「コンビニの音」だけなのだ。

　彼女からは意味的な生がすっかり剥奪されているが、そのような剥奪は屈辱ではなく心地よさや安心と結びついている。岡田らの主人公は部屋に寝転び、ハナシの快楽に身を委ねながらも、その麻痺的なシチュエーションが期間限定のものだということも承知しており、それが独特の味わいを生んでいた。しかし、『コンビニ人間』の主人公は意味的な貧しさを徹底したコンビニのシステムと機能を、永遠のものとして受け入れている。彼女の語りはきっちりと規格化されているが、それはもはやシステムへの同化にしか向かわない不毛なナラティヴなのだ。物語も承認もまったく必要としない意味的貧困者から語りを立ち上げること――、この点で『コンビニ人間』はゼロ年代以降のロスジェネ文学の決算書と言えるだろう。

もう一人、この文脈で言及すべき作家は一九七二年生まれの円城塔である。円城の戦略は、言語を生み出すプログラムのように文学を扱うことにある。その語り手はしばしば特定の時空に紐づけられた有限者であることを止めて、むしろ自己消滅を通じて語りのシステムを無限化しようとする。例えば、二〇〇七年のデビュー作『Self-Reference ENGINE』の匿名的な語り手は作品の末尾で「全てを語らないために、あらかじめ設計されなかった、もとより存在していない構造物」を自称し、自分自身を消滅へと導く。あるいは変則的な私小説である二〇一五年の『プロローグ』は、言語体系に問いかけて新たな漢字を取得しようとする語り手に導かれる。このいずれでも、円城は有限の語り手を消滅させ、言語生成エンジンがオートマティックに動く状態を象ろうとしている。それによって、人間的な主体は限りなく縮小されていくのだ。

円城は「ディジタル化した筒井康隆」とでも言うべき実験的な作家である一方、語るべき内容はおろか語る姿勢をも手放そうとする同世代のロスジェネ作家の消極的なナラティヴの戦略を図らずも共有している。その戦略的な消極性によって、円城の小説では語りの主権が人間から言語へと譲り渡される。登場人物や書物という制度の解体を試みる一九七二年生まれの福永信も含めて、この世代の男性作家は、先行する大江健三郎と村上春樹のもつ「語りへの意志」をアイロニカルに抹消することによって、ナラティヴを逆説的に成立させようとしていた。

3　平成の女性小説家と「神話なき神」

一九九〇年代からゼロ年代にかけての日本文化を網羅的に論じた宇野常寛の『ゼロ年代の想像力』は、小説家以上にテレビドラマのシナリオライター（宮藤官九郎や井上敏樹ら）や漫画家（よしながふみや吉田秋生ら）の作品に、価値相対化とネオリベラリズムの時代における成熟という難題に取り組もうとする想像力を認めた。私もこの重心の置き方に同意する。宇野は岡田利規と円城塔の台頭した二〇〇七年を「ポストモダン文学のリバイバル・ブームが起きた年」と総括しているが、[*1] 小説におけるポストモダン的なアイロニーの復活は、テレビドラマや漫画における物語のアップデートとちょうど裏腹の関係にある。岡田や前田司郎は語りを低空飛行させることによって、物語を逆説的に回復し得たが、それは彼らが小説とは別の演劇的手法に習熟していたこと、特にシチュエーションの設定に長けていたことが大きい。

小説家のナラティヴの戦略が総じて収縮していくなかにあって、九〇年代以降の女性小説家たちがナラティヴの技術を更新しようとしていたことは注目に値する。国際的にも評価された一九六〇年前後生まれの平成の女性作家たち――小川洋子、川上弘美、多和田葉子らによって代表される

＊1　宇野常寛『ゼロ年代の想像力』（ハヤカワ文庫、二〇一一年）三九五頁。

――は、村上春樹の次世代で、かつロスジェネの先行世代にあたり、平成の純文学の中心的存在となった。

かつての昭和の「女流作家」がしばしば和服を着て伝統芸能について語ったのとは違って、平成の女性作家はときに理系的なバックグラウンドももちながら、人間以外の異種――動物から多神教的な「神」まで含む――を語りの権利者に格上げすることを試みていた。例えば、小川洋子の『ことり』(二〇一二年)には、人間の語りよりも鳥のさえずりを深く愛する兄弟が登場する。あるいは多和田葉子の『雪の練習生』(二〇一一年)は、三世代のシロクマを語り手として冷戦期からポスト冷戦に到る世界を改めて回顧した。これらの「異種のナラティヴ」の先駆けとして、川上弘美が一九九八年に刊行した『神様』の重要性は見逃せない。

この短編集ではくま、幽霊の叔父、河童といった不思議な生き物たちが「わたし」のもとを訪れる。「わたし」は無作為の受容器として、この奇妙な神霊を疑いなく受け入れるが、そのせいで読者は、非日常的(神話的)な存在が日常的(非神話的)な地平に何の断りもなく唐突に出現したかのような印象を受けるだろう。非凡な存在がどこか場違いな仕方で、人間のもとに「まれびと」として来訪するのである。

かつての宮沢賢治であれば、民族誌的な豊かさを背景とした動物の童話を作ることができた。例えば「なめとこ山の熊」はアイヌのイヨマンテとの関連を思わせる。しかし、川上の語る「くま」やその他の動物たちは、そのような深遠な神話の宇宙を背負っていない。『神様』は一見すると汎神論的なアニミズムに根ざしているが、そこにはむしろ神話のコスモロジー(宇宙論)を失った孤独な神がユーモラスな筆致で描かれていた。川上はいわば神話なき神との一連のコミュニケーションの記録として、『神様』を書いたと言えるだろう。

特に、巻頭の短編「神様」に出てくるくまは人間社会に溶け込めず、子供にすら爪弾きにされる一種の難民のように描かれている。くまにはくまとしての信心の対象があるが、「わたし」はそれを理解できない。しかし、巻末の「草上の昼食」になると、この礼儀正しい難民的な異種と「わたし」のあいだには微かな相互理解の可能性が生じてくるのだ。川上は近代文学を特徴づけてきた「孤独」のテーマを人間から異種に移転させ、難民的な神たちとの共生を寓話化した。

ここで、物語が時代に応じていかに変化したかをモデル化しておくと、理解の助けになるだろう。前近代の神話では、特別な世界に非凡な存在が現れる。神話のキャラクターは最初から無条件に唯一無二の神や英雄として振る舞うことができた。それとは逆に、世俗化・民主化した近代の小説では、むしろどこにでもいる平凡な人間が成長して、だんだんと唯一無二の特別な存在になっていくという成長物語（ビルドゥングス・ロマン）が活発化する。しかし、ポストモダンの物語になると、はじめから非凡な存在が何食わぬ顔をして平凡な世界に突然現れるようになるだろう。神話の宇宙はもうないのに、神だけがまるで自分の出番を間違えたかのように、ふらっと日常に闖入してくるのだ。[*2]

＊2　スラヴォイ・ジジェクは『全体主義――観念の（誤）使用について』（中山徹＋清水知子訳、青土社、二〇〇二年）で後期ロマン主義、モダニズム、ポストモダニズムの三段階についてこう説明している。「後期ロマン派はいぜんとして、世界の没落をめぐる遠大な物語は超人的な英雄物語によって語られねばならない、と考えていた。それに対しモダニズムは、平凡かつ陳腐な断片からなるわれわれの日常的な経験が潜在的にもっている形而上学的な可能性を強調する。そしておそらくポストモダニズムは、モダニズムを逆転する。つまり、ひとは遠大な神話的主題に回帰するが、しかしその主題は宇宙的な意味合いを奪われ、操作すべき平凡な断片のように扱われる」（四〇―一頁）。

川上はまさに聖性の衣を奪われた珍妙な「神様」たちをストレンジャーとして描いた。

さらに、もう一つのモデルとして、カトリック的なものとプロテスタンティズム的なものという二つの想像力のタイプを挙げておきたい。前者は神と人間の中間地帯に聖性を帯びた魔術的チャンネル（教会の秘蹟、聖人による仲介等）の広がりを認める。逆に、後者は聖なる神と卑小な人間のあいだの聖性を抑制し「世界の脱魔術化」を進めるため、社会学者のピーター・バーガーが言うようにその世界はきわめて「淋しい」ものとなるだろう。[*3] 日本の近代文学がいわばプロテスタンティズム的な淋しさとともにあったなかで、先述した宮沢賢治の文学は例外的に、いわばカトリック的な魔術的チャンネルを豊かに備えていた。そして、ポストモダンの文学も総じて近代文学のプロテスタンティズム的な淋しさを嫌悪し、世界を再魔術化しようとする傾向があった。

それに対して、平成の女性作家のナラティヴは一見するといわばカトリック的な聖性の広がり（神話性）を表現しているように見えて、実際にはそれらが豊満さを欠いた形骸にすぎないという冷めた認識をも示しているように思える。彼女らは世界に魔術をかけつつ、その魔術の世界に淋しい孤独者の表象を持ち込んでいる。このことは、彼女らより年下の一九七六年生まれの川上未映子にも当てはまる。その代表作『乳と卵』（二〇〇八年）は、性と生殖の絡み合う女性の身体を豊胸手術へのオブセッションとともに浮かび上がらせた。しかし、その身体はあくまで擬古的な語りの生んだイメージであり、記述の生々しさにもかかわらず実体はむしろ希薄である。谷崎潤一郎が女性の身体を男性のフェティッシュな欲望によって実体化させたとすれば、川上未映子は女性の身体のもつ制御不能の不気味さを、最終的に「切り取られた鏡」のイメージのなかに閉じ込め、聖なるチャンネルを切断した。表側からは神秘的に見える身体が、裏側から見ると、イメージの剥製であるという二重性がそこにはある。

ともあれ、平成の女性作家たちは不可思議な異種（神話なき神）について語り、ときには異種そのものを語り手にして、小説のナラティヴを再編成しようとした。彼女らにとっては恐らく、ナラティヴを人間以外の存在に預けるほうが、かえって人間的なテーマ——感情、知性、歴史等——も表現しやすかったのだろう。その外見の軽妙さとは裏腹に、ここには切実な問題が見え隠れしている。そこから浮かび上がるのは、今日の日本文学では非人間という大きな差異を導入しなければ、人間を観察するのも難しくなりつつあるということなのだ。

この尺度から言えば、人間的感情を断ち切ったコンビニバイトが語る村田の『コンビニ人間』は、ロスジェネの貧しさのモチーフを受け継ぎつつ、平成の女性作家たちの「異種のナラティヴ」を踏襲した作品として読み解ける。村田にとっても、豊かな意味の世界から退却したエイリアン的な語り手こそが、かえって小説の発生源になり得た。村田の想像力が決して真空地帯から出てきたのではなく、むしろ先行するゼロ年代の物語の財産を引き継いでいることは、ここで強調しておきたい。

4　舞城王太郎と語りの両面性

ただ、二〇一〇年代にはこれらのナラティヴの実験も一段落ついたように見える。『コンビニ人

＊3　ピーター・L・バーガー『聖なる天蓋』（薗田稔訳、ちくま学芸文庫、二〇一八年）一九八頁以下。

間』が世界的なベストセラーになり、村田沙耶香があっという間に「ポスト村上春樹」の最有力の作家に昇りつめたのを例外として、ナラティヴの再建を試みた平成の作家たちにも、近年はこれと言った新しい実験作はない。そして、二〇世紀の小説家としてナラティヴの更新に持続的に取り組んできた大江健三郎と村上春樹も、過去の自作の自己模倣モードに――円城塔ふうに言えば「Self-Reference ENGINE」のなかに？――入ってしまったように見える。純文学の実体は半年に一度の芥川賞祭りか、話題作りの先行した芸能人小説くらいにしかない。

　この虚しい現状から見ると、ゼロ年代の文学にはまだ硬直化を食い破る逆転の可能性があったようにも思えてくる。その可能性をさらに発掘するためにも、ここで当時の舞城王太郎の位置について考えてみよう。舞城はデビュー当初から語りに対して自覚的な態度を示してきた。例えば、奈津川家の暴力的な兄弟を主人公とした連作（奈津川サーガ）の第二作『暗闇の中で子供』（二〇〇一年）で、舞城はミステリ作家の奈津川三郎に「ある種の真実は、嘘でしか語れないのだ」という立場から、こう語らせている。

> 正攻法では表現できない何がしかの手ごわい物事を、物語なら（うまくすれば）過不足なく伝えることができるのだ。言いたい真実を嘘の言葉で語り、そんな作り物をもってして涙以上に泣き／笑い以上に楽しみ／痛み以上に苦しむことのできるもの、それが物語だ。
>
> 物語が偶然書き手に出会い、それからこの世に出現する。だからつまり、さっきも言ったとおり物語は真実を語る手立てになりこそすれ、作家の道具にはならない。さっと取り出して使えるよ

うなお手軽なものではないのだ。はさみや定規とは違うのだ。物語と出会い、それが語られたがっている語り口を見つけることのできたラッキーな作家だけが、その物語を用いて語れる真実だけを語ることができるのだ。

これらの作品内評論からは、舞城が大江健三郎や村上春樹以降の作家として「語り方《ナラティヴ》の問題」を引き受けようとしたことがうかがえる。語りの力によって「真実」を開示できるという信念のもと、舞城は若々しい男女の語り手に作品の主導権を与えた。

もっとも、たんに語りの段平《だんびら》を勢いよく振り回すだけでは、大江や村上以前への退行にしかならない。ここで注目に値するのは、舞城が講談社ノベルスから出た初期作品において、物語に二つの機能を与えたことである。例えば、舞城の二〇〇一年のデビュー作『煙か土か食い物』には、家庭内暴力によって散り散りになった家族をもう一度統合しようとする精力的な語り手として、奈津川家の末弟の四郎が登場する。アメリカで救命外科医となった後で故郷の西暁町に戻ってきた四郎は「目覚めているのか眠っているのか判らない状態」がずっと続くなか、夢遊病者のようにさまよいながら、旺盛な語りの力と外科手術の技量によって、家族の負った傷を文字通り「縫合」する。四郎の熱っぽい語りは、繋がらないはずのものを繋ぐ魔術であった。

それに対して、『暗闇の中で子供』の三郎の末路は悲惨である。「偽物ばかりを作って人に見せて生きてきた男」であるチンピラ作家の三郎は、兄の奈津川二郎の発揮するめちゃくちゃな暴力から逃れようとするが、それはかなわず結局は自分自身が犯罪に巻き込まれて身体をバラバラにされる。この帰結は舞城が物語をどう捉えているかをよく示している。舞城にとって、物語との「出会い」

はときにその語り手そのものも引き裂きかねない危険な出来事なのだ。ここには明らかに、オウム真理教や神戸連続児童殺傷事件という危険な物語を生み出した一九九〇年代日本の犯罪学的想像力が反映している。舞城自身、今日の作品に到るまで、児童虐待や家庭内暴力のモチーフをオブセッシヴに繰り返してきた。

この二つの初期作品で、舞城はたんに暴力を描いただけではなく、物語がどう暴力と関係するかというデモンストレーションをやっていた。彼の作品には物語についての認識論という一面がある。旺盛な語りの時空のなかで、舞城の主人公は節度を忘れ、理性を麻痺させ、暴力に対して無防備になる。そのとき『煙か土か食い物』の語り手が夢見心地のまま超人的な力を発揮するのに対して、『暗闇の中で子供』の語り手は外界の暴力にさらされ、地獄に突き落とされることによって、ようやく「魂の救済」の可能性を語り始める。この「語る主体」の力強さと壊れやすさ、すなわち縫合と分解という両面性が、舞城の暴力表象の中心にあった。

この両面性は舞城本人の位置とも呼応している。舞城の大きな特色は一種の地平融合、すなわち複数のコンテクストの合成が見られることにある。舞城の小説には新本格ミステリの地平があり、漫画やアニメの地平があり、アメリカ現代文学の地平があり、かつそれらのどれにも属さない雑種性があった。舞城はまさに外科医の奈津川四郎のようにこれらのバラバラの「地平」を縫い合わせて文学を語り出そうとしていたからこそ、つまり広義の「翻訳的主体」であったからこそ、日本文学に風穴をあける存在として注目されたのである。

しかし、こうした異種交配は作家にとって危険なことでもある。例えば、舞城の年長にあたる小野正嗣や阿部和重はそれぞれ日本の辺境に根ざし、ガルシア＝マルケスの影響も受けながら、それまでの語りの前提を問い直すような仕事をやっている。一九七〇年生まれの小野の小説では、中上健次のオリュウノオバのようなグレート・マザー的な語り手ではなく、むしろ母の親類（叔母）こそが包摂的な役割を担っていた。[*4] 福井県の殺伐とした地方都市を舞台にした舞城も大きな傾向は共有しているが、小野や阿部の小説がひとまず安定したナラティヴで書かれたのとは違って、舞城の「語り」には異種交配であるがゆえの力強さと壊れやすさという両面性があった。後述するように、この性格は『九十九十九』で顕著に現れている。

5 『ファウスト』の作家たち

暴力は他者や自己を破壊する一方、その物理的な接触によって他者との繋がりを過剰なものにもする――この両面性を示そうとするとき、舞城が年下の西尾維新や佐藤友哉とともに、一九八〇年代後半以降に台頭した新本格ミステリの財産を利用したことは見逃せない。ゼロ年代半ばに『ファウスト』の主力作家となったこの三人は、謎解きの論理的緻密性を追求した新本格ミステリを、広義の犯罪小説に変換し、暴力のデモンストレーションのための媒体に変えた（加えて、舞城にはアメリカのトマス・ハリスやジェイムズ・エルロイのクライムノベルの影響もある）。それによって、彼らの小説では

＊4　詳しくは、小野正嗣「浦から世界文学へ」（聞き手：福嶋亮大）『境界を越えて』（第一九号、二〇一九年）所収参照（https://beyondboundaries.jp/reading/ で公開中）。

歴史も政治も経済も大きな意味をもたず、暴力だけが純化されて差し出された。[*5]

彼らの先行者にあたるのは、阪神淡路大震災の直後の一九九六年にカルト的なミステリ作家としてデビューした一九七四年生まれの清涼院流水である。兵庫県生まれの清涼院は震災のショックのなか、人間をパズルのピースのように描く新本格ミステリの特性を突き詰めて、バカバカしいほどに多くの人間をゲームのように死に到らしめ、大量の語呂合わせを導入し、探偵の推理もめちゃくちゃなものに変えてしまった。清涼院の破格のミステリは、言葉遊びの乱用によって、森羅万象を言語のレベルで内包しようとする誇大妄想的な欲望を抱え込んでいる。したがって、そこには実質的に、特定のパースペクティヴを備えた語り手がいない。作品を突き動かしているのは、日本語の日常的な連なりを壊し、それを宇宙の表現に変換しようとする清涼院自身の異常な想像力なのである。[*6]

この異常化したミステリの風土に、少年漫画の要素を加味しつつ、諦念を含んだ教訓的な語り手を改めて導入したのが一九八一年生まれの西尾維新である。清涼院とは違って、西尾のミステリは暴力に接触する語り手に大きな役割を与えている。西尾のテーマは宇宙大に広がる奇想にではなく、むしろ誇大妄想から生み出された残忍な凶行を言葉の力で終わらせることにある。しかし、清涼院の「洗礼」を受けた後、まともな語り方で妄想と暴力の拡大を収めることはできない。だからこそ、西尾の初期作品の語り手にして探偵役である「いーちゃん」は「戯言遣い」を自称するのだ。いーちゃんの推理は、絶対的な真実にたどり着くためのものではなく、カルト化した世界――そこでは作中人物の名前も奇妙奇天烈なものとなる――の完全な修復は不可能という諦念のもとで、殺戮と混乱をいったん収束させるために発せられるシニカルな「戯言」にすぎない。

さらに、一九八〇年生まれの佐藤友哉も自虐的な語りによって、作品を陰惨な印象に染め上げた。北海道生まれの佐藤の二〇〇一年のデビュー作『フリッカー式』では、狂気に取り憑かれた鏡家の一族を中心にしながら、語り手の青年のもつ歪んだ衝動、特に妹との近親相姦的な欲望が暴かれていく。舞城の奈津川サーガと同じく、家族は憩いの場であるどころか、倒錯的な性と暴力に満たされているため、『フリッカー式』の主人公は「繋がり過ぎは狂気の根本」という言葉に過敏に反応する。作品内の現実を伝える語り手こそが、家族の狂気にすっかり毒され、破滅に近づいていたのだ。戦争帰りのサリンジャーの小説（特にグラス・サーガ）を好んで引用していた当時の佐藤友哉は、信頼できない語り手しか信頼できないといういぎりぎりの状況を生きていた。

同年の『エナメルを塗った魂の比重』に続く二〇〇二年の長編小説『水没ピアノ』になると、佐藤の仕掛けはいっそう先鋭化する。佐藤はここで三つの語り手を並列しながら、主人公がトラウマ的な記憶を忘れるため、別の記憶と物語を自らの脳に植えつけたことを暴いていく。主人公は自分を苦しめる「悪意」から逃れた代償に、生き生きとした時間を決定的に失ってしまう。この作品の冒頭部は、時間が膠着しているばかりか、攻撃的ですらあることを示している。

何かにつけて長閑に流れる『時間』と称される概念は、二〇〇二年に入っても速度の穏やかさを

＊5　なお、暴力表象の上昇は一九九〇年代の日本映画の特徴でもある。塚本晋也から北野武、三池崇史、黒沢清、さらに庵野秀明に到るまで、当時の映像作家は暴力によって市民的なコミュニケーションの崩壊を印象づけた。『ファウスト』の作家たちもこの大きな傾向を共有している。

＊6　東浩紀『ゲーム的リアリズムの誕生』（講談社現代新書、二〇〇七年）三〇〇頁以下。

変えようとはしないらしい。駆け抜ける事を知らないそれと比較すれば、マントル対流の動きだってもう少し劇的であるし、ジェット機の存在に至っては奇跡と云っても大袈裟ではなくなる。亀の一歩ですら、月面の足跡に与えられるほどの賞賛と喝采を浴びるだろう。そんな揶揄すら浮かんでしまうくらいに緩慢なそれだが、しかし勤勉さにかけては右に出るものはいない。時間は着々と、そして確実なる正確さをもって、全ての物質、全ての現象に、等しく攻撃を浴びせる。

自分の人生の物語を捨て、屈辱的経験を虚偽の物語によって上書きし、しかもその改竄そのものもすっかり忘れてしまったみじめな犯罪者――、彼はこの忘却の代償として「時間」という存在の基盤を失う。『ファウスト』の作家たちは総じて概念的な記述を好んだが、『水没ピアノ』はその最たるものである。それは彼らが具体的な「モノ」ではなく抽象的な「コト」（時間やアイデンティティや尊厳）の喪失に対して鋭敏であったことを示す。特に、『水没ピアノ』にはもはや旧来の市民社会も文学的教養も良識的知性も何一つ残っていない。佐藤の初期作品は、この象徴的貧困の砂漠でなおかつアイデンティティをめぐる小説を書くという苦闘の記録である。

かつて寺山修司は一九六八年の戯曲「さらば、映画よ」に「どいつもこいつも「代理人」の世の中だ……私もきっと誰かの「代理人」なのではないだろうか？　だとすると／私は一体、誰の代理人なんだろう」という印象的な一節を書き記したが、その三十数年後の佐藤友哉も、つらい現実の物語から逃げ出し、すっからかんの虚構の物語のなかで生かされているみじめな「代理人」として語り手を定めていた。しかも、寺山が他人に「代理」され存在の根拠を奪われることにマゾヒスティックな快楽を嗅ぎつけたのと違って、佐藤の主人公はそのような剥奪のエロスも失い、時間が水没した後の不毛な砂漠をさまようばかりなのだ。

6　『九十九十九』と物語の中毒者

振り返ってみれば、昭和の大衆小説作家たちは急ごしらえの近代を嫌悪し、主人公のゆとりのある成長の時間を過去の日本に求めてきた（本書所収「司馬遼太郎と三島由紀夫」参照）。吉川英治の『宮本武蔵』のような大衆的なサブカルチャーには、多くの純文学がもち得なかった安定した時空がある。それに対して、平成の『ファウスト』の若手作家たちが示したのは、サブカルチャーの領域でものゆったりとした時空が崩壊しているという痛切な認識である。

清涼院が妄想的な全体小説のヴィジョンを象ったとすれば、舞城、西尾、佐藤という三人の作家たちはそのオカルト的な世界に、それぞれの角度から語り手を改めて侵入させた。彼らの作品は中立的な語り手には関心を示さず、むしろ危険なオブセッション――近親相姦からバラバラ殺人にまで及ぶ――を抱えた語り手を前面に押し出している。読者はときにでたらめな推理も含んだ主人公のエキセントリックな語りに付き合いながら、作中の出来事を読み解かねばならない。

もとより、客観性のない語りのパフォーマンスによって心理描写や現実描写を省略しようとする戦略は、八〇年以上前に谷崎潤一郎が『春琴抄』（一九三三年）で意図的に展開したものだが、『ファウスト』の作家たちもそれと似た欲望を抱え込んでおり、その限りで日本文学史を反復している。

ただ、ここでポイントになるのは、彼らの主人公にしばしば本当は自分のものではない物語を語ら

され
ていいるという受動性の意識があったことである。そのような表現は佐藤の『水没ピアノ』に加えて、その翌年に出た舞城の問題作『九十九十九』において一つのピークに達した。

この摩訶不思議なタイトルの作品は、主人公の九十九十九が異常な出生を果たす場面から始まる。あまりの美貌と美声によって周りの大人を失神させてしまう九十九十九は、その後も多くの異常な残虐事件に遭遇し、探偵としてその謎に解決を与える。しかし、奇妙なことにその物語はじきに強制的にリセットされ、次章では九十九十九を主人公とした別の世界が開始されるのだ。前章までの出来事は清涼院流水の記した物語としてパッケージされ、新しい九十九十九に送付される。九十九十九は日頃ツトムという平凡な名――これは彼が弟から借り受けた名前である――で暮らしているが、たえず物語に追跡され、自らが九十九十九という「作り物」であることを思い知らされる。

こうした筋書きは、それまでの舞城の作品と比べても異質である。先述したように、奈津川サーガにおいて、熱っぽい語り口を備えた主人公は多くの試練に直面しながら、本物の人生に到達しようとする。奈津川兄弟にとって「語ること」と「生きること」は直結していた。それに対して、『九十九十九』の語り手＝主人公は、清涼院流水というカルト的な語り手によって創出された超人的なメタ探偵九十九十九である。九十九十九そのものが馬鹿げた「作り物」である以上、彼が語り（推理）をどれだけ積み重ねたところで、彼固有の唯一無二の人生を獲得することはできない。『九十九十九』は「語ること」と「生きること」が決定的に分離してしまう状況において、それでもこの両者を束ねようと悪戦苦闘する語り手を描いた作品である。

その一方で、九十九十九は「僕は神だ」という危険な妄想とともにある。実際、この小説では聖書と黙示録の「見立て」が一貫して続けられる（舞城は物語を妊娠し出産するという場面を執拗に繰り返しているが、これは処女懐胎のパロディでもあるだろう）。九十九十九というエキセントリックな自称「神」が何の断りもなく日常の地平に唐突に出現する——これは先述したようにポストモダンの物語の典型である。舞城は川上弘美らと同じく「神話なき神」を描いていた。

この神話的な聖性の不在を埋めるのは、妄想と中毒の力である。ツトム＝九十九十九は一種の物語中毒者として描かれている。アルコールや麻薬に依存した患者がいつまで経っても誘惑を断ち切れないように、ツトム＝九十九十九も「神」の物語の誘惑から逃れることはできない。舞城はこの作品で、サブカルチャー化したハイブリッドな物語が、いかにその語り手と読み手に暴力と眩暈と妄想をもたらすかを巧みに絵解きした。物語の中毒者にして依存症患者となった九十九十九は、自分固有の物語を語ろうとすればするほど、自分の分身たちの生み出す妄想的な語りのなかで酩酊してしまうのだ。本来アイデンティティを与えるはずの物語は、今や語り手をさまよわせ分裂させる一種の呪い、つまりバッド・トリップを生じさせるものとなる。ここには明らかに『水没ピアノ』との共通性が認められる。

文学史的に位置づけるならば、『九十九十九』は中上健次の一九八二年の代表作『千年の愉楽』の批評的な後継作として読み解けるだろう。『千年の愉楽』ではオリュウノオバという特権的な語り手のもとで、女を蕩けさせるエロスを発散させる呪われた美青年（中本の一統）が「路地」で転生を繰り返しては、モノのように死んでいく。『九十九十九』でも同じく母ないし妻と共生する主人公が何度も転生し、分身を生成するが、オリュウノオバのような神話的な語り手はもはや存在しない。九十九十九を育てた女性自体、虐待やネグレクトを繰り返す崩壊した母であった。

舞城の場合、この母の崩壊を埋めるのはハイブリッドでオカルト的な奇想の物語への中毒であり、そこから生じた分身への愛憎である。四国出身の大江健三郎が兄弟愛とその裏返しとしての兄弟殺しの欲望＝カイン・コンプレックスに取り憑かれたように（本書所収「分身の力」参照）、福井出身の舞城王太郎もツトムと九十九十九の兄弟愛から出発しながら、九十九十九に自らの分身を何度も殺害させる。父が実質的に不在であり、母と兄弟的存在がどんどん自己分裂しては主人公にしつこくまといついてくる点で、『九十九十九』は日本の近現代文学史の定型的なパターンを悪夢化した作品として読めるだろう。しかも、その語りの力はときに中毒者としての語り手そのものも崩壊させ分裂させずにはいない。舞城は佐藤友哉とは別のやり方で、この語り手の危機を顕在化させたのだ。

7　語りの力の再起動のために

私はここまで大江健三郎の提示した「語り方《ナラティヴ》の問題」を平成の小説家たちの最重要の戦略的拠点と見なしながら、語り手を横臥させた岡田利規らロスジェネの作家、神話なき世界に異種の語りを導入した川上弘美ら女性作家、語り手をさまよわせ分裂と酩酊と屈辱に導く舞城王太郎ら『ファウスト』系の作家という三つのモデルを輪郭づけてきた。冷戦の終わりと長い不況を経た彼らは、戦後日本の中流階層に根ざした村上春樹の語り手のような健全なナラティヴの姿勢と意志を保つことはできなかった。むしろ人間ではない何かに語りの主権を譲り渡しながら世界に切り込んでいくことが、ヒューマニズムの崩壊に対応する平成の小説家たちのプロジェクトとなった。

そもそも、ゼロ年代とは、文学も含めてそれまでの出版やマスメディアや大学という既存のエスタブリッシュメントの崩壊が、差し迫った危機として予感されていた時期である。今や文学は聖域ではないし、文学者も聖職ではない——、そういう強い自己否定をくぐらなければ文学に活を入れることはできなかった。そのとき、『九十九十九』のように一見すると日本語を徹底して冒瀆し愚弄するような小説が、逆説的な輝きを伴って現れてきたのである。

　思えば、日本文学は長らく、語りの力に文化を統合する機能を与えてきた。『源氏物語』から『太平記』、曲亭馬琴の読本に到る日本の物語が、感情や知や歴史の表現まで引き受けてきたことを踏まえれば（本書所収「『太平記』のプロトコル」参照）、大江健三郎以来の「語り方《ナラティヴ》の問題」は二〇世紀文学の主要な論点であるとともに、日本文学にとっても核心的なテーマであったことが分かる。私は先ほど、二〇一〇年代になって日本文学の実体がいよいよ希薄化してきたと述べた。だからこそ、語りの変容は日本文学そのものの変容の縮図であること、そのような見地からゼロ年代文学の達成と限界を改めて見極める必要があることを、平成の終わりにおいて改めて強調しておきたい。

第Ⅱ部　横に読む

第1章　建築の視霊者——磯崎新『建築の解体』論

1

長くイギリス植民地であった香港を評するのに「借りた場所で、借りた時間に」という言い方がある。故郷から離れ、時間と空間を期限付きで借り暮らすひとびとの集合体——、それが香港という都市の実体というわけだ。

この言葉は磯崎新を評するのに相応しいのではないかと、私は前々から考えていた。それは大分生まれの磯崎が、持家派の「東京原人」吉本隆明と違って、借家派として東京に住み続けてきたからだけではない（『挽歌集』参照）。建築から理論、キュレーションに及ぶ磯崎の驚くほど多面的な仕事は、アートと建築、都市と建築、批評と建築、そして日本と建築の「間」でこそ豊かに息づいていた。磯崎は建築という立派な家に安住する代わりに、ジャンルと時空の隙間を間借りすることによって、かえって誰よりも正統的な建築家たり得た、実にパラドキシカルな存在だと私には思える。

この借り暮らしの建築家には、日本における《建築》の存立条件が凝縮されている。ここで言う《建築》とは、たんなるモノ（建造物）ではなくコト（概念や思想）としての建築、磯崎の言う「大文字の建築」を指す。近代以前の東洋は、決して《建築》のホームではなかった。例えば、中国では建築家はおおむね「工匠」に留められ、エスタブリッシュメントにはならなかった（隋代に土木・建築・デザインにまたがって活躍し、展望用のラウンジや自動ドア式の図書館を発明した宇文愷《うぶんがい》は例外的である）。パッラーディオやルドゥーやシュペーアに相当する建築家や都市計画者は、中国にも日本にもいない。東洋の国家は名のある画家や書家や詩人を多く輩出したにもかかわらず、固有名をもった建築家も概念としての《建築》も長く必要としなかった。

《建築》はあくまで西洋のコンセプトであり、東洋の伝統にその対応物をもたない。アーキテクトの不在は日本の芸術的感覚を深く規定している。例えば、もし狩野派あたりが本格的に建築を手がけていたら日本の美学の性格は大きく変わったのでないか。近代日本の建築は、東洋の古典の伝統をあてにできた美術や文学とは、異なった条件に根ざしている。ここには、美術の岡倉天心や文学の谷崎潤一郎の味わう必要のなかった孤独がある。

そう考えると、近代の日本が幾人かの世界的な建築家を生み出したことは、一種の奇跡のようにも思える。門外漢の私から見て興味深いのは、日本の《建築》が固有名の力に深く依存していることである。岸田日出刀《ひでと》、ブルーノ・タウト、丹下健三、そして磯崎新のような「立法者」なしには、日本の《建築》の歴史はあり得なかっただろう。彼らの作品や論説は、そのまま日本にコトとしての《建築》を建築するための創設的な仕事となった。ここにはモダニズムの「自己立法的」な運動が、ほとんど剥き出しのまま現れている（ちなみに、磯崎が恐山のイタコさながら岸田、浜口隆一、浅田孝を口寄せして丹下を語る架空座談会［槇文彦他編『丹下健三を語る』所収］はモダニストのお歴々をジョークによって転生させた見事な戯曲である）。

そのなかでも磯崎の特異さは、大文字の《建築》を国家や都市への批評として組み立てつつ、同時に《建築》が根本的に変容しつつあることを誰よりも真剣に受け止めたことにある。皮肉なことに、《建築》のなかった日本がついに丹下健三という巨匠の代表作を確立した一九六〇年代に、当の《建築》はその輪郭を徐々に失い、迷宮的な状態に入り込みつつあった。『建築の解体』はまさにこの解体の最前線をレポートしながら、カオスモス（混沌＋秩序）のなかに新たな構築のヒントを求めようとした文字通りgroundbreakingな著作である。読者はここに、建築と建築外の「間」を借りたジャーナリスティックな建築家の姿を認めることができるだろう（なお、本書の自己解説を含んだ『磯崎新Interviews』も是非併読されたい）。

2

『建築の解体』は一九六九年から七三年にかけて『美術手帖』で連載され、七五年に刊行された。その同時代的な出来事としては、七〇年の大阪万博がある。『美術手帖』のバックナンバーにあたると、磯崎がラスヴェガスとチャールス・ムーアを論じた号（七〇年四月号）で、山口勝弘が万博の三井グループ館のトータルシアターについて語り、セドリック・プライスを論じた号（同年六月号）で、宇佐美圭司が鉄鋼館のスペースシアターを紹介しているのが目につく。その合間には磯崎の先輩の浅田孝が「ポスト万博」と称して、エコロジカルな革命を提唱しているのも興味深い（同年七月号）。最新のエレクトロニクスにもとづくテクノユートピアとインターメディア的な環境芸術――、この万博の未来像と並走する形で、六〇年代には建築界のメタボリズム（CIAMの解体の後に「生命の原理」にもとづく成長する都市像を構想した建築運動）や言論界の未来学が台頭した。しかし、少年時代にヒロシマの「廃墟」を経験した磯崎は、この種のリニアな進歩史観には同調できないでいた。メタボリズムが「未来を予定調和としてしか編成できない」のに対して、磯崎の考える時間は「途切れ、ばらばらに発生し、いくつもが同時に流れている」（『建物が残った』）。磯崎がオーヴァーラップする迷宮的な時間を生きていたのに対して、万博やメタボリズムは時間を単数化してしまう。だが、当の磯崎自身は大阪万博の「お祭り広場」の演出の責任者として、むしろ国家的プロジェクトを推し進める立場にあり、この分裂的な状況が彼の心身を荒廃させることになった。

その意味で、『建築の解体』を挫折からのリハビリテーションの試みと見ることも可能だろう。とはいえ、それは心穏やかな状況への回帰ではない。それどころか、テクノロジーがメタボリズムや万博の調和的なヴィジョンを超えて未知の怪物的環境を作り出していく、そのコントロール不能の不気味な力との交渉の方法論こそが、本書のテーマなのである。磯崎はすでに《空間から環境へ》（一九六六年）という展覧会の会場構成を担当し、電子的な「梱包された環境」（『空間へ』所収）を論じていたが、『建築の解体』では著者と同じ一九三〇年代生まれの前衛建築家たちの導入によって「環境」のヴィジョンが妄想すれすれの異様な次元にまで展開されていく。

もとより、テクノロジーがひとを魅惑するのは、それが破壊の魅力をもつときである。「すべてが建築だ」と言ったウィーン生まれの建築家ハンス・ホラインの夢想する、超人間的なスケールの巨大構築物のヴィジョンに、磯崎は「死」の欲動を認める。この凶暴なタナトスを呼ぶテクノロジーは、ときにジョークと見分けがたくなるだろう。実際、イギリスの建築家集団アーキグラムの《プラグイン》の構想においては、テクノユートピア的な都市計画はSF漫画やおもちゃの想像力によってハイジャックされる。「建築の解体」の時代には、重々しいマニフェストよりも、カウンター・カルチャーの側から矢継ぎ早に提出されるプロジェクトのほうが遥かに有益なのだ(「磯崎新より」『アーキグラム』鹿島出版会所収参照)。その後、水没したフィレンツェの生んだ建築家集団アーキズームが歴史をナンセンスなパロディに変えたのに対して、スーパースタジオは宇宙にまで広がる途方もないスケールの《コンティニュアス・モニュメント》によって、人類の臨界点に到ろうとする……。

さらに、バラックにでかでかと広告を載せたラスヴェガスのロードサイドの建築になると、古き良き《建築》はもはや無効となる。建築とビルボードを一体化してしまうこの荒々しい商業的世界では、ヨーロッパ的なモダニズムの空間の美学は役に立たない。そのとき、ヴェンチューリはこの広告的な商業建築をマニエリスム的に読み替えてみせた。本書の建築家/アーティストたちはときにバカバカしさと紙一重のところにいる。磯崎の言う「解体」はヒステリックな暴動でもマッチョな前衛でもなく、プロジェクトの洪水から生まれるユーモラスな笑いと親和的なのだ。

さらに、本書はその後の知的運動を先取りする情報にも事欠かない。特にクリストファー・アレグザンダーの「パターン・ランゲージ」や「都市はツリーではない」の紹介は、セミ・ラティス構造に注目する柄谷行人の『隠喩としての建築』からインターネット・サービスにおける「匿名性のデザイン」を評価する濱野智史の『アーキテクチャの生態系』に到るまで、建築外の領域にも有形無形の影響を及ぼした。都市デザインを数学的手法(集合論)によって刷新するというアプローチは、今読んでも十分新鮮である。

こうして、漫画的なものと数理的なものが《建築》に導入される一方で「特定のデザインをおこなうという行為を放棄した」セドリック・プライスやアーキグラムについての論述が、秀逸なイヴェント論になっていることも見逃せない。そもそも、磯崎を建築と都市だけで語るのは不十分であり、イヴェントの研究者・立案者としての側面にも光を当てるべきだろう。

近年、磯崎は二〇一六年オリンピックの日本誘致にあたって福岡での開催案を用意したが、その際に「二一世紀型オリンピック」のモデルとして、博多湾に大型客船（イヴェント・シップ）を多数浮かべて選手やメディア関係者のための仮設の都市にするというアイディアを示した。陸上にマッシヴな建造物を多数用意するよりも、船の作る水上都市のほうが遥かにフレキシブルな運用が可能だというのだ。このプランには明らかに、アーキグラムの《ウォーキング・シティ》や《インスタント・シティ》、プライスの《ファン・パレス計画》との共鳴が認められる（あるいは丹下の《東京計画1960》や菊竹清訓の《海上都市》からメタボリズム的／土木的な国土拡張の欲望を抜き取ったものとも言えるかもしれない——磯崎の環境論／都市論は日本の土木のポピュリズムへの「批評」として読める）。

動く都市や施設という本書の奇抜なアイディアは、福岡オリンピック案を踏まえると、見かけ以上にスマートで、社会変革にも資するものに思えてくる。逆に、国家の威信と結びついた首都でのオリンピック開催案のほうが、都市に過大な負担をかける鈍重で時代錯誤のプランではないか？磯崎はモノを作る建築家であるからこそ、モノとしては残らない祝祭の研究にも余念がなかった。現代人は自らが仮想的な社会に生きていると思い込んでいるが、本書を読めば、それがいかに不十分な仮想化でしかないかが分かるだろう。

3

バラック街の浮浪者に譫妄状態のなかで建築の夢を見させる黒澤明監督の『どですかでん』(一九七〇年)さながら、本書は《建築》の形而上学を混乱させ、カオスモスに近づける。万博やメタボリズムのパラダイムを背景としつつも、そこから大きく逸脱する過激な人工環境のプロジェクトを多面的に示すこと――、この「手法」によって、本書はたんに建築の領域に留まらず、七〇年代日本の批評のなかでも突出した仕事となった。

ここで特筆すべきは、『建築の解体』が今日では稀なジャーナリスティックな批評書だということである。先端的な事象を捉え、それを的確に解説する磯崎のセンスの鋭さは、一読すればただちに了解されるに違いない(二〇一八年に亡くなったニュー・ジャーナリズムの旗手トム・ウルフの仕事が重視されていることにも注意されたい)。しかも、それが高度に理論的かつ思弁的でもあるという点で、本書のような批評書はほとんど類例がない。「流動している状況に身をまかして、その状況にたくみに応答しながらみずからも変質していく」というアーキグラムの戦略は、磯崎自身のものでもある。

そのフットワークの軽さによって、『建築の解体』は従来の建築の言語ゲームを大きく変化させた。この新たなゲームのなかでは、日本と西洋は対決しない。弥生的な洗練も縄文的なブルータリズムも関係ない。計画的なアーバニズムもなければ、日本的な茶室への撤退もない。ユートピアの夢が終わり、革命の物語が尽き果て、《建築》の自律性が揺らぎ始めたとき、本書は《建築》をサブカルチャー化することも厭わず、ハイブリッドなプロジェクトを次々と並べていく――、こんな調子では《建築》はひどいことになるのではないか？　しかし、磯崎はそういう滅茶苦茶の果てに浮かび上がる「未来の幻影」を捉えようとしているのであり、それが本書に不思議な晴朗さを与えているのだ。

そして、磯崎が《建築》を怪物的な情報環境やSF的なプロジェクトによって拡張するとき、「建築の解体」は「人間の解体」の様相を呈し始める。なぜなら、情報は人間の尺度を超えて拡散し増殖するのだから。九〇年代以降の磯崎は、一五世紀のアルベルティから二〇世紀のル・コルビュジエに到る「アントロポモルフィズム」（人体を理想形とするモダンな《建築》の概念）の次の段階として、ポストモダンな「デミウルゴモルフィズム」（人間中心主義を脱却したポストヒューマンの「ビット」の時代における《建築》の概念）について語るようになるが、このモデルは明らかに『建築の解体』の延長線上にある。

むろん、ポストヒューマンのデミウルゴモルフィズムの時代は、旧来の職業的な建築家にとって大きな試練となる。本書におけるニコラス・ネグロポンティの「アーキテクチュア・マシン」への言及は、特権的なアーキテクトが不要になり、コンピュータが「アーキテクチュア」を代替するという現代の建築の置かれた状況を先取りしていた。サイバネティックス（工学的な制御の学）の出現に思索や芸術の危機を認めたのはハイデッガーだが、《建築》も今や情報化と「匿名性のデザイン」によってその根幹を揺るがされている。この苦境においていかに《建築》を再開するか――、本書のユーモアを含んだ反文化的な都市論／イヴェント論はその手掛かりになるだろう。

4

もう一点、忘れてはならないのは、本書の構想が一九六八年のラディカリズムの廃墟から得られたことである。磯崎は同世代の建築家たちの「七〇年以降の仕事」が今や「六〇年代にもったほどの衝撃力を失っ」て「ひとつの平衡状態」に達してしまったと記す。もとより、永続的なラディカリズムはあり得ない。本書はラディカリズムの必然的な死の後、その霊を口寄せして書かれた「喪の作業」の記録でもある。

もっとも、本書に限らず、磯崎は終始一貫して《建築》の幽霊（遺産）の発見によって、自らを変容させてきた作家である。六〇年代の「政治の季節」で疲弊した磯崎が、七〇年に旅先のヨーロッパで出会ったのはマッキントッシュ、アスプルンド、テラーニらの建築であった。そこには国際建築様式において抑圧された「エロティシズムと純粋幾何学的形式性」があり、磯崎はそれに強く触発されることになる（「ジュゼッペ・テラーニの私的読解」鵜沢隆監修『ジュゼッペ・テラーニ』所収）。

こうした《建築》の霊の発見と並行して、本書刊行とほぼ同時期の一九七四年前後に磯崎の建築家としての仕事は最初のピークを迎え、純粋幾何学的な立方体フレームを用いた《群馬県立近代美術館》をはじめ《北九州市立美術館》や《北九州市立中央図書館》等が建てられる。七〇年代の磯崎はロシア・フォルマリズムの言語論を参照しつつ、自らの手法を「形式の自動生成」と称して、黄金比にもとづく丹下健三的なプロポーションの解体を企てたが、それは《建築》の始源の霊（純粋幾何学的立体）のプログラムを借りて古くて新しい「形式」を出現させることでもあった。

思うに、磯崎は《建築》の霊が見えるモダニスト、つまり建築の視霊者である。彼の膨大な仕事は《建築》を霊体に変え、思考を刺激する迷宮的なミステリーに仕立て直すことで無限に生き延びさせようとする試みだと私には感じられる。磯崎はたえずヒロシマの「廃墟」に立ち返るが、それは《建築》を何度でもグラウンド・ゼロ（生前の死／死後の生）から再開しようとする欲動と結びつく。建築物はいつか消えてなくなるが、《建築》の迷宮に終わりはない。

ベンヤミンに倣ってロマン主義の核心に「有限なものの無限化」を認めるならば、磯崎のゴーストライティングこそロマン主義的なものである。磯崎ほどスケールの大きいロマン主義者は日本にはこれまでいなかったし、今後もいないだろう。磯崎は「日本美」に耽溺する情緒的なロマン主義者ではなく、過去と未来に散らばる《建築》の幻影と出会い続ける、いわばE・T・A・ホフマンや上田秋成のような視霊者としてのロマン主義者である。後発近代国家の日本では、たんに西洋のモダニズムが根づきにくかっただけではなく、ロマン主義も満足には育たなかった。磯崎がモダニスト丹下健三の文学的なカウンターパートとしてロマン派詩人の立原道造に何度も言及しているのは、そのことと関わる。

門外漢の暴論に響くだろうが、私は磯崎こそ最後にして最大の「日本浪漫派」の作家だと考えている。陰翳礼賛派の磯崎は《建築》をスクラップにしかねない不気味なデミウルゴスに身を任せることによって、かえって終わりなき《建築》に到る。『建築の解体』にはこの逆説とアイロニーが刻印されている。

5

さて、一九六八年からちょうど半世紀を経た今日の読者は、『建築の解体』をどう読むだろうか？優しい素材で作られた優しいヒューマンな広場と建物があれば人間は心安らかに生きられるのだという昨今よく見かける宣伝文に馴染んだ読者には、六八年のラディカリズムの遺産を相続しようとする『建築の解体』はデモーニッシュな著作に映るかもしれない。「無理はしたくない、自然とも敵対したくない、作為は要らない」という昨今の日本人の気分は、あくまで「構築」にこだわる磯崎の思想の対極にある。

しかし、この種の口当たりのよい宣伝文も「自然環境と調和した優しい日本の伝統的な木造建築こそが世界で高く評価されていて云々」という田舎者のお国自慢ふうのプロパガンダに堕する危険は常にあるし、現にそうなっている。二〇二〇年の東京オリンピックを前にして、美辞麗句をちりばめた最近の建築関連の展覧会を見るにつけ、私は「きれいはきたない」という警句を思い浮かべずにはいられない。建築はマイルドなナショナリズムに木の芳香を与える香水に成り果てたのだろうか？

逆に、本書も含めて、磯崎の仕事は安直なヒューマニズムを解体するものである。磯崎の初期の傑作である大分の《アートプラザ》（旧《大分県立大分図書館》）の空中歩廊を歩いていると、私はまるで自分が宙に浮かぶ霊体になったように錯覚してしまうのだが、それは日本における《建築》の位置とどこか似通っているかもしれない。だが、このような迷宮的感覚を失えば、ひとは万博やオリンピックのプロパガンダに、つまり美辞麗句を並べたリニアな広告にたやすく絡め取られてしまうだろう。環境に溶け込もうとする優しい建築は「過去の幽霊」も「未来の幻影」もやんわりと排除するのだ。

だからこそ、「反文化的価値」の欠如ゆえに「政府の欺瞞的な政策」に利用されたメタボリズムを批判する本書は、多面的に読み直されるべきである。磯崎は諸ジャンルの「間」を借りて、パフォーマティヴな魔術を帯びた戦術的なエクリチュールを駆使しながら、半世紀以上にわたって《建築》を建築し直してきた。『建築の解体』は国家を祝福する記念碑的建築から遠く離れ、ラディカリズムの遺産を伴侶とすることによって、かえって《建築》の廃墟に立つ記念碑的著作となった。私は改めてその逆説を噛み締めている。

第2章　日本を転位する眼——山崎正和論

1　二つのアメリカ体験

山崎正和の半世紀前のエッセイ『このアメリカ』（一九六七年）は、フルブライト留学生としてイェール大学のあるニューヘイヴンに滞在し、ニューヨークでは自作の戯曲『世阿彌』を上演することになった著者のアメリカ体験記である。一般に、学者や批評家は初期において公共的な仕事をやり、後期において私的な回想を残すというケースが少なくない。だが、山崎はそれとは逆に、三〇代に私的なアメリカ旅行記を著した後、「社交」と「身体」を軸とする文明論に乗り出し、八〇歳を目前にして『世界文明史の試み』（二〇一一年）という巨編に到達した。私たちはこの履歴から、山崎の固有のスタイルの一端をうかがい知ることができる。

もっとも、『このアメリカ』はたんなる個人的なエッセイにとどまらず、若い劇作家である山崎自身を媒介として、一九六〇年代半ばのアメリカを丹念に描いた記録でもある。なかでも、イェールに集った訳ありの異邦人——母国では哲学の助教授だが稼ぎが悪いので授業後に行商をしていたチリ人の特別研究生、演出家になるために永住権獲得を目指すハンガリー人の亡命者、その亡命者を授業でいじめるギリシア人の助教授、ユダヤ人と呼ばれることを拒むイスラエル人の女子学生等々——の群像、特に彼らがそれぞれ抱え込んだ負い目は読者に強い印象を残すはずだ。

例えば、ギリシア人の助教授はギリシアから脱出して懸命に自らを「アメリカナイズ」しようとするが、しかし彼が演劇に関わる限り、過去のあまりにも偉大なギリシア悲劇の亡霊にたえず脅かされざるを得ない。あるいは、チリの研究生も母語のスペイン語の美しさに誇りをもちつつ、しかし実際には母国で授業後に行商をやる屈辱に甘んじている。他方、当のアメリカ演劇の歴史性にしても、ヨーロッパ文化の厚みと比べればひどく頼りないものにすぎない（山崎はアメリカ人の青年に、彼ヨーロッパと比べて「アメリカ演劇のとくにアメリカ的なところはどういう点だろう？」とうっかり問いかけて、彼を憤慨させてしまう）。ギリシアやチリから来た異邦人も、アメリカ人自身も、完全無欠のアイデンティティに安住できない存在、つまり誰もが脛に傷もつ身なのである。

しかし、その不完全さは必ずしも汚点ではない。それどころか、山崎はむしろ、偉大な伝統から切り離されて、人工的＝理念的な「世界」としてのアメリカで懸命に生き延びようとするひとびとにこそ「文化的な実体」を認めようとする。

ある文化につながりながら、しかもそれから切り離されてゐるといふ関係は、それじたいでひとつのりっぱな文化的な実体なのである。〔中略〕アメリカ人はたしかにふたつにひきさかれてゐるが、ひきさかれてゐるといふことはまぎれもなくひとつの文化のありかたなのである。

ここにはありふれたアメリカ論とは別の視点がある。今でも一般にアメリカは「多文化主義」のモデルとして語られるし、確かにそれは間違いではない。しかし、さらにその深層には、アメリカという人工的な「世界」では（当のアメリカ文化そのものも含めて）いかなる文化も自己の絶対的優位性を主張できないというもう一つの条件が隠れている。こうして、アメリカという「抽象的で開放的な国」のもつ独特の魅力と残酷さが、『このアメリカ』では冷静に記録されることになるだろう。

私はここで、山崎の『このアメリカ』をその二年前に刊行された江藤淳の有名なエッセイ『アメリカと私』（一九六五年）と比較しておきたい。この同世代の二人はともに日本の代表的な保守思想家と見なされているが、アメリカ体験に関しては見逃せない差異がある。一言で言えば、山崎がそれぞれの屈託を抱えた異邦人たちとのコミュニケーションからアメリカを観察したのに対して、江藤はもっぱら大学の日本研究というフィールドに自己の戦場を限定していた。

『アメリカと私』には江藤がロックフェラー財団の支援を受けてプリンストン大学に渡り、異例の若さで日本文学を英語で講じるに到った、その顚末が記されている。江藤は到着して早々に妻の病に見舞われ、その対処に忙殺される。その疲労のピークのなかで、彼の奇妙に冴えた頭脳に「アメリカ合衆国の社会を現実に支えているひとつの単純な、しかしその故に強力な論理」としての「適者生存の論理」が浮かび上がってくる。「合衆国はおそらく今日まで依然としてソーシャル・ダーウィニズムが暗黙の日常倫理になっている唯一の国である。その感触を、前日以来の家内の病気騒動のなかで、私は自分の肌の上に感じつづけて来たのである」。江藤にとって、アメリカは弱肉強食の過酷な社会に他ならない。

しかし、この「適者生存」という原則を力一杯生きようとし、アメリカの知識人や学生に対してもときに辛辣な眼を向けながら、自らの日本人としての主体とアイデンティティを確立しようとする誇り高い江藤は、アメリカ社会のもつ複雑な陰翳を無視してはいないだろうか？　あるいは、日本に帰国後、妻と愛犬に安息を与えるために「三十一歳の家長」として「「適者」である自己を証明しなければならない。だがいったい私は「適者」だろうか」（「日本と私」）と自問自答するとき、江藤はこの「適者」としての「自己証明」の欲望が逆噴射して自己肯定に転じるという危険性に、果たしてどれだけ敏感であっただろうか？

この点で、山崎が江藤の『アメリカと私』にみなぎる「緊張」に言及しながら「ほんとうの困難は、氏〔江藤〕において守るべき「私」の同一性が、現実の実体としては存在しなかったという点にあるのではないだろうか。アメリカという「異質の文化」は現実にあっても、むしろ氏のいう「身にあった生活」が、もともと理念的な虚構の産物だったのではないのだろうか」（『江藤淳著作集』第四巻解説、一九六七年）と述べたのは、鋭利な指摘である。江藤における「私」のアイデンティティは実体を欠いた「虚構」であり、だからこそその「存在証明」は異常な緊張とともになされる。しかし、山崎はこの「緊張」と「潔癖」が「読むものを息苦しくさせる」ことを感ぜずにはいられなかった。

してみれば、山崎の『このアメリカ』が江藤のような力んだヒロイズムではなく、柔らかな受動性にもとづく繊細な記録になったのは、興味深いことである。山崎にとって、アメリカは「ソーシャル・ダーウィニズム」や「適者生存」のような一面的な論理で割り切れるものではなかった。そもそも、劇作家である山崎は自作の『世阿彌』を上演するという仕事を抱えて、イタリア、スウェーデン、中国、ユーゴスラヴィア等の俳優や舞台関係者らさまざまな相手と交渉し続けたのであり、江藤のように大学の知のなかで「適者」になろうと苦闘したのではない。もとより、演劇は作家が作品のすべてを完全にはコントロールできず、金策や人間関係の問題も始終つきまとうという意味で、根本的に「不純」な芸術である。その不純さはちょうど江藤の潔癖さと好対照をなしている。

2　ポストモダン・ナショナリズムに抗する思想

この両者の差異はたんに気質の違いというだけではなく、「私」をどう捉えるかという思想的な違いに由来するものだろう。江藤淳が「虚構」の「私」を抱え込みながら「成熟」を志した批評家であったとすれば、山崎正和は「私」を「変身」の相においてつかもうとした批評家である。この「虚構」と「変身」の微妙な違いに対して、私たちは敏感でなければならない。

山崎の「変身」の思想は、何よりもまず世阿彌の能楽論の再読によって得られた。山崎の考えでは、世阿彌は世界との「不適応」を抱え込んでおり、それが彼を演技＝変身へと駆り立てる。「演技者の存在は現実世界のなかに投げこまれた「異物」なのであり、したがって彼は絶えずなにものかに扮装し、自分以外のなにものかに姿を変へて生きる宿命を負はされてゐる」（「変身の美学」一九六九年）。『このアメリカ』における異邦人たちが自らをアメリカナイズし変身させなければならなかったように、六〇年代に山崎の読んだ世阿彌もいわば「世界不適合者」として変身の宿命を背負っていた。

思えば、今日の日本ではサブカルチャー（アニメ、特撮、アイドル）からハイカルチャー（フランス由来のポストモダン思想）に到るまで、総じて「変身」に高い価値が与えられている。何ものかに「なる」という変身の物語は、日本の主要な「神話」となった。その一方、変身してから何を「する」のかについては、日本人の想像力はひどく貧弱である。今や変身そのものが自己目的化していると言えなくもない。

しかし、この「変身症候群」のなかでかえって忘れられているのは、アメリカの異邦人や世阿彌に見られたような生き残りを賭した変身ではないか？　彼らは「ある文化につながりながら、しかもそれから切り離されている」というあいまいな宙吊り状態にある。世界といつまでも一致できず、それゆえたえず変身し続けるしかない過酷な存在――、この世阿彌的な実存が山崎の議論の中核にある。逆に、虚構の「私」の存在を「適者」として力強く証明しようとした江藤は、この変身する実存のもつ「あいまいさ」には耐えられなかっただろう。

ここで話を広げると、今日支配的な、リベラルな多文化主義について考えるうえでも、山崎と江藤の違いは良いヒントになり得る。価値の多元性を認める多文化主義の最大の弱点は、自己肯定の暴走を止められないことにある。あえて極端な例を出せば、女子割礼やサティーのような人権侵害についても「これは俺たちの文化だ、つべこべ言うな」と居直られたら、多文化主義者は反論できない。

このような傾向は今日のいわば「ポストモダン・ナショナリズム」にも及ぶだろう。本来、近代のナショナリズムというのは「美しい国」への断念を含む。美どころか汚辱と失敗の歴史にまみれているからこそ、その国を深く愛することができる――、この「不条理ゆえに我信ず」にも似た逆説が、近代のナショナリズムを突き動かした。逆に、ポストモダン・ナショナリズムはこの種の否定性（断念や切断）を否定するものである。ポストモダンのナショナリストは自己の欲望を何ら犠牲にする必要がない。現に、政界やインターネットの「国士」たちは、自らの欲望を国家に仮託し、自己肯定の原理によって突き進むばかりではないか？

ソーシャル・ダーウィニズムを内面化しつつ、アメリカでの日本文学講義を通じて「過去から現在までの日本文化の全体に対して、自分を捧げているという感覚」（『アメリカと私』）を強く覚えた江藤には、虚構の日本を美しく仕立てていこうとするポストモダンのナショナリズムの欲望がすでに芽生えかけている。それに対して、山崎は素朴な肯定性の原理からはたえず距離をとろうとする。『このアメリカ』の山崎も自らを「愛国者」と規定するが、そこには幼い頃に満洲国の滅亡を目の当たりにした経験が残像としてちらついている。

〔満洲から〕引揚げて日本の高等学校にはいったとたん、私を待ち受けてゐたものはあまりにも明るい日本のイメージであった。民主とか文化とか、あらゆる標語で呼びたてられる「日本」の新しい理想が待ちうけてゐた。ひとびとはふたたび合理的なしかたで祖国に結ばれてをり、かつて日本が神国であったから愛したやうに、いまではそれが民主国家であるから愛してゐるといふのであった。私たちがのぞいてしまった、あの悲しい汚れた日本の顔を――その汚辱のゆゑに、私たちが愛した日本の裸の顔を、ひとびとは一度も見たことがないといった様子であった。思へば私はその日から、日本といふものを失ひはじめたやうな気がするのである。

ここには、いったん否定性（汚辱）をくぐらなければ国家も信用に値しないという立場が明記されている。満洲帰りの人間として、山崎は「汚れた、烙印のやうな「日本」を愛してゐた」と告白しつつ「汚辱によって飾られてゐないナショナリティーといふものを、私は信用できないくせをつけてしまった」と述べる。それゆえ、肯定性——戦前は「神国」、戦後は「民主主義」——だけでできた日本に直面したとき、山崎は「日本といふものを失ひはじめた」と感じるしかない。

理念的に言っても、真に実り豊かな多文化主義は自己否定＝自己批評の可能性を内包した文化どうしのコミュニケーションによってしかあり得ないだろう（それが現実にどこまで可能かは別にして）。脛に傷もつ異邦人たちの集うアメリカは、まさにこの意味での多文化主義を実践していたのではないか？　そう考えるとき、『このアメリカ』はポストモダン・ナショナリズムの時代に抗する思想のレッスンとして読み直すことができる。

3　日本を転位する

ただし、山崎はたんに戦前の日本浪漫派ふうのナショナリストとして「汚辱としての日本」に留まったわけでもない。むしろ、地理的に孤立した島国という所与の条件を踏まえつつ、その日本を観客のように遠望すること——、この世阿彌的な「離見の見」こそが山崎の文明論の本領と言うべきだろう。

ここで注目したいのは、山崎が『このアメリカ』や『海の桃山記』、さらに丸谷才一とのユニークな対談集『日本の町』のように、旅に関わる書物を多く残してきたことである。もとより、旅をするというのは、ちょうど『海の桃山記』で言及される天正少年使節のように、いわば社交する大人と無知な子供のあいだを行き来することである。そのプロセスのなかで、日本の地理的・歴史的なあり方が新たな角度から問い直されていく。それはいわば日本そのものを「変身」させ「転位」させる試みであった。

例えば、『海の桃山記』はマカオとゴアに始まり、ポルトガル、スペイン、イタリアへと到る旅の記録だが、それは、海洋民族に発展する可能性をもちながらも結局は鎖国して「海岸民族」(『このアメリカ』)に留まった日本人の歴史を再考する文章でもあった。山崎は現実の海洋国家を旅しながら、可能性としての海洋国家・日本のシミュレーションを遂行する。近年の歴史学では、一八世紀まではヨーロッパもアジアもどちらも市場経済の拡大を経験していたという学説も出てきているが(ケネス・ポメランツ『大分岐』参照)、『海の桃山記』はまさにその近世のグローバル経済のうねりを追体験することによって、他でもあり得た日本を浮上させる。

とはいえ、それは一方的な「鎖国」批判でもない。それどころか、ヨーロッパの海洋国家の歴史を鑑みれば、江戸時代に鎖国を選んだのは「僥倖」であったのではないかと山崎は述べる。なぜなら、海洋国家としての発展には疲弊のリスクがつきまとうからである。

海は人間を繁栄もさせるが、一面、国民の生命力に恐ろしい消耗をしひるものなのであらうか。ヴェネチア人はいったん外洋から撤退すると、その後は二度と海への野望を見せようとはしなかった。さういえば、ポルトガルもスペインもオランダも、それぞれの歴史のなかで海上に覇権を唱えた時代は一度づつしかあり得なかった。ヨーロッパ諸国のみならず回教のオスマン・トルコも同様であったし、十五世紀のアラブ諸国も同じ運命をたどってゐる。そして、近代のイギリスが典型的な例であるが、海洋国が海を失ったときその国力の低下はなぜか劇的に早いのである。それはドイツやフランスのやうな大陸に生きる国家が、何度も挫折しながら奇妙に復原力が強いのといちじるしい対照を見せてゐる。

明治以来、日本のインテリは哲学についてドイツを、文学や芸術についてフランスを主要なモデルとしてきた。しかし、地理的条件の類似性だけで言えば、日本はむしろ大陸の国家ではなく「海洋国家」を詳しく研究する必要があったのではないか？『海の桃山記』は日本をグローバルな海の舞台装置のなかに置き直し、その幸福と不幸を検証していくが、それは明治以来の日本の知の弱点を言い当てることでもあっただろう。

こうして、ナショナリズムとの向き合い方において、山崎は独特の立場を示してきた。戦後の楽天的な日本を見て、かえって日本の喪失を感じた劇作家・山崎は、日本と同じく海に面した国々の歴史を追跡し、日本史を海の「舞台」へと解き放とうとする。彼の演劇的想像力は、可能性としての日本を浮かび上がらせる。逆に、江藤は日本と条件的に類似した海洋国家に大きな興味は抱かなかった。それは、小説批評を中心とした江藤の仕事が演劇を遠ざけたこととも無関係ではないと思われる。

ただ、その一方で、山崎は夢想的なコスモポリタンでもない。日本の地理的・言語的な所与の条件は、現場の劇作家の彼にとって到底無視できるものではなかった。日本語で読み・書き・話すという具体的な実践をいかにしてより良好なものに変えていくか、そして演劇はそこにどう関与するか――、この問いは当然「教育」をめぐる議論に差し向けられる。

私たちはここで、世阿彌の演技論が実践的・マニュアル的な「教育論」であったことを思い出してもよいだろう。たとえどれだけ高邁な理論があろうとも、具体的な教育メソッドがなければ文化は滅びてしまうということに、日本の芸能者たちは実に敏感であった。世阿彌から思考を立ち上げた批評家らしく、山崎も教育をたんなる行政サービスではなく、文明にとって最も根源的なものと見なしている。

教育に対する山崎のさまざまな提言について今は詳しく触れないが、ここで注目に値するのは、彼の『文明としての教育』（二〇〇七年）が、自身の体験した満洲国崩壊後の無政府状態について語っていたことである。極寒の道端には死体が転がり、教室には首吊り死体がぶらさがるという極限状態において、しかし大人たちの教育への情熱は途絶えることなく、むしろ「宗教的」な強さすら帯びていたと山崎は述懐する。しかも、それは何かのための功利的教育ではなく、純粋な「教育のための教育」であり、イデオロギーから自由になった文明の原点を学ぶ場であった。

たとえ国家やナショナリズムが失われたとしても、ひとがひとを教育するという文明の根源的な営みは残る――、この体験こそが山崎にとって「保守」すべき何ものかであった。文明の原基的プログラムが露出した陸（満洲）、そして文明の拡大の欲望が露出した海（海洋国家）。山崎はこの二つのパースペクティブから「日本とは何か」「文明とは何か」を問い直したのだ。

4　父のあいまいさ

もう少しだけ山崎と江藤の比較を続けよう。興味深いことに、この両者は「家族」のイメージを媒介として文明を批評したという共通点をもつ。

一九六〇年代の江藤は小島信夫の『抱擁家族』や安岡章太郎の『海辺の光景』を手がかりにしながら、近代化によって失われゆく古い日本に、母性的なエロスをまとわせた（『成熟と喪失』一九六七年）。母や妻の愛にくるまれて社会的な「父」（家長）たらんとするのは、近代日本の男性のナルシシズムの典型である。むろん、母を「崩壊」の相において見た江藤は、上野千鶴子や大塚英志が論じたようにたんなるマザコン保守に収まるものではないが、彼が日本の歴史と女性的なエロスをかなり無防備に結びつけたことも否定できない。

それに対して、一九七〇年代の山崎は江藤のように「妻」や「母」を前面に出すことはせず、森鷗外を手がかりにして「父」という存在を前景化する（これは漱石論でデビューした江藤と好対照である）。この女性性の希薄さゆえに、江藤と違って、山崎の批評には良くも悪くもフェミニズム的な問題の入る余地が少ない。山崎が描くのは、母・娘・息子を支配する強い父＝家長というよりも、否応なく家庭の庇護者となった父＝家長であり、その父は社会学的というより「生物学的」な存在として位置づけられた。例えば、『鷗外　闘う家長』（一九七二年）には次のような印象的な一節がある。

「父」にとって家族は絶えまなく彼に一体化を求めながら、しかも宿命的に「父」の一体化を拒むやうなしかたで成長して行く存在なのである。いつの世にも成長した家族に融けこめない父親は無数にあるが、それは必ずしも「父」の個人的な欠点や家族の冷酷さのせいではない。成長するということが、つまりは「子」が「父」になることである以上、無用になって行くのは「父」の生物学的な宿命にほかならない。

家族は生き物のように成長し、やがて「父」を用済みにする。したがって、父はあくまで仮設の存在にすぎない。そして、家族が父の思惑とは無関係に「成長」し、ときに父を従属させるものであるために、父はたえず潜在的な不安を抱えてもいる。

例えば、鷗外の一九一四年の歴史小説『大塩平八郎』にはまさに平八郎の弟子たち、いわば「息子たち」の暴走が描かれていた。山崎が言うように「平八郎を運んで行くのは彼がみずから育てた弟子たちであるが、しかし彼らは、もはや平八郎の統御できない力で動き始めてしまった」のであり、平八郎はこのカオス的な渦に翻弄される。ここでは親(師)と子供(弟子)の責任主体があいまいに混じりあっており、それが父を「不安」に陥れる(なお、これは日本社会の親子関係の縮図でもある。子供の犯罪責任をとってメディアの前で謝罪させられる親のことを考えてみればよい。日本人は親と子の責任をまともに区別できない)。

さて、父が家族の成長によっていずれ無用になる期間限定の存在だとすれば、山崎が言うように、そこに「諦念」が伴われるのも当然である。「諦念」と言っても、それは世界を何も変えられないというニヒリズムではない。世界はある意味ではどんどん変わっていくのだが(実際、山崎が言うように「簡潔迅速なカタストローフ」は鷗外のお決まりのパターンである。そこにクライストの劇作の影響を見ることも可能だろう)、その変化は決して自分の思った通りのものではないという現実を受け入れること、いわば父は世界から必ず遅れる後衛の存在だということ――、それが父に課せられた「生物学的な宿命」なのだ。

むろん、この種の生物学的諦念に対しては「人間の社会には威厳溢れる強い父こそ必要だ」という反論があるかもしれない。しかし、強い父（超自我）はえてしてスラヴォイ・ジジェクの言う「猥褻な超自我」と表裏一体であり（現に「家長」たろうとする政治家ほどその立ち居振る舞いが下品かつ滑稽で、立派なパブリック・マンから程遠いことも珍しくない）、現実にも権威的な父のイメージはすでに摩耗しきっている。それをむりに復活させようとすると、ますます父は道化に近づきかねない。

だからこそ、私たちは過渡期に生きた鷗外という後衛の父に、折にふれて立ち返る必要があるだろう。鷗外は男性の権威的な自己回復を企てて道化的に上滑りするダサい父ではなく、かといって無責任な反逆のポーズによって拍手喝采を集める子供でもない。山崎によれば、鷗外は「阿部一族」をはじめ「悲惨な一家の滅亡」という「カタストローフ」を作品に描きつつ、実生活では「家族の葛藤のなかにふみとどまる」ことを選んだ作家、すなわち家族の崩壊と家族の保守を自らのうちに同居させた作家であった。

山崎も言及するように、鷗外は「なかじきり」（一九一七年）のなかで、医学、哲学、文学、歴史とさまざまな分野に乗り出したものの、結局どれも中途半端に終わったことを淡々と述懐している。だが、アンデルセンやゲーテの翻訳者としての鷗外が、日本文学の水準を劇的に底上げした功績は誰も否定できないだろう。後の世代を受け入れるシステムを作ったという点では、剛健にして空虚な「空車《むなぐるま》」のような鷗外に勝る作家はいない。そのことと、彼が小説において「不遇な家長」のモチーフを反復したことは両立する。鷗外のディグニティの条件は、表現の基盤を形作りながら、父という存在のあいまいさに耐えるところにあった。この点は、漱石山房で多くの若者を育て『こころ』という相続の物語を書く一方、家族を嫌悪したもう一人の「父」漱石と好対照である。

このように、アメリカを題材にするにせよ、日本史を検証するにせよ、鷗外という「闘う家長」を描くにせよ、山崎はアイデンティティのあいまいさや多元性に注目する。これは劇作家としては当然の選択である。一切の矛盾も空虚もないのっぺりとした存在からは、いかなる演劇的魅力も生じないだろう。そして、そのあいまいさをむりに解消せずに、それをむしろ開放的なヴィジョンへと「変身」させていこうとする戦略を、山崎の著作からは読み取ることができる。

5　日本の公と私

ところで、以上の山崎の仕事は時代から孤立したものではない。日本のクロノトポス（時間＋空間）を拡張し、アイデンティティの不安やあいまいさをむしろ視野の拡大に利用しようとする方向性は、一九七〇年代当時の文化的なコンテクストと連動するものである。

七〇年代と言えば、国鉄のキャンペーン「ディスカバー・ジャパン」（一九七〇年）をはじめ、松本清張や梅原猛らが火をつけた古代史ブーム、山崎の知友である司馬遼太郎（『街道をゆく』）や小松左京（『日本沈没』）のロングセラー、小林秀雄の『本居宣長』や山本七平の一連の日本人論に到るまで、広義の「日本回帰」がジャーナリスティックに目立った時代である。これらは総じてイケイケドンドンの成長期が一段落つき、左翼の革命運動も挫折した後、日本を政治的というより美学的に、あるいは内省的に見直そうとする傾向を示している。

ドイツの美学を基盤とする山崎の仕事も、この「モーレツからビューティフルへ」の流れに適合していた。ただし、山崎はノスタルジックで反動的な日本論をやったわけではない。しばしば「保守主義者」と見なされるとはいえ、山崎はあくまで近代市民社会の前提となり得る都市的伝統を参照しようとした点において、頑迷で権威主義的な保守論壇とははっきり一線を画している。

なかでも、一九七四年の『室町記』は日本の最良の都市的伝統を室町時代に認めようとしたハンディな好著である。茶の湯、生け花、連歌、さらに『太平記』や世阿彌を生み出した室町時代は、表面上は血で血を洗う乱世でありながら、社交と芸術のゲームが高度に洗練された時代でもあった。山崎によれば、中央政権の力が弱くなったこの時代は「いくつもの制度や権威が多元的に併存」していたため、乱世といっても物理的暴力だけでは統治はおぼつかない。むしろ象徴的権威をどう所有し、どう操作するかが、政治家や軍人の生き残りの鍵となる。

その社交と芸術のゲームは固定的なものではない。例えば、佐々木道誉は「婆沙羅《ばさら》趣味」によって知られるが、しかし晩年はやたらと絢爛豪華なものではなく、むしろ洗練された趣味に向かった。後のわび茶の祖・村田珠光の「和漢の境をまぎらかすこと」という教えも含めて、時代の流れを敏感に読みながら、新しい芸術のゲームのルールをたえず作り出し、それを権力に作用させること――、そこに室町時代のサヴァイヴァル戦術が認められるだろう。過酷な生存と優雅な社交が重なりあった日本史のユニークな時空として、山崎はこの時代の肖像を描いていく。

一口に「日本の伝統」と言っても、いつの時代をどう参照するかでその内容はまるで違ってくる。例えば、今日のいわゆる「クールジャパン論」を支える日本のオタク文化は、東浩紀が指摘するように、しばしば江戸をイメージしたテーマパーク的な「擬似日本」を再生してきた（『動物化するポストモダン』参照）。明治の西洋化に反撥しながら江戸を趣味のユートピアとして描くこと――、これは永井荷風からオタクに到る定番のパターンである。

それに対して、山崎の『室町記』は、むしろ江戸時代の鎖国によって失われたルネッサンス的な近代の可能性を探ろうとする（このテーマが批評家の花田清輝や歴史家の林屋辰三郎にも見られることを付け加えておく）。丸山眞男のように日本の市民社会の弱さを断罪する代わりに、市民的公共性の地盤になり得る芸術的公共性の伝統を再発見すること、しかも江戸のような平和なユートピアではなくむしろ「乱世」の過酷さを苗床とする多元的なゲームに注目すること――、この『室町記』の示した都市的感覚は今日のクールジャパン論に対しても一石を投じるものだろう。

むろん、室町の社交文化は茶や生け花のような「生活文化」に密着しているため、ライフスタイルが変わればたちまち消滅しかねない。この時代に「日本的なもの」の祖型ができたのは確かだとしても、その「日本」は今や半ば影絵のようになりつつあると言うべきではないか？　それでも、山崎が室町期の社交的＝芸術的なゲームの爛熟を近代の原史として高く評価したことは注目に値する。なぜなら、それによって私たちは日本の近代の質を検証する「測量点」を得られるからだ。

現に、室町時代の公共空間を基準とするならば、明治以降の文学はむしろ近代をやりそこなったものに見えてくるだろう。例えば、漱石、鷗外、荷風、志賀直哉らを取りあげた山崎の文芸批評『不機嫌の時代』（一九七六年）は、日清・日露戦争を経て「公」が国家に一元化された結果として、近代文学の主人公が主体以前の「気分」やホモソーシャルな「友情」に閉じこもるようになったことを鋭く論じている。

〔知識人たちは〕明治国家が一元化した「公」の世界のなかに生きて行くほかはなかった。「私」の世界へ帰らうにも、もはや彼らの身辺には「私」的であってしかも「世界」であり得るやうな、多元的で安定した人間関係といふものは残されてゐなかった。人間関係はすでにはっきりと二種類に分断され、抽象的に「公」的な世界か、さうでなければ、もはや「世界」とは呼べない「私」的な密着状態だけが残されてゐた。

「公」は抽象的な国家に一元化され、そのためにときに国家を妄信するフェティシズムも発生する。他方「私」はと言えば、私小説のようにホンネだだもれの「密着状態」に埋没していくばかりだ（山崎はそれを「感情の自然主義」と呼んでいる）。明治の近代文学の底面には、日本の「公」と「私」双方の荒廃が潜んでいる。

その後、八〇年代の山崎は日本の消費社会論の先駆けとして知られる『柔らかい個人主義の誕生』（一九八四年）で、ポスト産業社会では「人間相互間のゲーム」（ダニエル・ベル）が優位になると見なし、その社交空間から「顔の見える大衆社会」が立ち上がってくる可能性を語っている。それは『室町記』の社交論の延長であるとともに、自己を律しながら禁欲的に労働する近代のマックス・ヴェーバー的主体を刷新して、現代の消費社会における新たな「主体」の像を構想する試みでもあった。この試みによって、山崎は「公」と「私」の貧困を脱しようとした。

もっとも、九〇年代後半のインターネット——文字通り顔の見えない大衆社会——の普及以後は『柔らかい個人主義』の夢よりも、かえって『不機嫌の時代』のテーマが現実的に再来しているように思われる。今日の大衆消費社会では「公」がやはり往々にして国家と同一視される一方、そのつどの流動的な「気分」に染め上げられた孤独な「私」が群れをなし、そこかしこで憎悪感情が噴出している。かつてのナショナリズムは国民どうしの「友愛」をアテにしていた。鎮魂や慰霊はその友愛の共同体を死者にまで拡大しようとする営みである。しかし、今日のポストモダン・ナショナリズムでは、国家という抽象物がフェティッシュ化される反面、同胞愛はいっそう乏しくなり、自国民への怨恨や嫉妬、イジメがそのつど「祭り」として噴出することになる。

山崎は別のところで、昼（公＝仕事）と夜（私＝家庭）のあいだの夕方の時間帯（社交＝余暇）の重要性を語っている（『社交する人間』二〇〇三年）。確かに、日本にはイヴニングの概念は乏しく、タテマエとホンネ、職場と家庭のあいだの柔らかな中間領域が貧弱である。特に、日本のインターネット文化は孤独な密室における「夜」の部分をいっそう拡大してしまった。日本人は相変わらず、昼と夜の二項対立に閉じ込められている。『不機嫌の時代』の示した課題は、今なお未解決だと言わねばならない。

6　二元的な身体

このように、山崎は日本の室町時代から桃山時代にかけて見られた都市的伝統に立ち返りながら、それをどう現代社会にセットし直すかを考察してきた。日本における伝統の擁護者はえてして、平和な江戸的テーマパークか、明治の家父長的なナショナリズムかという不毛な選択に陥りがちである。しかし、山崎はそのどちらでもない立場から室町的な都市文化に接続しようとする（なお、ここには京都と東京の対立も潜在しているだろうが、今は触れない）。

それはまた、一九世紀的な「国家の時代の思想」から距離をとることでもある。一九世紀の哲学者ヘーゲルは市民社会を「欲望の体系」と名指し、その欲望を制御するには「理性的国家」（＝人倫の最高形態）が必要だと考えた。それに対して、山崎の理論では、むしろ国家の外の「社交」（生活のアート）が豊かでなければ「人倫」も維持されない。倫理（エシックス）の成立には国家というシステムよりも、美学（エステティックス）がいっそう強く要求されるのだ。

さらに、「精神」の哲学者であるヘーゲルとの差異ということで言えば、山崎の仕事のなかで「身体」が重要な位置を占めてきたことも見逃せない。普遍的な文明論は身体論を必要とする――、それが劇作家である山崎の基本的な立場であった。特に、『柔らかい個人主義の誕生』に先立つ『演技する精神』（一九八三年）では身体の哲学が本格的に開陳された。その論は決して簡単ではないが、大まかに言えばベルクソン、サルトル、メルロ＝ポンティ、バシュラール等を踏まえた二〇世紀の哲学的身体論に、世阿彌の能楽論を接続するという大胆なアイディアが展開される。

今はその大枠だけ確認しておこう。ここで重要な鍵になるのは意識以前の身体性である。第一段階として、山崎はメルロ＝ポンティを踏まえて「意識が身体を完全に脱け出すということはありえない」と述べ、意識のプログラムにはあらかじめ身体性が繰り込まれていると見なす。平たく言えば、意識は身体とまったくの別物ではなく、かといって身体そのものでもなく、いわば身体の海にひたりながらたえず生起するのだ。

しかし、第二段階として、山崎はメルロ＝ポンティの身体論を修正し、身体を「リズム」に置き換えようとする。意識は身体の海にひたりながら生起し、さらに身体はリズムの海にひたりながら生起する――、こうまとめても山崎の論旨を大きく損ねることにはならないだろう。そして、中断や停止を含んだリズムが「地」(ground)であるとすれば、人間の認識はそのリズムの綱渡りのなかで束の間発生する「図」(figure)であり、その限りでたえず危機にさらされていると考えられる。

さて、舞台上のパフォーマーはこうした危うくもスリリングなリズムの世界を俊敏に生きているように思える。山崎は世阿彌の能楽論を介して、そこにもう一捻りを加えた。世阿彌は序・破・急という「行動のリズム」をきわめて重視するとともに、その身体感覚を精密に捉えるのに「離見の見」というアイディアを導入する。それは自分の演技に「観客の眼」(離見)を繰り込みながら「肉眼の及ばぬ身体の部分まで感じとる」ことを目指すものであった(『花鏡』)。世阿彌は演技者としてパフォーマンスをするとともに、その身体を観客のように観察し、それによって世界のリズムのなかに住む「リズミカルな実存」を創出する。

以上は雑駁なまとめにすぎないが、山崎の身体論がおおむね二元論的であることはここから了解されるだろう。山崎の考えでは、身体はぐいぐいと世界を開拓する一方で、世界のリズムに否応なく巻き込まれてもいる。言い換えれば、身体は一方では世界を活動的に作っていくが、他方ではたんにゴロッと「ある」だけの、つまり自分自身を「洞窟」としてそこに引きこもっていくというヴェクトルももつ。近著の『世界文明史の試み』ではこの二つの身体性が、能動的な「する身体」と受動的な「ある身体」として区別されていた。

さらに、山崎は二〇一八年に刊行された『リズムの哲学ノート』でも、ベルクソンの「純粋持続」の哲学を修正して、その持続的な時間に穿たれた不連続的なリズムにこそ根源的なものを認めている。身体はベタッとした一様の生命体ではなく、いわば活性と不活性、生と死のクロックをたえず切り替え続けるリズミカルなシステムなのだ。こうして、存在すること、さらには思考することが、一瞬一瞬の中断や不在を孕んだリズムに根ざすものとして、改めて捉え返されていくだろう。

7 身体そのものへの引きこもり

このように、消費社会の新しい主体性（柔らかい個人主義）を具体的に考えることと、ベルクソンやメルロ＝ポンティを修正した身体論を抽象的に考えることは、八〇年代以降の山崎において並行していた。消費社会の到来をたんに人間の堕落ではなく、むしろ哲学や思想への挑戦として受け取ったのは、山崎の慧眼であった。

もっとも、この身体論にも恐らく改良の余地はあるだろう。特に、フロイトやジャック・ラカンの精神分析を踏まえれば、性の差異は無視できないと思われる。むろん、ラカンのように「シニフィアンが世界に参入するようになったのは、すなわち人間が考えることを獲得したのは性という現実を通してだ」（『精神分析の四基本概念』）とまで言い切ってしまえるかは別にして、身体や思考を徹底的に考え抜くにはやはり「性」についての検証は欠かせないのではないか？　先述した鷗外論もそうだが、山崎の文明論のなかで性（ジェンダー／セクシュアリティ）は周縁的なものに留められている。私はそのことに不満がないわけではない。

この厄介な問題について詳しく論じるのは、しかし今は控えよう。私は最後に、身体のテーマが山崎の戯曲のなかにも組み込まれていたことに簡単に触れておきたい。

例えば、山崎の代表的な戯曲『世阿彌』（一九六三年初演）の主人公は、将軍・足利義満の権力の「影」であり、自らを「見られるほかには使いものにならぬ人間」すなわち「見物の眼にのみ生きる」存在に限定しようとする。繰り返せば、実在の世阿彌は「離見の見」というアイディアによって、自己の動きを観客のように見ようとしたが、山崎はそれをいっそう推し進めて、自作の世阿彌を観客抜きには存在できない身体として定める。一九六〇年代に唐十郎のような前衛劇作家が「特権的肉体」に向かったのとは対照的に、山崎はむしろ純粋に見られることによってのみ存在する影のような身体を描こうとした。

あるいは『オイディプス昇天』（一九八三年初演）でも、二〇年前の『世阿彌』における「見られる身体」が引き継がれている。娘のアンティゴネに手を引かれて現れた盲目のオイディプスは、寄る辺なく漂流して辱められた果てに、アテナイの君主であるテセウスにこう告げる。

いや、私の欲しいのは涙ではない。祭の日の市に集り、熊苛めや小人の踊りに夢中になるあの血走った眼だ。この私を石に変えるもの珍しげな人の眼だ。わかってくれ、テセウス殿。かつて盲目となって国を出たとき、私はすべてを拒んで石になったつもりであった。だが、いま、ようやく悟ったのだ。まことの石になるにはそれだけでは十分ではない。ひとたびものを見る力を拒んだ男は、行きつくところ、この世で人に見られるものにならねばならぬのだ。

盲目のオイディプスは自ら進んで見世物になろうとする。つまり、「見る」ことを徹底的に拒み、一方的に見られるだけの「石」のような身体に閉じこもろうとする。面白いことに、山崎はこの石の身体にこそ「昇天」の光を、つまり救済の可能性を与えた。ならば、このオイディプスが世阿彌をさらに極端にした存在であることは明らかだろう。山崎は世阿彌やオイディプスのような演技者たちを、とことん受動的な「ある身体」に追い込み、かつそれを祝福したのだ。

思えば、『このアメリカ』の山崎は能動的な「見る身体」（する身体）としてアメリカ社会に参加していた。しかし、そのアクティヴに社交する身体には、ただゴロッと「ある」だけの身体がまさに「影」のように、あるいは「石」のように貼りついていたのではなかったか？　そして、若き山崎はただ「ある」だけの状態に引きこもっていく身体を、戯曲の主人公に書き込もうとしたのではないか？　むろん、この身体そのものへの引きこもりという興味深いアイディアを具体的に展開していくのは、容易ではない。『世阿彌』と『世界文明史の試み』を経た後も、この問いは消化されずに残っている。

私はここまで、六〇年代後半の『このアメリカ』（＝脛に傷もつ異邦人）に始まり、『海の桃山記』（＝日本の転位）、『鷗外　闘う家長』（＝生物学的な父の諦念）、『室町記』（＝乱世の社交のゲーム）、『不機嫌の時代』（＝公私の劣化）等の七〇年代の日本論、さらに『演技する精神』から『世界文明史の試み』（＝身体とリズム）へと到る八〇年代以降の理論的著作を、駆け足で確認してきた。半世紀にわたって書かれ続けた山崎のテクストをここで網羅的に論じきるのは不可能だとしても、その思想の一端は示せたと信じたい。

もとより、一人の批評家の核を一つに定めることなどできない。それでも、満洲帰りのこの批評家が「自分が旅のなかに生きているという奇妙な感覚は、いつまでもいっこうに変りそうにない」（『このアメリカ』文庫版あとがき）と記すとき、そこには実存的な原風景が示されていたとは言えるだろう。山崎は文明の旅人として、対象をたえず「転位」する眼を手放さない。そして、その旅する身体は「ある身体」という秘密の洞窟をいつも自身のうちに隠しているのである。

第3章　分身の力——大江健三郎論

1　二重化する主体

大江健三郎の小説は「二」を基本的な単位としている。ジャン＝ジャック・ルソーを典型として、孤独な「個」を象ってきた近代小説のシステムをテストするように、大江は日本という辺境の、さらにその周縁部にあたる四国の森を舞台にして、男性の「二人組」を作品の中心に据えてきた。その際、彼が日本の私小説の風土を利用してきたのは確かだが、そのスタイルは「私」の特殊性を語るためというよりは、私とその分身を縁取るために選ばれている。

日本近代文学の主体は、西洋文明の急速な「略奪」とそのきしみのなかで創出されたと言えるだろう。例えば、モダニズム作家の横光利一は、一九三五年に大江の生まれたその翌々年に連載を開始した『旅愁』で、二人の類型的な知識人を登場させた。一人はフランスかぶれの西洋主義者である久慈、もう一人はフランス留学後に日本主義に転じる矢代である。先進的な西洋社会と後進的な日本社会のあいだの分裂というテーマは、横光に限らず、明治以来の知識人にとってごくありふれたものであった。

したがって、堅固な「一」が崩れて主体が二重化するのは、非西洋の文化環境においてさほど奇妙なことではない。ただ、大江の小説の場合、主体は確かにしばしば二つに分裂するのだが、横光のような西洋コンプレックスはすでに克服されている。それは大江が西洋を「テクスト」として捉えてきたことと関係する。大江はこだわり抜いたやり方によって、西洋を徹底的に文学化し、読解の対象に仕立ててきた。具体的には、ダンテの『神曲』、ウィリアム・ブレイクの預言詩、T・S・エリオットのモダニズム詩等が、日本人の主人公たちのかけがえのない教師となる。彼らは西洋にコンプレックスを抱く代わりに、西洋の文学テクストを引用し、そのオリジナルを導きの糸にして自分たちの思考や行動を編んでいくのだ（その際に、大江はことさら山川丙三郎訳のダンテや日夏耿之介訳のエドガー・アラン・ポーを引用する——これらの古めかしい訳文も原文の奇妙な「分身」と言える）。そのため、大江の小説はそれ自体が文学教育の記録と言えるくらいである。

大江は冷戦末期の一九八七年刊行の代表作『懐かしい年への手紙』で、この文学教育にきわめて親密な形態を与えた。主人公の「僕」は敬愛するギー兄さん——四国の森のコミューンの再建を図った人物であり、大江の作品群では一種の神話的範型となっている——から、マスターベーションの手ほどきとダンテの『神曲』を読む訓練を受ける（これは『神曲』における師ウェルギリウスと弟子ダンテの関係の反復である）。この二人はほとんどホモセクシュアルな関係に近づいていた。例えば、二人で谷川に泳ぎに行ったとき、ギー兄さんは高校生の「僕」に野球部につけられた痣があることを見つけ、「僕」はギー兄さんの女性の恋人に対する嫉妬心を芽生えさせる。

僕自身、バットでゴツンとやられた時には唸り声をあげたが、そのあとを調べて見ることもなかった、とくに右腿外側の内出血が酷たらしいほどのものであるのに驚いた。そうしている間にも、ギー兄さんの息のあたたかみが川風に冷えてくる自分の腿の皮膚にあたるのが、いかなる脈絡もなく、キウリを腰にゆわえつけたセイさんとギー兄さんの挿話を思い出させ、僕はしだいに不機嫌になっていったのであった。（講談社文芸文庫版、二三一頁）

大江の「僕」は西洋という偉大な「父」との格差に悩むのではなく、血のつながらない「兄」との擬似同性愛的な関係のなかで、文学と性を与えられる。この主体化の儀式には、日本と西洋の関係性の変化が象徴的に示されている。西洋コンプレックスが弱体化した以上、大江は横光のように「日本回帰」する片割れを定める必要もなかったのだ（もっとも、戦前の横光が産業社会のテクノロジーを何とか文学に取り込もうとしていたのに比べると、大江における西洋のテクスト化＝文学化がテクノロジーの問題を追放したことも見過ごせない）。

文学史的見地から言えば、大江健三郎の「二」は次世代の村上春樹の「二」を予告するものとして読み解ける。村上の初期作品には、「僕」と「鼠」という二人組が登場する。このうち「僕」は他人から物語を聞いて、それを「リスト」として整理する受動的な存在である。他方「鼠」は小説のアイディアを僕に語るが、その内容は散漫でとりとめがない。初期の村上はこの「男の二人組」を介して、語るべきことがないという空虚な状況を語るナラティヴ（語り）を発明した。

よく引用されるように、村上の一九七九年のデビュー作『風の歌を聴け』には、「僕」が架空のアメリカ人作家デレク・ハートフィールドに小説の書き方を学んだという有名な一節がある。村上は明治以来続いてきた西洋のテクストからの学習を、パロディの域に近づけた。『風の歌を聴け』の

「信頼できない語り手」(unreliable narrator) である「僕」は、ハートフィールドをまるで実在の作家であるかのように丁重に扱い、作品の末尾では彼のありもしない墓を訪れたと報告する。このとき、西洋文学はもはや絶対的な高みにある芸術ではなく、手元で任意に捏造できるデータにまで格下げされていた。

村上のベストセラー『ノルウェイの森』と同年に出た大江の『懐かしい年への手紙』――この二作品は、愛する死者へのノスタルジックな追想を主とした長編小説という点でとてもよく似ている――は『風の歌を聴け』への応答としても読み解ける。この擬似私小説において、大江は「僕」を自分自身に近づけている。そのため、ギー兄さんもデレク・ハートフィールドと同じく、実在の人間であるような錯覚を読者に与えるだろう。そして、この架空の「兄」の死によって、「僕」はダンテのテクストといっそう親密になっていく。「あなたが殺されてはじめて、幼年時から頑固な、時には反抗もするあなたの弟子であった僕は、あらためて切実にダンテの詩句を読みつづけるようになった」(同前、五七七頁)。村上が西洋の文学テクストを文字通り「虚構化」したとすれば、大江はそれを「兄弟化」したのだ。

2 「僕」に無理をさせること

大江健三郎と村上春樹という一見して対照的な作家が、ともに主体の単位を「二」に定めたことは、熟考に値する問題である。例えば、大塚英志は江藤淳の評論『成熟と喪失』を踏まえながら、日本で主体形成に向けた「ビルドゥングス・ロマン」が迷走したことを多面的に論じ、その文脈のなかに大江と村上を据えている。[*1] 確かに、主体を堅固な「一」として確立することに、日本近代文学は躓き続けてきたように思える。

その代わりに、近代日本の男性作家たちは伴侶への愛を作品の中心に据えてきた。「一」を「二」に分裂させることによって、すなわち「私」の同伴者《コンパニオン》を定めることによって、彼らは世界を捉えるパースペクティヴを獲得した。大江も村上も決して日本近代文学の弱点を克服したわけではないが、「一」を確立できない脆弱な主体——大江ふうの表現をすれば「壊れものとしての人間」にして「あいまいな日本の私」——を逆用して分身を作り出す「伴侶の文学」の担い手となった。もとより、分身＝伴侶とは共にありながら一体化はできない存在であり、したがってそこからは結合（conjunction）と分離（disjunction）のモチーフがともに生成されるだろう。

さらに、ここで見逃せないのは、二〇世紀の時代状況が旧来のビルドゥングス・ロマンそのものに大きな試練を与えたことである。主体の成長を介して世界を把握しようにも、世界そのものがすでにあまりにも巨大で複雑な機構と化してしまった。主体が難関をくぐり抜けて自律性を獲得したように見えた瞬間、世界はその成長を嘲笑うように解決不能なカオスを突きつけてくるだろう。その意味で、「一」なる自律的な主体が成立しにくいのはもはや日本だけの現象ではない。

そのため、二〇世紀文学にはこの迷宮的現実に対応する戦略が求められた。ごく大雑把にモデル化すれば、一九世紀の小説は三人称客観の全知の視点から、市民社会の全体像をリアリスティックに把握しようとした。それに対して、二〇世紀の先鋭な小説がやろうとしたのは、その全知の安定した語り手を解体し、ナラティヴを複雑化することである。なかでも、二〇世紀前半の欧米のモダニズムは空間、時間、人称、さらに言語といった小説の基本的な構成要素に強い負荷をかけて、文学をリプログラミングする運動を推し進めた。それは従来の文学の設計図を審議し、その時空の語り方を半ば強引に捻じ曲げていく、過激な自己言及の営みである。こうして、モダニズムの運動はときに狂気を――ルイス・サスの表現を借りれば、超再帰性（hyperreflexivity）を伴った分裂症的体験を[*2]――孕むだろう。一九世紀的な視点から見れば、モダニズム文学の主人公は錯乱的な主体に映るかもしれない。

二〇世紀後半になって、この狂気を孕んだモダニズムの遺産を受け継いだのは、ヨーロッパ人以上にラテンアメリカの作家たちであった。彼らが自らの文学的先祖として、セルバンテスの一七世紀初頭の傑作『ドン・キホーテ』を再評価したのは偶然ではない。セルバンテスは騎士道文学の愛読者であるドン・キホーテに、風車を巨人と錯覚してしまう類の「狂気」を胚胎させる一方、『ドン・キホーテ』第一部の読者を『ドン・キホーテ』第二部に登場人物として組み入れている。セルバンテスは本を読むことそのものが狂気や妄想や混乱のもとであることを見抜いたが、それは二〇

＊1　大塚英志『サブカルチャー文学論』（朝日文庫、二〇〇七年）。
＊2　Louis Sass, *Madness and Modernism: Insanity in the Light of Modern Art, Literature, and Thought* (revised edition), Oxford University Press, 2017. なお、サスはロマン主義とモダニズムのあいだに断絶とともに連続性を見ているが（p.285）、これは大江の読解の参考になる。

世紀のモダニズムやメタフィクションの実験に先駆けるものであった。[*3]二〇世紀のラテンアメリカ文学は一見すると土俗的に見えるが、実際には遠く『ドン・キホーテ』にも連なるきわめて知的な操作によって書かれていた。

大江もナラティヴのエラボレーション（精錬）を最大の課題としながら、特異な語り手かつ読み手である「僕」を定めた。デビュー直後の大江は、サルトル由来の実存主義的な語りを「僕」から発生させたが、そこにやがて妄想すれすれの想像力が芽生え、一つの人格には到底収まりきらなくなったとき、分身としての兄弟が生み出される。「僕」はこの分身の導きによって、暴力的な出来事と遭遇するのだ。

ここで注目に値するのは、大江のナラティヴが西洋文学と日本文学の混血のような書き言葉によって支えられたことである。大江はエッセイ『壊れものとしての人間』において、東京に出て自然な「話し言葉」を奪われた地方出身の彼にとって、西洋文学およびその翻訳文体こそが最も近しいものであったことを述べている。松竹ヌーヴェルヴァーグの旗手であった篠田正浩のように、大江の文体を日本語の伝統から断絶した広義の「クレオール言語」（複数言語の遭遇から生まれた雑種的な言葉）と評することも十分可能だろう。[*4]

興味深いことに、カリブ海のマルティニーク島（フランスの海外県）生まれのパトリック・シャモワゾーらクレオールの作家たちは「無理して書く」ことを旨としていた。[*5]風変わりな方言で書くだけならば、たんなるエキゾティシズムに陥ってしまう。言語的混血児であるクレオール語で書くことは、むしろ言葉に負荷をかけるための戦略でなければならない（ポリティカル・コレクトネスの高まりのなかでマイノリティの表現に対する評価が総じて甘くなっている今、このような問題設定は改めて思い出されるべきだろう)。同じように、大江も日本語に無理をさせ、不自然なものに捻じ曲げることによって「僕」にも負荷をかけた。

しかも、その強い負荷は主体だけではなく、大江作品の舞台である四国の森のようなトポス(場)にもかけられる。フォークナーのヨクナパトーファやガルシア=マルケスのマコンドが、開拓によって作られた人工的な街だとすれば、日本近代文学の神話的な場――大江における「森」やその次世代の中上健次における紀州の「路地」――はそのような固有名をもたず、自然に半ば溶け込んでいた。このいつ始まったのか定かではない半・自然的な「森」という箱庭に、大江は『万延元年のフットボール』において半ば強引に日本の政治闘争史のミニチュアを設立したのだ。

この点でも、村上春樹は「ポスト大江」の作家だと言えるだろう。村上の小説でも、キッチンでパスタを茹でている平凡な「僕」が、分身(鼠)や謎の女の導きによって歴史に潜む暴力や亡霊に出会うが、これも大江と同じく「僕」に過剰なものを背負わせる工夫であった(ただし、村上の文体は大江の書き言葉とは違って耳に馴染みやすい、いわば新しいタイプの言文一致体である――村上は大江の「僕」を相続しつつ口語化したのだ)。しかし、「ポスト村上」の世代になると、このような主体への無理強いそのも

＊3　セルバンテスの手法は現代的なテーマにも通じている。今日のＳＮＳには、自己の誇大広告に余念がない「信頼できない語り手」と他人の文章のあらを血眼で探しながらそのテクストを悪の巨人と思い込んで襲いかかっていく「ドン・キホーテ的な読み手」が共存している。この語りと読みの歪曲を総体的に捉えるインターネット時代の『ドン・キホーテ』が出てくれれば面白いだろう。

＊4　篠田正浩『日本語の語法で撮りたい』(ＮＨＫブックス、一九九五年)二一六頁。

＊5　エドゥアール・グリッサン『多様なるものの詩学序説』(小野正嗣訳、以文社、二〇〇七年)一六八頁。

のが稀になっていく。今日の多くの小説において「僕」は等身大の「僕」にすぎない。村上ですら『色彩を持たない多崎つくると、彼の巡礼の年』や『騎士団長殺し』のような二〇一〇年代の作品では、部分（僕）に全体（歴史）をまとわせるナラティヴの戦略の行き詰まりを示しているように思える。

現代日本の男性作家にとって、もはや「僕」や「場」に無理をさせることは難しくなりつつある。この二一世紀の現状を批評するためにも、大江の「伴侶の文学」の仕組みを改めて検証する意味があるだろう。

3　少年たちのホモエロティシズム

大江のデビュー直後、つまり一九五〇年代後半の作品群を読むと、そこにホモエロティックなイメージが頻出すること、そしてその性が政治に連結されたことに気づかされる。例えば、一九五八年の短編小説「人間の羊」では、フランス語の辞書を手にした男性の家庭教師がバス内で「牛」のような外国兵にズボンを脱がされ、背後から「羊」のように辱められる。大江は日本が精神的にも身体的にもアメリカの属国となり、フランス語教師もいわば「獣姦」されるさまを、マゾヒスティックな寓話として巧みに描いた。

大江における同性愛的イメージは、暴力や属領化の増幅器《アンプ》であるとともに、若々しいエロスと一体化するための通路でもある。国民の「父」である天皇の権威が敗戦によって崩れた後、五〇年代の大江は同性愛を介してファシズム的な全体性に到ろうとする人物を登場させた。例えば、一九五九年の代表作『われらの時代』では、朝鮮戦争において性的な恥辱を味わった高が、みずみずしい活気に満ちた若いファシストとの肛門性交を夢見る。

> ああ、おれはこの二人の少年ファシストをどんなにか抱きしめ頬ずりし、かれらの野菜のようにみずみずしく硬い性器でおれの情念そのもののようなあたたかく濡れた直腸の奥ふかくまでつらぬきとおしてもらいたいことだろう。かれは二人の少年ファシストに強姦される弱いユダヤ女、銃剣でえぐられる女陰をもったユダヤ女だった。しかし、かれは自分が性的な倒錯者であることを、朝鮮戦線でしこまれた男色家、慰安婦的な凄腕の男色家であることを、これら二人の少年ファシストにうちあけることはできないだろう。（新潮文庫版、一一一頁）

ここで、二人の少年に背後から犯されたいという同性愛的欲望は、朝鮮人でありながらユダヤ女として右翼的な少年ファシストと同化したいという、何重にも捻じ曲がったイメージにつながっている。ゲイ・カルチャーの研究者であるキース・ヴィンセントは、大江のエッセイから「性的人間は対立せず、同化する」という一節を引きながら、『われらの時代』の倒錯的な同性愛イメージをホモファシズムと見なし、先行する三島由紀夫との類似と差異を洗い出している。[*6]

ただし、ヴィンセントは『われらの時代』がホモファシズムの担い手をほかならぬ「少年」に託したことの意味を考えていない。ここでは文化史的な文脈が導入されるべきだろう。一九五〇年代後半の大江の代表作（「飼育」や『芽むしり仔撃ち』等）では、子供たちの世界は期限付きのユートピアとして描かれた。そして、この「子供の自立性」というモチーフは、戦前の講談社の雑誌『少年倶楽部』から戦後の特撮やアニメに到る昭和のサブカルチャーが発明したものである。[*7] 大人顔負けの政治的主体としての少年――、それは決して大江のオリジナルのものではなく、むしろ昭和の児童文化でお馴染みのパターンであった（この点で、丸谷才一が大江文学に「少年小説や童話の型」を見出しているのは正確である）。[*8]『われらの時代』の面白さは、この昭和の少年幻想を、少年たちのホモファシズム／ホモエロティシズムという危険な政治的イメージに変換したことにある。

もとより「政治」と「文学」をどうつなげればよいか、そもそもつなげることが望ましいのかという問いは、日本の文学者や批評家を長く悩ませてきた（これは隣国の中国で、政治と文学が伝統的に不可分であったのと対照的である）。八〇年代の村上春樹はデタッチメント（離脱）の態度によって、政治と文学を切り離した。逆に、五〇年代の大江は少年たちの同性愛的欲望という媒介によって、この両者をつなげたのだ。一般的に、日本の同性愛作家としては三島由紀夫がまず挙げられる。しかし、浅田彰が指摘するように、実際には三島以上に大江健三郎こそが、ホモエロティシズムを先鋭な政治的課題に仕立てた作家と考えられるだろう。[*9]

4　私小説・兄弟愛・民主主義

このように、一九五〇年代の大江は父権的な縦の権威の喪失を、同性愛的な横のつながりによって埋めた。この性と政治の結託は、大江だけでなく彼と同世代の映画作家である大島渚や若松孝二にも認められる。彼らは性によって政治への回路を開拓しようとした。裏返せば、この世代の作家たちは性を手がかりとしなければ、政治を語ることができなかった。ここには、戦後日本の政治的想像力の乱調がうかがえる。しかも、彼らの描く性的関係が必ずしも輝かしいものではなく、むしろみじめで陰惨で屈辱的なものであったことも、ここで強調しておこう。

ただし、ここで重要なのは、大江の性的な二者関係のモチーフが徐々に変容していくことである。少年どうしのみずみずしいホモエロティシズムは、一九六四年の『個人的な体験』以降、脳に障碍

＊6　ジェームス・キース・ヴィンセント「大江健三郎と三島由紀夫の作品におけるホモファシズムとその不満」『批評空間』（第Ⅰ期第一六号、一九九八年）一四三頁以下。ヴィンセントが言うように、ヨーロッパとは違って、日本では新撰組や西郷隆盛の時代から戦後の三島由紀夫、大江健三郎に到るまでホモエロティックな絆は反動的な右翼と関連づけられてきた。今日のポリティカル・コレクトネスの急激な上昇のなかで、同性愛者は進歩主義的なリベラルと親和的と見なされているが、そこでは近代日本の文化史が忘却されている。

＊7　拙著『ウルトラマンと戦後サブカルチャーの風景』（ＰＬＡＮＥＴＳ、二〇一八年）第六章参照。

＊8　丸谷才一「文芸時評」『群像日本の作家　大江健三郎』（小学館、一九九二年）一三八頁。

＊9　渡邊守章＋浅田彰「同性愛のプロブレマティック」『文学』（岩波書店、一九九五年冬号）。逆に、村上春樹の小説には、『色彩を持たない多崎つくると、彼の巡礼の年』に現れたようなホモフォビア（同性愛嫌悪）がある。僕と鼠を原型とする村上の「男の二人組」は、同性愛的関係に漸近しつつ、それを最後には拒絶する。そのことと村上の「デタッチメント」は無関係ではない。

をもつ息子の光との父子関係に置き換えられていく。それは、大人顔負けの主体性を備えた「昭和の少年」の像が崩壊したことを意味するだろう。大江が光を『くまのプーさん』に出てくるロバにちなんで「イーヨー」という名前で呼ぶとき、右翼的かつ同性愛的な「政治少年」は児童文学の非政治的かつ非性的なキャラクターにその座を明け渡した。この性的な政治少年の喪失を経て、大江はファミリー・ロマンス的な擬似私小説へと軸足を移していく。

もともと、日本の私小説作家には「父」の弱々しさや不安へのオブセッションがあった（本書所収「漱石におけるアポリア」参照）。大江の次世代で、私小説の風土を利用した中上健次も、初期の『岬』所収の「浄徳寺ツアー」（一九七五年）では胎児を「子宮の中にできた吹出物」として憎悪する父の姿を生々しく描いている。多くの批評家は中上を「息子」の立場から「父殺し」を敢行して失敗した作家として論じてきたが、彼はむしろ初期作品では「父」の粗暴さや脆弱さに囚われていた。日本の私小説は主人公の「私」の恥ずかしい私的生活に加えて、不安定な父子関係を描いてきたところがある。

それは大江も変わらない。より正確に言えば、大江の擬似私小説は父子関係を対等の二者関係に「転換」しようとする奇妙な欲望を抱え込んでいる。それは中上の「浄徳寺ツアー」の翌年に刊行された『ピンチランナー調書』において顕著である。大江はこの長大な作品を次のように自己解説している。

僕は息子との協同生活の経験に触発されて書いてきたが、僕の書いたものは私小説ではなかった。とくに『ピンチランナー調書』で、僕の書いた父親と息子は、ある夜を期して父親はハイティーンに、息子は壮年の男へと「転換」をとげる。

しかしこの「転換」というような構想こそが、じつはもっとも切実に息子との協同生活の経験に根ざすものだ。（「『個人的な体験』から『ピンチランナー調書』へ」新潮文庫版『ピンチランナー調書』五一五頁）

『ピンチランナー調書』は個人的な経験から「構造」を抽出し、時間的先後関係を「転換」して父を息子に、息子を父に変える。この小説に付された司修による二人組の挿絵についても、大江は「息子にとっては、大きい方がかれ自身、その脇の小さいやつが、かれの父親なのであった」と述べたうえで「いま僕と息子とは、まったく同じ体重をしている」と文章を締めくくる（同前、五〇六、五二〇頁）。

大江は「男の二人組」を、その中身を随時入れ替えられる構造として扱っている。それは父と子を「同じ体重」をした兄弟的な項に変えることを意味する。最近でも、二〇〇七年の『美しいアナベル・リイ』（『臈たしアナベル・リイ　総毛立ちつ身まかりつ』を改題）の冒頭に、肥満した老人である主人公の古義人と、やはり肥満した中年男である息子の光が、ともにフレクス・バー（たわむ棒）を手に歩行するシーンがある。ここでも、父と息子はいわば太った兄弟に変換されていた。

興味深いことに、大江の擬似私小説はこの兄弟愛の構造にときに無限の時間を与えた。先述した『懐かしい年への手紙』の末尾で、「僕」はすでに死者となったギー兄さんに向けてこう宣言する。

ギー兄さんよ、その懐かしい年のなかの、いつまでも循環する時に生きるわれわれへ向けて、僕は幾通も幾通も、手紙を書く。この手紙に始まり、それがあなたのいなくなった現世で、僕が生の終りまで書きつづけてゆくはずの、これからの仕事となろう。（講談社文芸文庫版、五八九頁）

この二人の関係はすでに終わったものであるからこそ、僕の内部では時を超えてノスタルジックに反復される。柄谷行人が言うように「ギー兄さんは「僕」を批評する。だが、ギー兄さんとの対話は「僕」の内省（自己対話）としてあるだけなのだ」[*10]。こうして、兄弟愛が完全な形態を得たとき、作品は「いつまでも循環する時」へと到るだろう。

この兄弟愛の無限というテーマには、政治哲学的な意味も読み込める。ジャック・デリダによれば、兄弟愛はアリストテレスからモンテーニュに到るまで、さらにギリシア世界からキリスト教世界に到るまで、西洋の民主主義的思考を貫く重要なモデルであった。例えば、アリストテレスは父子関係と兄弟関係を峻別するが、それは彼が、兄弟愛と同胞愛の類似性を重んじているからである[*11]。ポリス（共同体）の成員はまさに兄弟的な同胞として結びつくのだ。ただし、デリダの考えでは、この兄弟愛のモチーフには男性中心的あるいは人間中心的な考えが忍び込んでおり、女性や動物が暗に排除されている。

この点で、大江は文字通り「戦後民主主義」の作家である。『懐かしい年への手紙』の僕とギー兄さんは、ホモエロティシズムを介して、本当の兄弟よりも兄弟らしい「同胞」となる。兄が弟を性的かつ文学的に教育し、弟が親愛なる兄に向けて手紙を発送し続けるとき、男性的な友愛の民主主義が浮かび上がってくるだろう。民主主義の不滅性を保証するのは、超越的・権威的な「聖なるもの」ではなく、いつまでも終わることのない水平的な兄弟愛＝同胞愛なのである。

5 兄弟愛の裏面のカイン・コンプレックス

繰り返せば、大江において、兄弟愛の上昇は父の希薄化と表裏一体である。例えば、後に大江と敵対することになる江藤淳は、一九五八年の「飼育」――そのクライマックスの場面では、黒人兵の頭蓋もろとも主人公の少年の掌が父親の鉈によって潰される――を次のように評した。

いわばこの作品〔「飼育」〕のなかで「戦争」と主人公の内的な成長がフーガを奏していて、それが父の鉈の一閃で合致したということもできるだろう。倫理的にいうなら、黒人兵を屠殺し、「僕」の指を砕いた鉈は、作者のアンファンテリスムからの訣別の意志の象徴をなしているのである。

（新潮文庫版『死者の奢り・飼育』解説）

しかし、その後の大江は「父の鉈」を一閃させる代わりに、横の兄弟関係を変奏し続けてきた。江藤の立場からすれば、それは一度「訣別」したはずのアンファンテリスム（幼児性）への退行にすぎないだろう。ただし、ここで見逃せないのは、大江の兄弟関係には潜在的な敵対性も潜んでいることである。例えば、陰惨なセックスと怠惰に溺れる兄の靖男と、テロリズムに走る弟の滋が交差する『われらの時代』では、兄が弟を他者化しつつ、愛にも似た殺意を抱く。

＊10　柄谷行人「同一性の円環」『終焉をめぐって』（講談社学術文庫、一九九五年）一五四頁。
＊11　ジャック・デリダ『友愛のポリティックス』（第二巻、鵜飼哲他訳、みすず書房、二〇〇三年）一六頁。

弟も情人も、黙るときたちまち《他者》に赤の他人になってしまう。そして黙っている人間のまえで饒舌にたよっている人間は胸がせまるほどの寂寥、絶望的な孤独にとらえられて、ますます饒舌にならざるをえない。（八七頁）

弟は幸福な人間を見るようにかれを見つめて笑っていた。靖男は弟を殺したかった。肉親にたいしてもちうる感情は殺意か愛かの二つしかない。（九〇頁）

江藤もそうだが、日本の多くの批評家は、社会的な葛藤の形態を父と息子という関係から考えている。この父殺しのモデルには、明治以来の日本が西洋近代という「父」（規範）に追いつき追い越そうとしてきたことが反映されている。しかし、大江は父殺しの欲望から離脱し、むしろ兄弟関係の周囲で葛藤を組織してきた。その結果として、兄弟愛と兄弟殺しの欲望は表裏一体のものとなる。

私がここで思い出すのは、文芸批評家ルネ・ジラールの模倣理論である。ジラールはエディプス・コンプレックス（父殺しの欲望）を人間の対立の標準的形態とすることに対して、強く反発している。ジラールの考えでは、フロイトが「父殺し」の文学として論じたドストエフスキーの『カラマーゾフの兄弟』ですら、殺される父（フョードル・カラマーゾフ）は実質的に息子たちの地平にまで降りてきていた。「父親の資格および子を生む者としての役割にもかかわらず、カラマーゾフの父は結局、悪い兄弟でしかなく、一種の分身なのである。われわれはもはや兄弟たちしかいない世界にいるのだ」[*12]。『カラマーゾフの兄弟』において、父殺しの欲望は分身＝兄弟殺しの欲望にハイジャックされる。そこに残るのは兄弟どうしの闘いだけである。
ジラールと同じく大江にとっても、エディプス・コンプレックス以上にカイン・コンプレックス（兄弟殺しの欲望）がより本質的な意味を帯びている。大江は一九六七年の代表作『万延元年のフットボール』でも、まさに『創世記』のカインとアベルを思わせる、蜜三郎と鷹四という奇妙な名をもつ兄弟＝分身を登場させた。兄が家庭内でトラブルを抱え、自閉的であるのに対して、アメリカ帰りの弟は政治的な行動者である。兄は弟の行動に引きずられつつも、弟に対して潜在的な憎しみを抱いている。この長編の末尾のドストエフスキー的な対決のなかで、鷹四は妹との近親相姦を告白し、蜜三郎の理解を求める。しかし、弟の哀訴は「不愉快」に支配された兄に冷たくはねつけられる。

蜜、きみはなぜそのようにおれを憎んでいるんだ？　なぜ、そのような憎悪をおれに持ち続けているんだ？　おれたちは、根所家に生き残った、ただふたりだけの兄弟じゃないのか？（講談社文芸文庫版、四〇一頁）

この絶望的な言葉を吐いた後、追い詰められた鷹四は散弾銃で自殺する。『万延元年のフットボール』における兄弟関係は「弟殺し」に行き着く。大江の主人公は兄弟を模倣しつつも、この分身を他者化し、憎悪し、その死や消滅をどこかで望んでさえいる。それはすでに夏目漱石が提示した

＊12　ルネ・ジラール『地下室の批評家』（織田年和訳、白水社、一九八四年）四一頁。

テーマでもあった。代助と友人の平岡（『それから』）あるいは先生と友人のＫ（『こころ』）がそうであるように、漱石も兄弟的な友人が女性をめぐって抜き差しならない敵対関係に入るところに――つまり兄弟が最大のコンペティター（競争相手）となり、カイン・コンプレックスが関係を支配するところに――重大な「悲劇」を認めていた。

こうした兄弟間の不和は、比較文化論的に考察されるべきテーマでもある。例えば、近世中国の白話小説『水滸伝』が兄弟関係を一〇八人にまで拡張し、梁山泊を拠点にした結社へと到ったのに対して、『水滸伝』の影響を受けた上田秋成の「蛇性の婬」（『雨月物語』所収）では、逆に兄弟間の不平等が際立つ。そこでは、穀潰しの放蕩息子である弟が蛇に取り憑かれ、まさに他者化することによって、兄たち家族と敵対する。この不気味な物語は、漱石や大江におけるカイン・コンプレックスを先取りしていた。してみると「たった二人の兄弟がなぜ争わねばならないのか」という鷹四の悲痛な叫びは、たんに兄の蜜三郎に向けられたものに留まらず、日本文学の時空そのものに谺するメッセージとしても読み解けるだろう。

6　原子力中毒者のナラティヴ

いずれにせよ、兄弟愛の裏面のカイン・コンプレックスは、大江の「二」のモデルのもつ潜在的な危うさを示している。とはいえ、大江における兄弟関係そのものが消滅することはない。興味深いことに、『万延元年のフットボール』の末尾では、鷹四が村の「御霊」となったことが示唆される。

その後の大江において、男性の分身はしばしば「霊」として描かれる。『懐かしい年への手紙』のギー兄さんは、まさに死後の霊体だからこそ、その後の大江のテクストにも何度となく再来したのだ。

それは東西冷戦という「二」の時代が終わった九〇年代以降も変わらない。例えば、二〇〇〇年の擬似私小説『取り替え子』には、義兄の伊丹十三をモデルとした「塙《はなわ》吾良《ごろう》」という死者——この命名は当然「御霊」に連なる——が登場する。大江の分身の主人公・長江古義人は「厄介な鬱状態」に陥る一方、「田亀」という録音機に残された、もはや現世にいない吾良の幽霊的な声と親しく対話し、深く依存するが、この危ういナルシシズムから逃れるために、ベルリンに自らを百日間「隔離」する。だが、そこにもギー兄さんとのホモエロティックな関係が再来する。「いまやおれにとって吾良は、懐かしい年から連絡をして来るもうひとりのギー兄さんじゃないのか？」（講談社文庫版、二〇三頁）。

主体が「一」を保てず「二」に分裂したとき、その分身がナルシシズムを強化する鏡像として現れるのか、それとも主体を脅かして別の場所に連行するショッキングな何ものかとして現れるのか——、この差異はきわめて大きい。私は大江についての批評基準を、まさにこの差異に置いている。少なくとも『万延元年のフットボール』までの大江において、「二」はたんなる兄弟愛では終わらず、暴力やファシズムやカイン・コンプレックスを誘発する危険な分身となった。

さらに、いわゆる「政治の季節」が終わった一九七〇年代に、大江はメキシコに大学教師として赴いたが、その体験も「二」を育てる契機になった（後の一九八四年の短編小説「メヒコの大抜け穴」は、日本の谷間の村とメキシコ・シティという二つの場所を、自作の『同時代ゲーム』を介してつなげる興味深い作品である）。当時の大江は、一九六七年に刊行されたガルシア＝マルケスの『百年の孤独』以来のラテンアメリカ文学ブームと並走しながら、近代小説の枠組みを日本とメキシコを貫通する文学的装置によって改めてテストしようと試みていた。

特に、先述した一九七六年の『ピンチランナー調書』はメキシコ・シティのアパートで書き継がれ、内容的にもラテンアメリカ文学の魔術的リアリズムに通じる異様な長編小説である。そこでは、大江の境遇と部分的に重なる「僕」と原子力発電所のもと技師である「森・父」――「前衛音楽家」の高橋悠治によく似ていたと評される――という男の二人組が登場するが、この両者にはそれぞれ光と森という息子がいるので、二×二の構造が形作られる。この父子関係は「転換」によって転倒するが、ここで注目したいのは「僕」が「森・父」のゴーストライターとして語るという奇妙な仕掛けである。

一九八六年のチェルノブイリ原発事故の一〇年前に発表されたこの小説の前半部において、森・父は親交のあった「僕」に向けて「カリフォルニアの原子力発電所の便箋」に書いた書簡を発送してくる。それは「僕」を自らのゴーストライターに仕立てたいという奇妙な依頼文であった。

> おれはこれから繰りかえしきみに情報をinputして、きみからoutputされる言葉に影響をあたえたいと思う。四六時中、きみがおれについて思いわずらいはじめる時、おれはきみの意識と肉体に作用しないではいないはずだよ。〔…〕そのようなおれがきみの内部に入りこんでしまえば、きみはまるっきりおれの幻の書き手《ゴースト・ライター》になるのじゃないか？
> なぜ、おれが幻の書き手《ゴースト・ライター》としてきみを必要とするのか？　それはおれの行動と思想を、あらか

じめ「調書」にとっておいてくれる認識者が必要だからさ。これから森ともども新しい冒険に出ようとするおれにとって、そのような認識者がいなければ、冒険もおれ自身も森すらも、それこそ気の狂った幻影になるような気がするんだ。（六六頁）

この一方的な要求に対して、「僕」には当初「森・父によって、僕の世界を占拠されてはたまらない」という警戒心も働いていた。しかし、この慎重さは、「気の狂った幻影」をまとった森・父の送信してくる、突発的な哄笑を含んだメッセージによって崩されていく。

森・父の狂気には、原子力の作用が介在している。森・父は「ブリキマン」という窃盗グループによるプルトニウムの強奪事件に巻き込まれて被曝し、プルトニウム中毒となった後、息子とともに「転換」を果たす。森・父という原子力中毒者のナラティヴは、妄想的な世界に「僕」を引き込む。その譫妄的なメッセージは、漫画のでたらめさときわめて近いところにあった。現に「原子力発電所の被曝事故をかくして、ひそかに療養しているもと技術者たちは数多いと思うんだ」と推測する森・父は、プルトニウムの窃盗と被曝を「漫画化して話すほかはない」と述べていた。

この中毒者の森・父がカルロス・カスタネダにちらりと言及するあたりには、オカルトへの傾きも読み取れるだろう（ちなみに、この言及は真木悠介の『気流の鳴る音』でのカスタネダの詳しい紹介よりも一年早い）。同世代の筒井康隆が七〇年代に七瀬シリーズでテレパシーを主題化したように、大江もオカルト的な遠隔コミュニケーションのなかに原子力中毒者の譫言のような「語り」を侵入させた。あるいはやはり同世代の古井由吉が、主人公から日常の自明性を失わせるエクスタシー（脱自＝恍惚）の文学を紡いだように、大江も原子力をエクスタシーの装置として捉えたのである。

これは、原子力に対する日本人の思考様式の縮図と言えるだろう。大江は原子力を、ひとびとの狂気を引き起こすものとして漫画化し、その作用をゴーストライターの立場から書き起こした（逆に、日本の原発や原子力政策についてリアリズム的に語ることは、大江の関心事ではなかった）。『ピンチランナー調書』は、日本人が原子力と正常な関係を結べないでいる状態そのものを寓話化している。原子力はまさにドラッグのように異常な「中毒者」を生み出し、『ゴジラ』のようなサブカルチャーの源泉にもなった。この中毒者のメッセージを遠隔コミュニケーションによって受信する「僕」の姿は、原子力を素材とした漫画や特撮にすっかり夢中になり、そのイメージを子供にも無防備に伝えてしまう戦後の日本人の戯画となり得ている。この点で、東日本大震災以後のいかなる小説よりも、七六年の『ピンチランナー調書』のほうが日本社会の絵解きとしては恐らく秀逸である。

逆に、チェルノブイリ以後に発表された『懐かしい年への手紙』はヨーロッパ文学の再教育に向かうことによって、メキシコとのつながりも原子力中毒も抑制した。『ピンチランナー調書』の森・父からの手紙が「僕」を漫画的な錯乱に導くのに対して、『懐かしい年への手紙』以降のギー兄さんへの手紙はノスタルジーを強化する。この点でも『懐かしい年への手紙』は大江にとって大きな分水嶺となった作品である。

7　ロマン主義者としてのシナリオライター

先述した江藤淳の評価もそうだが、大江はしばしば現実から眼を背けた観念的な作家と見なされてきた。実際、大江の小説にはテクストの森のなかに自閉していく傾向がある。しかし、その一方で、リアリズムでは捉えきれない夢や象徴の領野に働きかけるのも文学の重要な仕事であり、大江の本領も明らかにこちらにある。『われらの時代』や『万延元年のフットボール』は、兄弟愛という民主主義の夢をカイン・コンプレックスに変容させ、『ピンチランナー調書』は原子力の夢を譫妄的な語りへと横滑りさせた。これらの試みが「二」の主体に根ざすことは、ここではもう繰り返さない。

ところで、この「二」への欲望が、しばしば「一」なる巨大な全体性を求めるロマン主義と密通するのも、大江の特徴である（初期のホモファシズムへの傾斜もこのことと関わる）。裏返せば、荒唐無稽なまでに巨大な「一」を無理やりに求めるからこそ、かえって「二」の亀裂が発生する余地も生まれたのだ。大江にとって特権的な対象となったのは、ジョイスやプルーストのようなモダニズム作家以上に、ダンテやウィリアム・ブレイクのようなロマン派に連なる作家であった。それが方法論的な選択であったことは、一九九八年の自伝的なエッセイ『私という小説家の作り方』からもうかがえる。

戦前わが国には、日本浪曼《ローマン》派という奇態な一派があったために、かつその戦後の研究者たちが、それをロマンティシズムのまともなかたちと対比して批評的に検証することをしなかったために、現在わが国のロマンティシズム受容は歪んでいる。われわれの文学にもロマンティシズムの創造的な地下水の新しい噴出がみちびかれることをねがって私は、若い研究者によるロマンティシズムのまともな再定義を望んでいる。（新潮文庫版、一五六頁）

日本の批評界ではロマン主義批判はありふれているが、大江がここで言うように、日本文学の弱点はむしろまともなロマン派の文学者や理論家が乏しかったことにある。現に、西洋の二〇世紀の理論家たちはロマン派の再検証を怠らなかった。例えば、ヴァルター・ベンヤミンはドイツの初期ロマン主義においては「反省概念が、認識過程のある独特な無限性を保証した」と述べている。[*13] 反省とは常に「反省された対象についての反省」であるので、決して完成することがない。この反省のもつ「無限」が、ロマン主義の重要な発見となった。ミハイル・バフチンもベンヤミンと似た立場から、啓蒙主義とロマン主義を対比している。

啓蒙思想家はもろもろの作品や作家のなかに実物以下のものしか見ようとしなかった。超歴史的な理性の観点からすれば、それらにはあまりに多くの余計なもの、不要なもの、不可解なものがあった。それらの不純物を除去し、カットしなければならない。〔…〕啓蒙思想家とは異なり、ロマン主義者はより幅広い現実概念を作りあげた。そこでは「時」と歴史的生成に本質的な意義が付与された。この幅広い世界概念に立脚して、彼らは芸術作品にもできるだけ多くのもの、表面的な見かけよりもはるかに多くのものを見いだそうとつとめた。彼らは作品のなかに未来の傾向、萌芽、種子、啓示、予言を求めた。[*14]

啓蒙主義は認識の無駄をカットし、迷信を遮断し、バフチンふうに言えば世界を「貧困化」する。それに対して、ロマン主義の画期性は、幻想や予言や象徴をも世界を構成する「現実」として捉えたところにある。そのため、ロマン主義者はそれこそドン・キホーテのように、ときにありもしない空想を捏造し、認識を混乱させるという負の一面ももつ。それでも、手で触れられる現実を超えていくものにアクセスしようとするとき、作家は大なり小なりロマン主義に近づくだろう。

戦後日本では、ロマン主義的想像力は文学以上にアニメやゲームにおいていっそう実り豊かに現れた（そこには大江と同世代の高畑勲のような、アニメのロマン主義への内在的批判者も含まれる）。そのなかで、大江は古井由吉とともに例外的にロマン主義の回復を目指した小説家である。大江にとって、西洋のテクストは言葉を「無限」に増幅させるためのアンプであり、そこから生じる響きによって、大江はときに集団の抱く夢――兄弟愛や原子力――に干渉することができた。ロマン主義者としての大江は、幻想の現実性を捉えようとした。

さらに、バフチンの定義を踏まえるならば、ロマン主義は「未完成」であること、つまり完成の途上にあることを許容する思想である。近年の大江も、良し悪しは別にして、ヴィジョンの成就ではなくヴィジョンの設計に強い関心を示すようになっている。そのため、彼の主人公は作家というよりは「シナリオライター」としての一面が強くなっている。

例えば、九・一一の同時多発テロを受けた『さようなら、私の本よ！』（二〇〇五年）では、死者の吾良に代わって、生気溌剌とした建築家の繁が新たな「二人組」を結成して古義人を導く。古義人

＊13　ヴァルター・ベンヤミン『ドイツ・ロマン主義における芸術批評の概念』（浅井健二郎訳、ちくま学芸文庫、二〇〇一年）三八頁。
＊14　ミハイル・バフチン『フランソワ・ラブレーの作品と中世・ルネサンスの民衆文化』（杉里直人訳、水声社、二〇〇七年）一五六―七頁。

は三島由紀夫やルイ＝フェルディナン・セリーヌらファシズムに連なる作家たちを想起し、さらに「むしろ老人の愚行が聞きたい」というT・S・エリオットの詩に取り憑かれ、若い仲間とともにテロのシナリオを作成する。しかし、この計画は思わぬアクシデントによって同志の若者の死という結末を迎え、あえなく解体する。その後には、世界に散らばった「徴候」を静かに書き留めていくだけの老人が残されるにすぎない。

8　女性とトラウマ

二〇〇〇年代以降の大江においては、西洋文学を「原作」にしたシナリオによって、老人の妄想を増幅させていくロマン主義が、いっそう目立っている。ただ、そこでどれだけ暴力的なテロを志向しようと、それはもはや文学テクストという安全な虚構のなかでの「過激さ」にすぎないようにも思える。『ピンチランナー調書』と比べると、今日の大江のロマン主義が空転している印象を私は否めない。

ただ、ここで注意しておくべきなのは、近年の大江の想像力がもはや「男の二人組」だけでは保てなくなっていることである。古義人の身体は衰え傷つきやすく、その片割れも「霊」となって明確な実体を失っている。それを埋めるように、脇から女性の援助者が侵入してくるのだ。

例えば、『ドン・キホーテ』を下敷きにした『憂い顔の童子』（二〇〇二年）は、大江の小説が読者に干渉し、読者もまた小説に干渉する、一種のメタフィクションとして書かれている。繰り返せば、セルバンテスの『ドン・キホーテ』の教えとは、本を「読むこと」はひとを賢くするどころか、狂気にすら導きかねないということであったが、『憂い顔の童子』では古義人の小説を精読しているアメリカ人女性研究者のローズが、ギー兄さんと古義人が同一者であるかのような妄想をもたらす。

> 今日やって来る車のなかで、子供のあなたがコギーと呼ばれていたことを知って、私は驚いたんです。コギーのコは、つまり指小辞《ディミニューティヴ》でしょう？　言いかえれば、ギーちゃん、ということじゃありませんか？　あなたはギー兄さんだったし、ひとり森へ去って「童子」になったあなたの片割れもギー兄さんです。あなたはもうひとりのギー兄さんとしてかれらに手紙を書いているんです！（講談社文庫版、四四頁）

ローズは古義人にとって理想的な「読み手」である一方、ギー兄さんとの妄想的な同一化をそそのかす存在でもある。ただし、ローズが古義人に対して完全に従属的かというとそうでもない。というのも、古義人は小説の終盤で、酔っ払った状態でローズに「求婚」をしてあっさりフラれてしまうからだ。いずれにせよ『憂い顔の童子』の老いた主人公は、初期大江のホモエロティックな主体と違って、女性の同伴者を必要としている。

その一方で、二〇〇五年の『美しいアナベル・リイ』になると、むしろ女性のトラウマ的記憶によって主体が脅かされる。先述したように、この小説は父子の太った「二人組」の描写から始まるが、そこにかつて古義人の友人であった木守有が闖入してくる。

木守は三〇年前に映画女優のサクラを起用し、古義人のシナリオのもとでドイツの劇作家クライストの『ミヒャエル・コールハースの運命』の映画化を企てたことがあった。ただ、少女時代のサクラは、戦後すぐに撮られたエドガー・アラン・ポーの少女詩をモチーフとする「アナベル・リイ映画」に出演し、それ以降、心の不調を抱え込んでいた。その少女時代の真実の開示は、悲惨な結果を招く。木守がサクラや古義人たちに見せた8ミリの「アナベル・リイ映画」の「無削除版」には、少女のサクラがGIに陵辱されるシーンが映っていた。木守有は糾弾され、映画制作もご破算となる。古義人と木守の擬似的な兄弟関係は、女優のトラウマ的記憶の再来によって崩壊してしまう。

『美しいアナベル・リイ』で挑発的に示されるのは、チャイルドポルノであり、さらに古義人のふるさとの歴史上の人物である「メイスケ母」を見舞った性的暴力の記憶である。ダンテをモチーフとした『懐かしい年への手紙』の兄弟愛の世界では、過去と現在、少年と老人は円環的につながっていた。しかし、映画制作をモチーフとした『美しいアナベル・リイ』ではそのような美しい調和は成立しない。過去と現在が映像的につながったとたん、そこには悲惨なカタストロフが現れるばかりなのだ。[*15]

改めて言えば、大江が村上とともに主体=僕の脆弱さを逆用し、それを「二」に分裂させたことは、ポストモダンの日本文学史におけるきわめて重要な出来事である。この分身の力によって、政治への回路も、文学のロマン主義的想像力も、さらには「僕」と言語に負荷をかける手法も、かろうじて保たれてきた。この二人の作家は江藤淳のように主体の未成熟を嘆く代わりに、その主体をテストする手法を開発したと言える。七〇年代の『ピンチランナー調書』や二〇〇〇年代の『美しいアナベル・リイ』は、そのホモエロティックな「二」の関係にさらなるショックを与えようとする作品として読み解ける。

ただし、今後この「二」のプロジェクトが他の作家によって延長されるかどうか、つまり大江や村上の問題設定が相続されるかは疑わしい。この半世紀のあいだ保たれてきた分身の力を喪失したとき、日本文学の主体もナラティヴもたんに平凡なものに近づいていく可能性がある。現に、今の我々の眼前に広がっているのは、主体への問いかけそのものが蒸発しつつある、その前兆の光景である。

＊15　大江自身にとっても、映画は精神的なショックと結びついている。井上ひさしと筒井康隆との鼎談で、大江は戦後直後に撮られたジョゼフ・ロージー監督の『緑色の髪の少年』を少年時代に見て「根本的な恐怖」と「神話的なものに対する熱情」を喚起されたと語っている。井上ひさし＋大江健三郎＋筒井康隆『ユートピア探し　物語探し』（岩波書店、一九八八年）四五頁。さらに、大江の原体験には戦時下に見た文化映画（教育的なドキュメンタリー映画）があった。彼は『私という小説家の作り方』で、理科の教材用の文化映画に映った花の映像によって、事物を外的なものとして捉える眼を獲得したことを語っている。

第4章　神の成長——高畑勲『かぐや姫の物語』論

1　神を養う物語

高畑勲監督の『かぐや姫の物語』を考察するにあたって、まずは一つの簡単なテーゼを掲げよう。それは「日本の神はしばしば人間の傍らで成長する」というテーゼである。

例えば、折口信夫は『竹取物語』のかぐや姫、『丹後国風土記』の姫神、そして『源氏物語』の紫上を例に出しながら「神聖なる女性を養うて、成長して神格の完成するのを待つといふのも、日本における神を養ふ物語の型の、一つなる物語であった」と述べている。[*1] 日本の物語においては、神聖な存在はしばしば未完成のものとして現われ、人間によって養育された。未熟な個体のなかに含まれた神格を熟成させるプロセスが、日本の物語文学の時間性を特徴づけた。これは西洋的な全知全能の神の物語とは明らかに異質である。これから神になろうとする「小サ子」、すなわち奇蹟の種を含んだ存在を気長に守り育て、やがて本当の神に変えていくという型の説話が日本で愛好されたのは、たいへん興味深い。

この問題を別の角度から言えば、日本の神はよそよそしく居丈高なものではなく、人間の世界と随分近しいところにいるということである。柳田國男の名高い論文「神を助けた話」は狩人が神を助けたという伝承を紹介しているし、中国の著名な文筆家である周作人も、中国の神がどこか官僚的であるのに対して、日本の神が人間たちと親しげに交流し、共食することに驚いていた。[*2] 神を自らの近辺にお迎えして、ときには援助し、時間をかけて育てるということに、日本人は大いなる喜びを見出し、物語の種として受け継いできたと言ってよいだろう。

してみると、日本の物語において「神の容器」が重要な役割を果たすのも、決して不思議ではない。折口は神がうつぼ舟、たまご、ひさごなどに乗って他界からやってくるという物語的趣向に着目している。[*3] 神的な「たま」(霊魂)は単独で人間のもとにやってくるとは限らず、しばしば自らを保護する媒体=容器とともに現れる(桃太郎や一寸法師はその最たる例である)。そればかりか、折口の紹介する、神の宿った「石」の成長譚からも了解されるように、ときには神の容器それ自体も神とともに成長するのだ。神の成長=時熟、及びその成長を保護する容器に対する鋭敏さ——、それは「もと光る竹」に籠るかぐや姫を主人公とする『竹取物語』にも見出すことができる。

興味深いことに、こうした神の日本的特性は今日のアニメーションにおいても継承されている。例えば、高畑の盟友である宮崎駿監督の『崖の上のポニョ』は、文字通り「小サ子」としての神の成長を描いた作品である。ポニョは未完成の幼体のまま、小さな瓶=容器に入って主人公の少年の

*1 「日本の創意」『折口信夫全集』(第八巻、中公文庫、一九七六年)二八六頁。

*2 「神を助けた話」『柳田国男全集』(第七巻、ちくま文庫、一九九〇年)。周作人『日本談義集』(木山英雄訳、平凡社、二〇〇二年)三三九頁。

*3 「霊魂の話」『折口信夫全集』(第三巻、中公文庫、一九七五年)。

もとに流れ着く。やがて気泡を食い破って外界に飛び出したポニョは、漫画的な洪水とともに再び少年のもとを訪れ、人間の姿に成長する。そして、この二人は一面の原始の水に覆われた世界を、巨大化したおもちゃの「舟」に乗って漂流する……。水界と関わる「小サ子」であるポニョは、伸縮自在の容器に包まれた状態で「成長」を果たす。とはいえ、それは決して程よい成長ではなく、グロテスクさすら感じさせる異形の成長だと言わねばならない。宮崎はめちゃくちゃな力業によって、日本的な「神を養う物語」を現代の荒唐無稽なアニメーションとして再生した。

だが、私たちはただちにこう問うこともできるだろう。もし神を成長させる環境自体が根こそぎ破壊されてしまったとしたら、いったい神はどうなるのだろうか、と。なるほど、確かに幼い神としてのポニョは漫画的な水にくるまれて異形の成長を果たすことができたが、それは、神を成長させる容器が今やひどく不安定になっていることの裏返しではないのか？　そのような世界で、神は今後も円満に成長することができるのだろうか？――私の考えでは、『かぐや姫の物語』はまさにこれらの問いの周囲を巡っている。

2　成長の失敗

高畑のアニメーションの批評性――彼好みの言い方をすればブレヒト的な異化作用――は、「神の成長」に対する疑いと不可分である。それは特に、日本を舞台とするときに顕著となる。例えば、『火垂るの墓』の未熟な神としての幼女（節子）は、戦争の生み出した絶対的貧困のなかで痩せ衰えて死んでいく。兄と一緒に水辺の洞窟＝容器に「籠ること」も、この兄妹に福音をもたらさない。節子は自らの神格を完成させるどころか、ドロップの缶（容器！）に入った白骨にまで縮小されてしまう。昭和末期の『火垂るの墓』では、本来神を成長させるはずの容器がことごとく損壊される。「神の成長」の失敗が、これほどあからさまに示された作品は少ないだろう。

あるいは『平成狸合戦ぽんぽこ』でも、多摩丘陵の小さな狸たちが開発の犠牲となる。狸たちは変化の術を駆使し、人間たちに翻意を促そうとするが、それはもはや人間の心には届かない。動物と人間が共存共栄していた世界はすでに過去のものとなり、小サ子としての狸たちの繰り出した渾身の妖術はテーマパークの企画したエンターテインメントとして処理される。やがて彼らの棲家は壊され、霊的なものを養う場は人間世界から分離される。神を円満に養い育てる環境が決定的に失われてしまったというペシミズムが、この一見して陽気な作品に深く染み渡っている。

成長できなかった神を描く点において、高畑のアニメーションは宮崎のアニメーションとは対照的である。色彩豊かで、活き活きとしたリズムがあり、大人も子供も誰もが魅了される宮崎のアニメーション世界――、そこは多くの魂が爆発的に成長することのできる魔術的空間であった。たとえそのハチャメチャな磁場に巻き込まれて醜い豚になってしまうことがあったとしても（『千と千尋の神隠し』）、あるいは巨大な「蟲」が世界を満たすことがあったとしても（『風の谷のナウシカ』）、宮崎のアニメーションが人間と神の共生を高らかに謳い上げてきたことは間違いない。

それに対して、高畑のアニメーション世界は霊魂（たま）にとって保護的な容器であるとは限らない。宮崎のポニョが出鱈目な水界のなかで奇想天外な成長を遂げるのに対して、高畑の節子にとっては「成長」ほど困難なものはない。アニメーションにとっては最も見たくない日本の「貧しさ」

を正面切って突きつけたところに、高畑の作品の重要性があるだろう。演出家・高畑勲を世に知らしめた『アルプスの少女ハイジ』であれば、ハイジやクララという少女の魂の養育は自然豊かなアルプスの山で実現される。しかし、戦中や戦後の日本は「神の成長」のための良き容器ではもはやあり得ないのではないか――、この懐疑は、他のいかなるアニメーション作品にもない独特の思想を高畑の映画に与えているように思える。

こうした文脈を踏まえれば、高畑が日本の最も古典的な「神を養う物語」である『竹取物語』を素材に選んだ意味も、十分に理解できるものとなるだろう。今回の『かぐや姫の物語』では、竹から拾われたかぐや姫は「竹の子」と呼ばれ、周囲の野山と同化しながら物凄い勢いで成長を果たす。カエルの真似をして大きくなり、キジを捕まえようとしていっそう大きくなる彼女の姿を見ていて、私は何度も節子を思い出した。人間や動物と混じってすくすくと成長する、この文字通りの竹の子は、困窮のなかで衰弱し、ついには一握りの白骨になってしまった節子のネガそのものである。『火垂るの墓』では実現することのなかった「神の成長」は、『かぐや姫の物語』の冒頭の数十分に凝縮されていた。

しかし、かぐや姫の成長はやはり円満には進まない。翁と媼とともに都に出たかぐや姫は貴族の邸宅に住まうが、そこでは彼女の魂の伸びやかな運動は妨害され、成長の奇跡は中断される。鬱屈したかぐや姫は、邸宅の狭い庭を故郷の野山に見立てて、心を慰める。だが、この「籠ること」を介しても、魂の成長はうまくいかない。帝を含めた求婚者たちを拒んだ後、気高い姫はついに月に帰ることになる。彼女が宇宙空間から地球を眺めるラストシーンで、高畑はいわば地球そのものを「神の容器」として提示したと言ってよい。その際、高畑は地球を肯定もしないし、否定もしない。

ただ、果たして地球が神を養育することのできる素晴らしい容器であったかという問いを、最後に観客に投げかけている。こういう具合に、見る側に判断の余地を残すところに高畑の映像作家としての倫理があったことは、改めて強調しておきたい。[*4]

加えて、原作の『竹取物語』からして強力な批評性を含んでいたことも見過ごせない。例えば、『竹取物語』を「贖罪の文学」と呼んだ国文学者の高崎正秀は、かぐや姫が「権威に屈しない王朝文芸中のたった一人の女性である」ことを強調していた。[*5] 貴族や帝らを全員袖にしてしまう『竹取物語』は、見方次第ではきわめて不遜あるいは不敬な物語である。そこでは、地上的な権威ではなく、天上的な高貴さがすべてに優越するのだ。後に紫式部が『源氏物語』の絵合巻で「かくや姫の、この世の濁りにもけがれず、はるかに思ひのぼれる契りたかく」と評したことは、かぐや姫の高潔な意志を物語っている。

そして、この誇り高い神は、言語の新たな創出ももたらした。五人の求婚者の滑稽なエピソードからは「はぢをすつ」「たまさかる」「あへなし」「あなたへがた」「甲斐あり」という新語が生み出

＊4　高畑は『漫画映画《アニメーション》の志』（岩波書店、二〇〇七年）で次のように述べている。「『火垂るの墓』『おもひでぽろぽろ』などをふくめ、わたしはそれまでも観客を完全に作品世界に没入させるのではなく、少し引いたところから観客が人物や世界を見つめ、「我を忘れ」ないで、考えることができるような工夫をしてきたつもりではいたのです。ドキドキさせるだけでなく、客観的に状況を示し、ハラハラもさせたい。場合によっては主人公を批判的にも見てもらいたい」（二七四頁）。ポール・グリモーのブレヒト的側面に影響され、同化よりも異化を重んじる高畑は、ドキドキ・ハラハラの極致である宮崎の『千と千尋の神隠し』が、観客に「我を忘れ」させる効果を持つことを警戒していた。

＊5　高崎正秀『物語文学序説』（桜楓社、一九七一年）三四八頁。

され、かぐや姫の残した不死の薬を燃やした山は「富士の山」と命名される。神＝かぐや姫が天上で犯した自らの罪を地上で償うとき、世界はリニューアルされ、言葉や地名が新たに湧き出してくる。かぐや姫の成長と贖罪の物語は、そのまま地上という「容器」をも豊かにする神話的プロセスなのである。

それに対して、高畑版の『かぐや姫の物語』では容器の成長が見られない。そして、かぐや姫自身も故郷の野山を離れたせいで、最善の「成長」の機会を逃す。そのために、この作品には強烈なリグレットの念がみなぎっている。竹取の翁はかぐや姫の気持ちを分かってやれなかったことを悔やみ、かぐや姫もこの世にはもういたくないと願ったせいで月への帰還を余儀なくされ、大いに後悔する。本当ならばもっと幸せな成長があったはずなのにという悔しさ、それに続く諦めが、『かぐや姫の物語』の主旋律となっている。高畑は「神の成長」という日本的モチーフを踏まえつつ、今回もやはりその困難さを描いていた。

3　水の系譜

繰り返せば、この地球は果たして小さな神を成長させるのに相応しい場所なのだろうかという問いが、『かぐや姫の物語』の結末において示される。そして、その答えはあくまで宙吊りである。この「場」の優位は、『かぐや姫の物語』における豊富な水のイメージによって、いっそう強められる。もとより、水のイメージは高畑の作品群において重要な位置を占めていた。例えば、実写のドキュメンタリー・フィルムである『柳川堀割物語』は、水との共生を取り戻していく行政と市民の物語である（これは住民たち自身が居住地の歴史的／生態学的価値を発見していく映画であり、今日の「ゆるキャラや現代アートで村おこし」という類の振興策とはまったく異なる、良質の地方自治論として見ても興味深い）。さらに、『火垂るの墓』でも水辺が舞台となり、『おもひでぽろぽろ』では美しい水田の風景が人工の自然であることが語られる。高畑の映画では人間が手を加えた自然の風景に対する愛好がたびたび示されるが、その「人工的自然」は水と深く関わっていた。

もっとも、これをエコロジーなどというと、本質からはちょっと逸れてしまうだろう。生活が文化であり、文化が生活であるというところに日本的な美学が凝縮されているのだとすれば、環境のあり方について考えることは文化のあり方について考えることに直結する。日本の日本たるゆえんは、水と密着した生活文化とそれに立脚した感情様式にあり、それが毀損されれば魂の成長は停止してしまう――、少なくとも高畑はそう考えているように私には思える。

それゆえ、『かぐや姫の物語』においても、水に独特のイメージが与えられているのは決して不思議なことではない。面白いことに、水の存在は登場人物の「夢」のなかで際立っている。かぐや姫は幻想のなかで、汚辱に満ちた都を飛び出し、カラフルな十二単を脱ぎ捨てて、月に照らされた水辺を疾走する。さらに、幼なじみの青年（捨丸）の夢のなかで、かぐや姫は空中を飛び、やがて水面に落下する。神をすくすくと成長させる野山ではなく、神を毀損する都でもない第三の「場」としての水――、そこは宮崎アニメとは対照的にモノクロームの画面（墨を含んだような水、黒々とした輪郭線、色彩の衣を脱ぎ捨てた夢）によって支配されていた。だが、真に清浄な土地があり得るとしたら、それはこのモノクロームの寂しい世界なのだろう。

考えてみれば、原作の『竹取物語』も水と深い関連性をもつ物語であった。ここで想起すべきなのは『源氏物語』の浮舟である。浮舟はかぐや姫の文学的子孫であった。薫と匂宮のあいだで板挟みになり、宇治川に身を投げた彼女は、横川の僧都に拾われるが、彼女を見た僧都は「かくや姫を見つけたりけん竹取の翁よりもめづらしき心地する」と評される。浮舟自身も「われかくてうき世の中にめぐるとも誰かは知らむ月のみやこに」という歌を詠む（手習巻）。竹取の翁とかぐや姫は僧都と浮舟の関係に対応づけられる。その結果、浮舟はかぐや姫さながら、自ら救済を拒むような高貴な女性として描かれた。

高畑版のかぐや姫は、この二人の遺伝子を受け継いでいる。周囲の無理解に見舞われ、夢のなかでモノクロームの水の世界に囚われる彼女の姿は、宇治川のほとりで罪を負って、ついに円満に成長することも叶わなかった浮舟の姿とどこかで重なりあう。彼女らは高潔ではあるが、正しく成長できなかった水の神なのである。彼女らを取り巻く水は、荒涼とした地獄の風景を思わせる。

私はここでもやはり、宮崎駿との差異を考えずにはいられない。宮崎の「夢」は華々しいファンタジーとして描かれた。『ポニョ』にせよ最近作の『風立ちぬ』にせよ、老作家・宮崎の夢は豊穣な色彩に満ちていて、その夢のなかにはたくさんの奇蹟と破滅が待ち受けていた。だが、高畑の夢はそういうものではない。『かぐや姫の物語』が私に与える印象は、モノクロームの景色のなかに髪の毛や輪郭の線がはらはらと飛び交うというものである。宮崎の色彩の夢は半魚人の神＝ポニョを笑いへと導き、高畑の線の夢は少女の神＝かぐや姫に涙を零させる。

私たちは、日本は多神教の国だと簡単に考える。そして、それは一神教に比べて穏やかで、ストレスのない世界だと見なしがちである。だが、これはいささか安直な見解だろう。小さな神々を正しく養育することのできない世界が、果たして真の意味で多神教的な空間を完成させられるものだろうか？　お気楽に維持できる文明などどこにもない。多神教もあくまで人為的な努力によって成り立つものなのだ。宮﨑と高畑のアニメーションが教育者的視点といつも結びついているのは、彼らが神の日本的特性に対して誠実であることを立証している。

冒頭のテーゼを改めて繰り返すならば、日本の神はしばしば人間の傍らで成長する——、これは人間が神を必要とするだけではなく、神も人間を必要としているということを意味する。しかし、人間の支援を得られず、ついに成長できなかった神が存在するとしたら？『かぐや姫の物語』はまさに、人間のいないモノクロームの水の世界をその内面に抱え込み、ついに正しい成長を果たすことができなかった、可憐な神の物語である。すなわち、孤独な人間ではなく、孤独な神を描いた映画である。神を保護し、育てることは難しい。それに目をつぶってはいけないと『かぐや姫の物語』は静かに告げている。

第5章　高畑勲の批評性

1　「敗戦の否認」への批評

日本アニメの中心部には、軍事テクノロジーの娯楽化がある。宮崎駿、富野由悠季、押井守、庵野秀明らアニメ作家たちは、戦後の平和のなかで、好戦的かつ暴力的な想像力を解き放ってきた。軍事兵器（戦艦、飛行機、ロボット……）をアイコンにしながら、軍事の美しさや愚かしさ、その暴力性や子供っぽさをともに描き切ろうとする欲望が、戦後のアニメを活気づけたことは明らかである。

この欲望の背景に敗戦国日本のコンプレックスを認めることは、さほど的外れではないだろう。戦時下の日本は多くの将兵を無為に死なせて敗戦に到ったが（この点で当時の日本を「軍国主義」と評するのはむしろ過大評価である）、一九七四年に放映されて、後にアニメブームを巻き起こした『宇宙戦艦ヤマト』は、その失敗をアニメの想像力によって「否認」し、敗戦の象徴である戦艦大和にもう一度やり直しのチャンスを与え、全人類の救済という晴れがましい仕事を果たさせた。宮崎駿は児童文学を「やり直しのきく話」と評したが（『本へのとびら』、岩波新書）、日本の戦後アニメはまさに少年少女向けという構えのなかで「戦争のやり直し」を推し進めてきた。否、これは戦後に限らない。大戦末期の敗北続きの状況のなかで、人間の戦争をかわいい動物たちのメルヘンに変えながら、戯画化されたアメリカ兵を打倒する瀬尾光世監督のプロパガンダ・アニメ『桃太郎　海の神兵』（一九四五年公開）からして、すでに敗戦を否認していたのである。

敗戦を否認し、幾重にも仮想化されてきたアニメの戦争。それに対して、一九八八年に公開された高畑勲の『火垂るの墓』はこの「敗戦の否認」という欲望を否定し、アニメの戦争を戦時下の剥き出しの貧困のなかに巻き戻した映画である。『宇宙戦艦ヤマト』とは対照的に、高畑は「やり直しのきかない」一回きりの現実に戻ろうとした。アニメはその空想の力によって、あらゆる可能性を夢見ることができる。しかし、この「可能性を拡張するジャンル」には豊かな可能性をなくしてしまった存在の場所だけがないのだ。『火垂るの墓』はまさにそのような一回きりの現実に閉じ込められた子供たちの闘いと敗北を描くことによって、戦後アニメの想像力の地盤そのものに揺さぶりをかけた。高畑は日本のアニメがいちばん見たくないものを描く――、ここにはアニメというジャンルに対する鋭い批評精神がある。

2　幻想としての「少年」

この批評性は、『火垂るの墓』がアニメの「少年少女」の形象を揺さぶったことによって、いっそう先鋭なものになったように思える。高畑は企画書のなかで従来の子供の描き方に疑問を呈していた。

私たちはアニメーションで、困難に雄々しく立ち向かい、状況を切りひらき、たくましく生き抜く素晴らしい少年少女ばかりを描いて来た。しかし、現実には決して切りひらくことの出来ない状況がある。それは戦場と化した街や村であり、修羅と化す人の心である。そこで死ななければならないのは心やさしい現代の若者であり、私たちの半分である。アニメーションで勇気やたくましさを描くことはもちろん大切であるが、まず人と人がどうつながるかについて思いをはせることができる作品もまた必要であろう。

(「火垂るの墓」と現代の子供たち」。以下の引用はすべて高畑勲『映画を作りながら考えたこと』Ⅰ・Ⅱに基づく)

ここで言う「たくましく生き抜く素晴らしい少年少女」は歴史的な形成物である。その原点には、立身出世して立派な大人になろうとする明治の子供ではなく、小川未明らの提唱した「童心主義」において理想とされた純真無垢な大正の子供でもなく、大人以上の力をもって自立し冒険する昭和の子供の像があった。

特に、講談社の『少年倶楽部』は一九二〇年代以降、加藤謙一編集長のもと、子供への呼びかけを多用し、投稿も奨励しながら、生活上の雑学から冒険小説、絵物語、漫画や少年詩、さらに本格的なふろくまでを収めたハイブリッドな雑誌として、少年小説の佐藤紅緑、漫画の田河水泡、絵物語の山川惣治らを擁する少年文化の一大拠点となった。彼らの少年小説や絵物語においては、子供はもはや受け身の弱い存在としては描かれない。明治の純文学が悩める内面的な「青年」を発明したとすれば、『少年倶楽部』をはじめとする昭和前期のサブカルチャーは、オートノミー(自己統治)

を獲得した冒険的な「少年」を発明したと言えるだろう。しかも、面白いことに、読者の子供たちも加藤の呼びかけによって能動的な投稿少年、つまり「プロシューマー」（生産者＝消費者）として組織されたのである。

この自立した「少年」の像は敗戦以降も温存された。『少年倶楽部』の総合雑誌的性格は、一九三五年生まれの高畑と同い年の内田勝およびその一歳下の大伴昌司を介して『少年マガジン』に受け継がれた（内田が後に『巨人の星』等の原作者となる同世代の梶原一騎を口説くにあたって「『マガジン』の佐藤紅緑になってほしい」と言った逸話はよく知られている）。さらに、アニメにも少年の自立性は組み込まれていく。戦時下の瀬尾のプロパガンダ的戦争童話では子供が子供のままで超人的な活躍を見せるが、このような演出は難民の少年兵が大活躍する『機動戦士ガンダム』や一四歳の少年少女を特別なパイロットとした『新世紀エヴァンゲリオン』のような戦後の戦争アニメにも伝承されている。

大人の社会は、敗戦によって表面的には別の人格に豹変した（国家主義から戦後民主主義へ）。しかし、戦前と戦後の子供向けのサブカルチャーは、メッセージ（表現内容）においては不連続でも、メディア（表現様式）においてはさまざまな面で連続していた（詳しくは拙著『ウルトラマンと戦後サブカルチャーの風景』参照）。それに対して、高畑が昭和末期の『火垂るの墓』で戦中と敗戦直後を連続させながら、一四歳の清太と四歳の節子という子供二人だけのユートピアを作り出したこと、そしてそれを無惨な廃墟に変えたことは、昭和の少年文化を「異化」するものである。清太と節子は意地悪な大人から離れて、水辺のはかない蛍を伴侶としながら、子供が子供のままで「自立」し得る世界を作ろうとするが、それは極度の貧窮によってあえなく崩壊する。それは『少年倶楽部』以降の「昭和の子供」の像に対する内在的な批判にほかならない。

大人たちが生活のために労働する傍らで、清太と節子は夏の水辺での「遊び」をかけがえのないものと考えている。『火垂るの墓』には、大人の戦争とは別の次元で、戦時下の夏休みを命がけで生きようとする子供の姿がある。これが結果的に押井守監督の『うる星やつら2　ビューティフル・ドリーマー』(一九八四年)のカウンターパートになっているのは注目してよい。

文化祭前の同じ一日をループし続け、夏の楽しみを謳歌する『ビューティフル・ドリーマー』の設定からは、一九四五年八月一五日という敗戦の日にまつわる神話的イメージ――日本人の歴史や価値観がすべて宙吊りになった真夏の快晴の一日――が容易に読み取れる。押井の描く子供たちは夏の水辺で戦争ごっこをしながら、生活物資だけは自動的に供給される都合のよい世界に生きていた。押井は「戦争」と「子供の自立性」という戦後アニメと昭和の少年文化のいちばん基本的なモチーフを、アイロニーによってパロディ化した。『ビューティフル・ドリーマー』が批評的な悪意とともに示すのは、それらのモチーフが八月一五日以降の戦後アニメのごっこ遊び、つまり「美しい夢」にすぎないということである。逆に『火垂るの墓』では、夏の水辺の二人の「夢」は文字通り蛍のようにはかなく潰れてしまうだけだ。だが、生活には何も困っていない『ビューティフル・ドリーマー』の子供たち(それは戦後の少年たちの戯画でもある)にしても、アニメの夢から覚めれば、清太と節子と同じ貧窮と飢餓に陥るほかないだろう。

もとより「少年」はどこにでも成立するものではない。例えば、フランスではバンド・デシネ(フランス語圏の漫画)が幼年向けと大人向けに分極化していたところに、日本のアニメや特撮が入ってきて、その中間の少年少女向けのサブカルチャーを作り出したと言われる(トリスタン・ブルネ『水曜日のアニメが待ち遠しい』)。このことは、日本における「少年」の発明の特殊性を示している。だからこそ、高畑が『仮面ライダー』に代表される昭和の少年の「自己拡張幻想」（高畑「子供たちのための・映画の祭り」参照）を、蛍のようにはかない幻想に変えたことは、大きなインパクトをもつだろう。少年たちの自立性の幻想に働きかけ、それを自壊させたことによって、『火垂るの墓』はまさに異例のアニメ映画となった。

さらに、ここで注目に値するのは、高畑が『火垂るの墓』に続いて、児童文学者しかたしんの『国境』の映画化を八九年に企画したことである（この企画は流れたが、いつか相応しい監督によってアニメ化されることを期待したい）。一九三九年、ソウルの大学生が満州に旅立ち、そこでモンゴルの王族の遺児を助けながら、興安嶺を超えてモンゴルの草原を馬で駆け抜ける――、この『国境』の筋書きは戦前の『少年倶楽部』の冒険小説（例えば後に宣弘社によってテレビドラマ化された高垣眸原作の『豹《ジャガー》の眼』等）を彷彿とさせる。高畑にとっても、『国境』の映画化はいわば意図的な退行を狙ったものであった。

> 日本の冒険活劇アニメは、もっぱら空間を宇宙にとり、時間を未来に飛躍させて、SFファンタジーにその活路を見出して来たが、劇画調を再度復活させることで、活劇の舞台をもう少し現実にひき戻すことは出来ないだろうか。（「国境 BORDER 1939」）

ここで高畑は、戦後アニメにおいてSF化した『少年倶楽部』的な幻想――その幻想の主要な担い手は、高畑と同世代で『宇宙戦艦ヤマト』を制作した松本零士や西崎義展らである――を、もう一度その原点の「劇画調」に差し戻そうとしている。『火垂るの墓』が子供が子供のまま自立しようとする意志の美しさとはかなさを捉えたとすれば、『国境』は戦前を舞台にして、むしろそのような「少年幻想」の起源に遡ろうとしたのだ。

バブル崩壊を迎えつつあった一九九一年に公開された『おもひでぽろぽろ』――OLを主人公にして一九六六年と一九八二年をオーヴァーラップさせた秀作――も含めて、昭和末期から平成初期の高畑は子供の自立性の幻想がどこからやってきて、どこに行くのかを歴史的に突きとめようとしていた（逆に『竹取物語』をアニメ化した平成末期の遺作『かぐや姫の物語』は、超歴史的なファンタジーによって子供の成長の失敗を描いた）。したがって、そのアニメがたとえどれだけ日常を精密に捉えていたとしても、高畑のことを、一切の幻想を遮断した自然主義的なリアリズム作家と見なすのは正確ではない。あえて言えば、人間が常に幻想を伴侶としている現実を、歴史の地層とともに徹底して緻密に描こうとする、そこにこそ高畑のアニメのリアリズムがあった。高畑の映画を見るとき、人間のなにげない仕草や表情が歴史的な形成物であることに、観客は気づかされるだろう。

3　戦意高揚映画と反戦映画の連続性

戦争を仮想化し敗戦を否認した昭和のアニメ史、および子供を子供のまま活躍させた昭和の大衆メディア史のなかで考えるとき、まさにこの二つのプログラムを転覆させた昭和末期の『火垂るの墓』の批評性が浮き彫りになる――、それが私の考えである。逆に、私は『火垂るの墓』を「反戦映画」と見なす一般的な見解には与しない。

そもそも、反戦映画はふつう戦意高揚映画と対立するはずである。しかし、日本映画ではこの境界はあいまいである。例えば、戦中に日本研究に従事したルース・ベネディクトは名高い日本論『菊と刀』のなかで、日本のプロパガンダ映画が味方の兵士の苦しみを延々と描くせいでアメリカ人には反戦映画のように見えるが、その兵士のまじめさこそがむしろ国民を鼓舞していると見なした。たとえ戦争のネガティヴな面（つらさや悲惨さ）が描かれていても、それが戦争への批判になるとは限らない――、これは『火垂るの墓』や近年世評の高い片渕須直監督の『この世界の片隅に』を観るとき、必ず念頭に置かねばならないことである。

日本の戦争映画では概して味方の苦しみや友情が強調されるが、それは敵の希薄さの裏返しである。実際、戦時下の最大のプロパガンダ映画である『ハワイ・マレー沖海戦』にせよ、あるいは戦後の東宝の戦記映画にせよ、日本の戦争映画の敵は顔をもたない。このことは実写だけではなくアニメにもかなりの程度当てはまる。敵をコンピュータ・プログラムとして設定した押井守の『機動警察パトレイバー the Movie』や非人間的な造形の敵（使徒）を描いた庵野秀明の『新世紀エヴァンゲリオン』は、一見して実験的に見えるが、実際にはむしろ日本の戦争映画の伝統に連なっている。妖怪「カオナシ」を登場させた宮崎駿の『千と千尋の神隠し』は、日本映画の顔のない敵の特性をうまく言い当てていたと言えるだろう。

それとは対照的に、大戦中に対日プロパガンダ映画を撮ったアメリカのジョン・フォードやフランク・キャプラは、「敵」である日本人の顔や宣伝映像を巧みに編集し、むしろ日本人の異常さを際立たせる映像に仕立てた。特に、まるで人類学者のように日本人の野蛮さを観察したキャプラ監督の『汝の敵、日本を知れ』は、まさにベネディクトの『菊と刀』の双生児のような映画であり、日本人の「顔」を何度も映し出している。もとより、戦争とは命をかけた壮大なコミュニケーションの場であり、だからこそ敵の研究や理解が要求される。フォードやキャプラは、映画が敵を把握し、かつ敵の評判を下げるための情報兵器になり得ることを知り尽くしていた。

しかし、日本の戦争映画は（反戦的であろうと戦意高揚的であろうと）むしろ敵とのコミュニケーションを遮断し、味方の訓練や努力、苦痛にフォーカスする傾向がある。高畑の演出もその例外ではない。『火垂るの墓』はおおむね清太の幽霊の一人称的視点に沿っており、戦争の全体像の提示は放棄されている。アメリカの戦闘機B－29の描写にしても地上から見上げるか、それとも上空から見下ろすかという視点しかなく、日本とアメリカが水平的に並ばないように演出されている。大塚英志は『火垂るの墓』の焼夷弾のメカニズムに対する高畑のこだわりに「文化映画」（ドキュメンタリー）的なリアリズムを認め、好意的に評価しているが（『ジブリの教科書4　火垂るの墓』解題）、より本質的な問題は、その「リアリズム」がプロパガンダ映画の『ハワイ・マレー沖海戦』と同じく兵器というモノに向かうばかりで、敵であるアメリカ兵にも戦争の原因の究明にも向かわなかったことだろう。

要するに、『火垂るの墓』はその反戦映画的な外見にもかかわらず、日本人の「苦しみ」を強調し、敵を「カオナシ」にする表現様式について言えば、戦時下の日本のプロパガンダ映画と決して別物ではない。というより、反戦的であることと戦意高揚的であることのあいだに明確な線引きができないことこそが、日本の戦争表象の宿痾と言うべきだろう。したがって、日本映画における戦争の「つらさ」に過度に感情移入するのは危険である。

ただ、ここで見逃せないのは、高畑自身が「「反戦映画」などというむずかしいものはとうてい作れない」（「映画を作りながら考えたこと」）と慎み深く語っていたことである。大人の戦争に対して、分かりやすく否定的なメッセージを送るつもりは高畑にはなかった。実際『火垂るの墓』では戦争に対する道義的な判断は下されない（清太は途中から空き巣をやりやすくする空襲を喜んでさえいる）。兄妹をいじめるおばさんの背景も、視聴者は想像で埋めるしかない。映画の世界は少年の視線から象られるばかりだ……。一九三〇年生まれの野坂昭如の原作が、情緒を切断したアモラルな戯作調の文体によって戦争を語り、大人の公式的な語り口から逃れたように、高畑の映画版も大人の戦争の善悪に対するエポケー（判断停止）によって特徴づけることができる。

その代わりに、『火垂るの墓』では蛍が霊的な伴侶となる一方で、大岡昇平の『野火』にも通じる「人間嫌い」が上昇し、同胞の日本人の大人たちこそがむしろわずらわしい敵として現れてくる。高畑は日本とアメリカのあいだの大人の戦争を、少年が大人の干渉から自らの尊厳を守るための闘いに置き換えた。子供には子供の闘いがあり、清太は子供のユートピアを阻むものすべてと闘おうとする。この戦争の変換にこそ『火垂るの墓』の魅力と限界があるだろう。

4　幽霊のファミリー・ロマンス

ところで、高畑も含めて、戦後の少年文化の主要な担い手がかつての「少国民世代」であったことは、もっと注目されてよい。一九三五年生まれの高畑と同世代の作家たちは、幼い頃は国家主義の名宛人として軍国教育を受けつつ、後には『少年倶楽部』や『漫画少年』の投稿少年となり、成人してからは『少年マガジン』や『ウルトラマン』、『宇宙戦艦ヤマト』等の主力作家となった。戦中には国家主義のメッセージの受け手に、戦後には民主主義のメッセージの送り手になった彼らには、「一身にして二生を経るが如し」という形容がよく当てはまる。

そのためなのか、少国民世代の振る舞いはしばしばリニアな言説を逸脱して、二重人格的な分裂を孕んできた。例えば、一九三二年生まれの石原慎太郎は戦後民主主義を背景とした性的アナーキズムを率先して推し進めながら、後には強面のナショナリストとして自己演出した。あるいは高畑と同じ一九三五年生まれの大江健三郎は、戦後民主主義の旗手でありながら、右翼の暴力性に誰よりも惹かれた作家である。石原も大江も、世界に対して子供のように接し、そこで深い恐怖を味わう能力の持ち主であった。

高畑監督の初期の代表作である一九六八年公開の『太陽の王子ホルスの大冒険』も、単純な勧善懲悪に収まらないところがある。陰鬱な雲に覆われた、北方の空の絵画的表情が印象に残るこのアニメ映画では、少女ヒルダが悪魔の呪いのかかった歌によって、大人の男の労働者たちを服従させる（魔術的な能力をもつヒルダには、虫愛づる姫君であるナウシカの魔力や『新世紀エヴァンゲリオン』の綾波レイの分身のイメージが先取りされている）。この不気味な「闇の力」に対して、主人公の少年ホルスは太陽の剣（男根＝ファルスの似姿）を掲げて「みんな」を団結させ、ヒルダを悪魔から解放するのだ。こうして少年＝光が最終的に勝利するとはいえ、彼の「革命」の物語は姉のような少女によって潜在的に脅かされてもいた。ホルスをいちばん恐怖させた敵は、悪魔ではなくヒルダだろう。

その後、六八年以降の世界はこのような男性中心の「革命の物語」からリアリティを奪っていく。一九七〇年代の高畑勲と宮﨑駿は、『長くつ下のピッピ』（アニメ化が構想されたものの実現しなかった）から『アルプスの少女ハイジ』『赤毛のアン』等に到るまで、少年以上に少女にこそ日常を生き抜かせる力を与える。あるいは、大袈裟な「解放」を謳う代わりに、『パンダコパンダ』のように、少女が「ママ」になって「パパ」のパンダとともに家族を作るという奇妙なファミリー・ロマンスに向かう。その延長線上で、少女が世界を救済しようとする『風の谷のナウシカ』が出てくるだろう。七〇年代から八〇年代の高畑と宮崎のアニメには、ローザ・ルクセンブルクを読む少女がシングルマザーとして生きることを「革命」と称した転向左翼の太宰治の代表作『斜陽』の図式が反復されていると考えてもよい。

こうして、少女のイメージは、子供の自立性という昭和のモチーフを生き延びさせる活路となった。だとすれば、『火垂るの墓』において少女（節子）の成長と家族の形成がともに挫折したことは、高畑が宮崎とともに育ててきたアニメ的な少女幻想／家族幻想への自己批評になっている。高畑は『火垂るの墓』に到って、清太と節子というたった二人の家族がもはや幽霊としてしか存在し得ない状況を描いた。

この点で、高畑と類比されるべきなのは、一九三八年生まれの大林宣彦だろう。ちょうど『火垂るの墓』と同じ一九八八年に公開された大林監督の『異人たちとの夏』では、風間杜夫演じる脚本家の主人公が夏のある日、浅草で死んだ両親の幽霊と出会う。彼の現実の家族はすでに崩壊しており、その空隙は妄想的なファミリー・ロマンスによって埋められるしかないのだ。かけがえのないつながりはもはや半透明の幻想のようにしか描けない――、そのようなモチーフが大林の映画からはたえず浮かび上がってくる。

高畑のアニメもまた、似たモチーフを別の仕方で示していたように思える。安直な世代論に陥るリスクを承知で言えば、高畑や大林のような少国民世代の作り手は「反戦映画」のようなリニアなメッセージを避け、複数の時間をオーヴァーラップさせる傾向があるように思える。一〇歳の少女タエ子と大人になった二七歳のタエ子を往復する高畑監督の『おもひでぽろぽろ』は、まさに二つの時空をモンタージュしたファミリー・ロマンスであった。二七歳のタエ子の現実味のある表情や仕草は、一〇歳の少女の抱いた夢や幻想がいわば地層となっている。

現実世界や人生を幻想の地層まで含むかたちで精密に再現すること――、高畑のリアリズムの核心は恐らくそこにあるだろう。幻想を必要とする人間の心は紛れもなく実在する。高畑のアニメはその実在を信じる力を与えてくれるのである。

第6章　存在・固有名・物語——蓮實重彥と個体性の批評

1　ぬめぬめとした存在感

一九六〇年代以降、特異なドキュメンタリー映画を撮り続けた土本典昭の著書『映画は生きものの仕事である』（一九七四年）は、水俣病と向き合ってきた日々を振り返るとともに、それによって日本映画の特質もあぶり出した立派な「批評書」である。彼の考えでは、ヨリス・イヴェンスやクリス・マルケルらのヨーロッパのドキュメンタリー映画が明確な論理構成を備えた「知的ゲーム」であるのに対して、日本のドキュメンタリー映画は「はてしなく対象世界に入り組もうと希求する」奇怪な情念に満ちている。

一昨年よりヨーロッパに紹介された小川紳介の『三里塚の夏』『第二砦の人々』にしても、私の作品にしても、改めてこの映画的風土の中で見直すとき、きわめて存在感のみでつらぬかれているという印象が第一でしょう。いわゆる「日本」や「アジア」の生理を色濃く投影している——そうしたものの存在感が、有機体をなしてそこにあり、主情的でぬめぬめとしており、知的に裁断すれば極めて一方的で（客観的視点でないという意味を含め）からみつくがごとくである。それでいて、映画には間違いなく生きたひとびとが存在を主張しており、その描かれた世界は、法則的であり、歴史的であり、トータルには人間の闘いの一駒としての普遍性を保持している——こうした作品の体軀は、ヨーロッパのドキュメンタリーの系譜のもつ知的構成力にみちた骨格と対照するとき、極だってみえるちがいを示してしまうのです。

土本も小川も、安易な知的分節化を拒み、対象に身を投げ出していくことによって、それまでにもそれ以降にもないような異様な映画を作り出した。知的構成よりも対象の存在感を優越させること——、このある意味では極端に原始的な手法のために、観客は安全な距離をとって映画を「見る」というより、映画内の世界そのものと「出会っている」かのような錯覚に導かれるだろう。むろん、彼らのドキュメンタリーは知を排除するものではない。それどころか、土本の『医学としての水俣病』全三部や小川の『ニッポン国　古屋敷村』は、対象を愚直なまでに「科学的」に捉えようとする強い態度を示している。ただ、それは彼らの映画が政治的なメッセージ（公害批判／権力批判）にすら優先する「ぬめぬめ」とした「存在感」で貫かれていることと一向に矛盾しないのだ。かつて蓮實重彥は『ニッポン国　古屋敷村』に秀逸な解説を寄せて、それを対象である稲そのものになりきろうとする映画だと喝破したことがあるが、この指摘は同世代の小川のドキュメンタリー映画の核心だけではなく、蓮實自身の批評の性格をも言い当てたものに思える。

振り返ってみれば、土本が先の著書を刊行し、まさに「ぬめぬめとした存在感」を一つの頂点に達せしめた映画『不知火海』を準備していた一九七四年は、蓮實が最初の批評書『批評あるいは仮死の祭典』を刊行した年でもある。その冒頭では「存在が無意識にその変化を符牒として読みとり、そのつど乱された調和を回復してゆくことになる刺激の総体」が「環境とも、風土とも、世界とも、ことによったら歴史と呼んでしまってもいい」と定義される一方、その環境の秩序の崩壊から来る「限界体験」にこそ批評の始まりが見出されていた。蓮實の批評的な戦略は、環境＝風土＝世界＝歴史を経巡りつつ、その崩壊を告げる異常な何かを捉えることに差し向けられたのだ。

これがどこか土本の一連の水俣映画の注釈のようにも見えるのは、不思議ではあるが偶然ではないだろう。さらに、ちょうど同時期に、磯崎新による建築批評の金字塔『建築の解体』（一九七五年）がピーター・クックやハンス・ホラインを参照しつつ「古典的な意味における可視的秩序」が崩壊した後に生じてくる、「記号の群が明滅し、ゆれ動いている、とりとめのない場」としての表層的な「環境」に注目していたのも、興味深い共鳴現象である。文化的なコードを超え、古典的な「可視性」にも収まらない記号（例えばコンピュータのコードのようなもの）たちが「環境」を組織しつつ、ときに自らを極端に異常化させていく――、そのような世界への関心を蓮實も土本も磯崎もそれぞれの分野において共有していたのではないか。

ただ、ドキュメンタリー映画が対象のなまなましい実在を信じ、それににじり寄っていくことができるのに対して、批評はそのような実在との生き生きした合一を断たれている。土本は「映画は生きものの仕事である」と言い得たが、蓮實は「批評は生きものの仕事である」とは決して言わないだろう。といって、蓮實は対象を死せるサンプルとして知的に分節化し、分かった気になることもしない。つまり、批評の対象は生でも死でもなく、その中間に属しており、蓮實の文体はこの虚構の生きものの分身として運動している。ここから批評は「仮死の祭典」であるという見解が導き出されるだろう。

ときにアイロニカルにも映るその態度のために、蓮實は「変化球投手」と言われたりもするが、それは核心からずれている。彼の批評はぬめぬめとしていて、似たようなことを何度も繰り返し、対象世界にからみつくようである。その意味ではむしろ原始的であり、またきわめてエキセントリックでもあり、それが結果的に退屈な主知主義者からは「変化球」に見えるだけのことだ。それはモノの世界に愚直に近づき、ときにはモノそのものになりきろうとする土本や小川の映画が、原始的かつ反動的であったのと同じである。こういう見方はあまりに奇抜に思われるだろうが、私の考えでは、蓮實は日本の批評に「アジア的生理」を帯びた「存在感だけで貫かれたドキュメンタリー」の態度を持ち込んだ唯一の書き手である。それは「革命の物語」が崩壊した後の一九七〇年代の文化的な風土＝環境が生み出した、一種の突然変異のようなものだと言ってもよい。

2　個体性の批評

土本は日本のドキュメンタリーが「知的構成力」をもたないことに注目したが、実際には、土本や小川ほど「知的」な映像作家は海外も含めてほとんどいないだろう。それは蓮實のような文体をもつ映画批評家が、海外にはいないことと似ている。そもそも、対象をそのものとして捉えるという不可能な営みを持続することほど、知的力量を試される作業はない。ただ、彼らの知性が、ヨーロッパで範例化された知のゲーム——例えば、懐疑と真理と明晰によって導かれるデカルト的な知

――とは形態の異なるものであったのも確かである。

かつてニューアカの時代には吉本隆明が蓮實らを「知の三馬鹿」と評したこともあったらしいが、それは当たっていない。蓮實の批評はむしろ、世間一般に言う知や理論などしょせんは言葉の戯れにすぎないという悪意を包含している。八〇年代前半の柄谷行人が知の根拠を内在的・抽象的に追い詰め、ゲーデル的な決定不能性を浮かび上がらせたのに対して（『内省と遡行』）、蓮實は学知やイデオロギーに基づく抽象的な語りには背を向けて、世界の奇妙な分身である映画のさらなる分身に近づこうとする。分身の分身、シミュレーションのシミュレーション――、この「仮死の祭典」において凡庸な主知主義は端から相手にされない。蓮實の批評は明晰判明な知的分節化を企てるものではなく、あくまで対象に固有の「陥没」や「隆起」に注目しようとする批評であり、つまりは対象の個体性を重んじる批評である。逆に言えば、対象を上位の「種」や「類」から考えることは、蓮實の批評の目指すところではなかった。

文芸批評家であった柄谷の「抽象性」は、ある意味で文学の抽象化・貧困化の反映でもある。例えば、江藤淳は『成熟と喪失』（一九六七年）で小島信夫の『抱擁家族』（一九六五年）の「自然描写」が極度に少なく、人間どうしの会話が主になっていることに注目した。小島が先駆的に示したこの外界の喪失は、それ以降多くの文学によって引き継がれることになるだろう。日本文学は実に半世紀にわたって「外界」と「描写」を解体し続けてきたのであり、いわゆる「内向の世代」と並走したこともあった柄谷の歩みは、そのプロセスと軌を一にしている。

それに対して、日本映画は同じ六〇年代後半に小川や土本を生み出すことによって、具体的な自然をスクリーン上に導き入れた。日本の辺境をほとんど原始的なやり方で記録しつつ、それをしばしば監督自身の私的でどこか不器用な声によって輪郭づけた彼らのドキュメンタリー映画は、産業化のツケを辺境に押しつけてきた公的な権威に対する根本的な不信に根ざしている。彼らはいわゆる「巨匠」の映画からは遥かに遠いところで、日本国内の「第三世界」との濃密なコミュニケーションを通じて、公共的であることを僭称する声やイメージをいち早く解体した。

一見してそれらとは対極にある蓮實の批評にも、実はこの解体作業と近いものを見出せるのではないか。いかなる文化的コードも暫定的なものでしかない以上、批評が精神だの階級だの自由だの想像力だのイデオロギーだのといった手垢のついた「公的」な観念に盲従する必然性はない。蓮實はフランス現代思想の先端を導入しつつ、映画や小説に対する日本型ドキュメンタリー的なアプローチによって、日本の批評の語彙を変えてしまったのであり、そこに蓮實の批評史上の大きな達成がある。むろん、今挙げたような大文字の観念は結局不要にすることはできない。ただ、そのような観念を一度解体し相対化しなければ、先に進めないという時代もあるのだ。蓮實が一九七八年の『夏目漱石論』等で試みたテマティスムは、その解体作業のための「手法《マニエラ》」（これは磯崎新が同時期に出したキーワードである）と考えられるだろう。

3　固有名の生成と蒸発

このように、蓮實には公的な語りによっては分節化できない個体性への注視がある。フランス現代思想の導入者であるからといって、蓮實を典型的なポストモダニストと見なしにくいのは、この志向と関係する。例えば「作家の死」というポストモダンの標語に背を向けるようにして、蓮實には多くの作家論がある。それは柄谷の著作のタイトルにほとんど固有名が出てこないことと対照的である。八〇年代後半の『探求Ⅱ』で固有名の問題を哲学的に考究した柄谷は、作家＝固有名の死を字義通りに受け止めていた。逆に、蓮實のタイトルは固有名（個体）を生成するものである。

もっとも、蓮實の導入する固有名は概して、一定のまとまりを指し示すインデックスのようなものである。例えば、八〇年代の代表作『凡庸な芸術家の肖像　マクシム・デュ・カン論』では「マクシム・デュ・カンという固有名詞が物語を支えることにはならない」として「あくまで集合名詞としての芸術家の物語」を語るのだと宣言される。つまり、固有性を剥奪されて環境化（集合化）してしまった逆説的固有名（固有名ならざる固有名）にこそ、蓮實は奇妙な偏愛を示したのだ。「アナログななめらかさ」を徹底した「巨大なナメクジ」（浅田彰『逃走論』）とも評される蓮實の文体が動き回るには、作家（固有名）という「環境」を必要としたのだと言ってもよい。いずれにせよ、対象世界＝環境を手の込んだやり方によって執拗に個体化していく点において、蓮實は八〇年代の高橋源一郎や村上春樹のようないったん失語症的状況に陥った後にさまざまな固有名を記号的にコラージュしてみせたポストモダニストとは、根本的に違っていた。

それでいて、蓮實は一九七九年初出の小説『陥没地帯』では、あらゆる歴史と固有名をあっさり蒸発させたポストヒストリカルな「砂丘」で空虚な退屈を楽しむというコジェーヴ的なシニシズムを隠さない。その傾向は最近の変態小説『伯爵夫人』でも変わらない。伯爵夫人は回転扉の音とともに歴史をすり抜け、不能の男たちを愛撫しつつ、男たちの戦争の歴史を骨抜きにしていく。あとには女たちの主導する性のゲームと卑猥な隠語の濫用が残るだけなのだ。最後にようやく日付と固有名をもった出来事（太平洋戦争開戦）が回帰するものの、小説全体として見れば歴史の空無化は際立っている。

そもそも、ぬめぬめとした存在を生成する蓮實流のテマティスムや表層批評は、歴史的な奥行きを退けるものである。蓮實の批評において、歴史はしばしば伯爵夫人のような虚構の存在を生み出すための背景にすぎない。そして、公式の歴史を骨抜きにしようとするこの欲望は、彼の小説ではいっそう鮮明になってくるのだ。

4　物語批判をめぐって

もっとも、誰でも言える批判をあえてすると『夏目漱石論』等に見られるテマティックな手法は、ややもすれば瑣事拘泥に陥りかねない（「手法」を重んじるマニエリスムからマンネリズムへの頽落はありふれている）。さらに、この手法が安易な党派的批評を助長したことも、一度や二度ではなかっただろう。主観に同化しようとする印象批評とテクストに同化しようとするテマティスムは、いずれも結局批評家の権威によって押し切ることになりがちという意味では、コインの裏表である。私には、批評の場所はむしろ印象とテクスト、感覚と言葉の「あいだ」にあるように思える。

加えて、私は蓮實の映画批評や彼の編集した雑誌『季刊リュミエール』に深く魅了される一方、文芸批評の枠組みにはいくつかの異論がある。よく知られるように、蓮實の『小説から遠く離れて』における「物語批判」はきわめて大きな影響力をもった。確かに物語という「制度」を解体することは、常に必要である。しかし、ウラジーミル・プロップ流の説話論で日本の「物語」を裁断するのは、明らかに無理がある。なぜなら、物語にはそれ固有の歴史性があるからだ。例えば、谷崎潤一郎や中上健次が「物語作家」であったことを否定するのは難しいし、現に彼らの文学にとって物語の遺産は不可欠であった。といって、彼らが物語にただ依存したというのも間違いである。フロイトの用語を使えば、彼らがやったのは物語の遺産の「徹底操作」だと言うべきだろう。

そもそも、日本の物語は、中国で言えば歴史書や小説批評の果たすべき仕事をまとめて引き受けてきたところがある。『源氏物語』は中国的な歴史書を批判して、物語の優位性を語っている。さらに、近世中国の批評を積極的に導入＝翻訳したのも、曲亭馬琴のような物語作家であった。馬琴は商業的な物語作家であっただけではなく、恐らくは日本で最初の「小説批評家」と言えるだろう（拙著『厄介な遺産』および本書所収「『太平記』のプロトコル」参照）。したがって、物語は前近代的（共同体的）で、小説は近代的（単独的）という単純な図式では、日本の文学史はまったく理解できない。明治の西洋化に先立って、日本には中国化（近世化）という意味での「近代化」があり、物語がその実験場となったからである。

だからこそ、中上は上田秋成論に始まる「物語の系譜」という批評的エッセイを書き記す一方、馬琴を現代風にアレンジするような長篇小説『異族』に精力的に取り組んだ。中上は日本文学における「近代」の重層性を正しく理解していたように思える。彼がやろうとしたのは、物語への一方的な批判ではなく、むしろ物語にたえず働きかけ、それを変容させていくという意味での批判的再創造であった（むろん、その試みがうまくいったかどうかは検証が要るが）。それをやり抜くためには、物語と小説を一面的に敵対させてはならない。現に、中上は蓮實流の物語批判に反発したことがあったはずである。

あえて保守反動的なことを言えば、私は近代の《日本文学》の作家は、谷崎と中上に加えて三島由紀夫しかいなかったのではないかと考えている。なぜなら、この三人はたんに日本語で書いただけではなく、日本文学の伝統の総体を相手にしようとしたからだ。柄谷行人がかつて漱石をカントに対応させたことになぞらえれば、谷崎は文芸の諸ジャンルを横断する力においてヘーゲルに、三島は「文化意志」の系譜を作ろうとしたことにおいてニーチェに、中上は私小説的な「単独性」の浮上においてキルケゴールに、それぞれ大雑把に対応づけることができるだろう。そして、この三者が揃って物語という「遺産」に取り組んだのは《日本文学》の作家として当然のことである。

むろん、この意味での《日本文学》のアイデンティティはほとんど消滅しかかっている。そして、説話論的にパターン化＝制度化された非歴史的な「物語」の方程式がグローバルに流布しているというのが、今日の状況だろう。しかし、一元的なグローバリズムへの「抵抗」を組織するには、物語についての、あるいはモダニティについての別の思考の枠組みが必要なのではないか。それは日本の文学テクストの抱えた近代の重層性を、改めて捉え返すことを要求する。

もとより、映画を見ることと映画について書くことはまったく別である。同じことは、文学を読むことと文学について書くことにも当てはまる。この諸秩序の分断とズレにこそ「近代」の、さらには「批評」の経験の核心があるだろう。しかし、蓮實はあくまで「読むこと」による「遭遇」を何度も言葉として語っている。このような半ば神学的な大胆さが、蓮實の尋常ではない文体による「個体性の批評」を可能にした。

むろん、制度化にはたえず抗わねばならない。現代人は不確実性の増したアノミー的状況を生きており、だからこそ束の間の安心を得るために、制度化＝畜群化への雪崩現象が到るところで起こっているのだから。批評を書くのに律儀につまらない注釈をつけることもある（だが何のために？誰のために？）私とて、この順応主義から自由だとはとても言えない。ただ、モノへの渇望だけがずっと潜在している。しかし、結局のところ、私はまだ何にも遭遇していないし、遭遇をめぐる神学的幻想をもつこともできず、ただ遭遇の失敗、つまりすれ違いの痕跡ばかりが自分のあいまいな書き物に重ねられていくのを、呆然と見つめているにすぎない。

第Ⅲ部　点で読む

ミシェル・ウエルベック『地図と領土』（野崎歓訳、筑摩書房、二〇一三年）

この奇妙なタイトルは「地図は領土よりも興味深い」という作中の一節に由来する。アーティストである主人公のジェドは、ミシュランの地図を素材にした作品によって名声を獲得した。なるほど、現代人は無数のマップを現実に投射して暮らしている。地図それ自体が実用的な芸術品なのだ。だが、そのとき生き物である限り必要なテリトリー（領土）はどうなるのか？　そんな問いが読む者の脳裏をかすめる。

SF仕立ての『素粒子』では人類の終末を、『プラットフォーム』ではセックスツーリズムを扱ったフランスの論争的な作家ウエルベックは、消費社会に投げ込まれた現代人の精神を揺さぶる術を心得ている。本書でもその技術は健在である。めったに手に入らない愛、多くの人生に転機を与える空港、サムスンのデジカメの説明書、フードコートのサラダバー……、誰もが経験するのに、その意味は定かでない暗号めいた資本主義世界を、この作家は霊感に満ちたものとして巧みに読み解いてみせる。

ジェドのアートも資本主義の肖像画そのものである。彼は産業文明の製造者たちを描く〈職業〉シリーズ（そこには「ビル・ゲイツとスティーヴ・ジョブズ、情報科学の将来を語りあう」なる具象画も含まれる）

に着手する。面白いことに、このシリーズにはウエルベック本人が職業人＝小説家として登場し、ジェドに芸術論を語り、やがて恐るべき事件に遭遇するのだ。ベグベデやフランソワ・ピノーら実在の人物、果てはコマツの社員（！）まで登場させながら、本書は社会の陰惨さを暴き立てる。

その一方、この作家には珍しいことに、本書では主人公と父の関係が重要な核となっている。父は庶民派の社長兼建築家で、今は老人ホーム暮らし。資本主義的生産と機能主義になじめず、ウィリアム・モリスに傾倒するが、彼の建築上の野心は夢のまま終わる。文明の地図を作る息子と生き物の領土（家）を作る父は、老衰と死に一歩ずつ近づきながら、それぞれ自己の人生を孤独に完結させていく。

芸術家小説にせよ（バルザック！）父子関係にせよ（ツルゲーネフ！）、一九世紀以来の古典的テーマだが、本書ではその錆が落とされ、真率な文学として見事に蘇っている。思えば、子が親を乗り越えるべく頑張るというのが、近代社会の動力だった。だが、ポスト近代と高齢化の今、親と子は長い余生をただ別々に送るばかりだ。この近くて遠い平行的な生がいくつも重ね合わされ、やがて四散するとき、読者は悲しくも静かな諦念に包まれることだろう。

ミシェル・ウエルベック『服従』（大塚桃訳、河出書房新社、二〇一五年）

この小説は今年［二〇一五年］一月のシャルリ・エブド事件の発生当日にフランスで刊行され、センセーションを巻き起こした。二〇二二年のフランス大統領選でイスラム政権が成立するという筋書きは、ムハンマドの諷刺画を発端とするこのテロ事件と符合していたからである。すでに国内外で多くの論評が発表されており、近年では世界的に最も話題になった小説の一つである。

ただ、本書にホットな「文明の衝突」を期待すると、肩透かしを食うだろう。そこでは物理的暴力はたいして問題にならない。あるインタビューで語られたように、著者にとって小説はあくまで「価値観の変動から来る災厄」を指し示すものであった。

本書は実に辛辣で生々しい。主人公は一九世紀末のデカダン作家ユイスマンスを研究する大学教授。「トイレの手ぬぐい程度の政治意識」しか持たず、極右政党とイスラムの躍進を冷めた眼で見つめるばかりだ。やがて異教のエリート大統領が誕生したとき、個人の自由恋愛にもとづく結婚制度は一気に転換し、一夫多妻制が認められる。若い恋人に去られた彼は、ついにイスラムに改宗＝服従し、性のゲームの勝者となって、美しく献身的な女性たちにかしずかれる「第二の人生」を送るだろう……。

こうして、ヨーロッパが金科玉条としてきた自由主義と個人主義は粉々にされ、人文的な知識人たちもこの「自由からの逃走」にシニカルに追随する。近代の無力さと人間のもろさを、ウエルベックは容赦なく暴き立てていた。

かつてサルトルは、文学者とは社会に「不幸な意識」を与え、恥辱にまみれさせる存在だと述べた。ウエルベックも社会に恥辱を与え、文明の誇りをズタズタにするだろう。むろん、彼はサルトル流の「政治参加」とは無縁である。ヨーロッパの価値の不可逆的崩壊を静かに受け入れるその姿に、読者は筋金入りのデカダン作家の肖像を認めるに違いない。

沼田真佑『影裏』（文藝春秋、二〇一七年）

本作は今年［二〇一七年］の文學界新人賞に続いて、先日芥川賞にも決まった。だが、そこから想像されるような華やかな才気は、この作品とはまったく無縁である。ここにはむしろ、決して派手なスポットライトを浴びることのない「秘密」が、きわめて愚直に描かれていると言ってよい。

筋書きそのものは決して複雑ではない。東京の近郊から盛岡に移住した今野は、同僚で釣り仲間でもあった日浅と親密な交友関係を結ぶが、その関係はやがて東日本大震災によって大きく変化する。そして、今野は日浅の消息を探るうちに、彼の意外な一面を知ることになるのだ。

この小さな物語からは、しかしいくつもの疑問が生じてくる。例えば、今野は同性愛者であることがほのめかされている。ならば、彼と日浅のあいだに恋愛感情はあったのか。あるいは日浅の父は日浅を強く拒絶するが、その異常な感情はどこから来るのか。だが、真に重要なのは、そのような細かな詮索を超えるようにして、この二人の孤独な男たちの一種の「共犯関係」が浮上してくることだろう。

そもそも、絆は深くなればなるほど、当人たちにも自覚できない秘密の領域が増えてくるものだ。本作の震災は、この意味での秘密をいっそう濃いものにした。それを「共同体の絆」に回収することはできない。本作ではむしろ、樹木や魚のような自然物が文学上の伴侶となり、男たちのあいだを満たしている。その描写の積み重ねがあるからこそ、結末部の今野の唐突な感情も、なぜか不思議な必然性を感じさせるのだ。

その意味で、本作を安易に「震災後文学」と呼ぶことはできない。ここには一般に想像される震災体験というよりは、誰にも言えない孤独と秘密こそが暗示的に書かれているからだ。その繊細な文体は、読む者の心に石のように静かで硬い何ものかを残すだろう。それは「文学」の別名でもある。

蓮實重彥『伯爵夫人』（新潮社、二〇一六年）

著者の三島由紀夫賞受賞会見が大いに話題になったため、本書の名を知る読者は多いだろう。その内容はと言えば、太平洋戦争前夜の日本を舞台にした変態小説であり、「伯爵夫人」と呼ばれる謎の女性が男たちを性的に翻弄するさまが、延々と描かれていく。

伯爵夫人は「ばふりばふり」という回転扉の音とともに歴史をすり抜け、不能の男たちを愛撫し慈しみながら、世界を疾走する。その途上に戦争のシーンも挟まれるが、それは映画からの引用にすぎず、生々しい現実ではあり得ない。男たちの歴史は徹底して骨抜きにされ、あとには女たちの性のゲームと卑猥な隠語の乱用が残るのだ。

思えば、著者はすでに一九七九年初出の小説『陥没地帯』で、あらゆる歴史と固有名を蒸発させた空っぽの「砂丘」を描いていた。蓮實版ポルノグラフィである本書も、なまめかしく息の長い文体によって、歴史を骨抜きにする優雅で下品なエロスの世界を描き出している。その文体の運動性は近年の小説では比類ないものであり、多くの読者を魅了するだろう。

とはいえ、本書は最後に、日付をもった「歴史」を呼び戻してもいる。伯爵夫人やルイーズ・ブルックス風の髪形の蓬子らが一斉に立ち去り、いかがわしい性の戯れが打ち切られた直後、太平洋戦争開戦の報が届く。歴史の終わりから再び歴史へ——、この急転直下のスリリングな記述については、是非本書を手にとり味わってもらいたい。

ただし、その構造上の完成度と文体の魅力が、読者の世界像を根っこから揺るがすものかと言えば、賛否両論だろう。読書体験としては十分に面白いけれども、私は最終的に本書を「空虚なエンタメ小説」と判断する。むろん、その空虚さは、偽物や詐欺師だらけの今日の社会状況と正確に響きあってもいる。受賞会見をめぐる「から騒ぎ」も含めて、本書は日本の空虚さをあからさまにする実に「教育的」な作品なのである。

奥泉光『雪の階』（中央公論新社、二〇一八年）

本書の読者はのっけから、息の長いアナクロな文体が続くことにびっくりするだろう。しかし、こちらが驚くあいだに、作品のほうは二・二六事件前夜の不穏な日本を背景としながら、謎めいた心中事件とその顛末を流麗に描き出していくのだ。

主人公の笹宮惟佐子は華族の娘であり、囲碁の腕前も本因坊秀哉名人との置き碁企画に誘われるほど。整数論とミステリを愛するモダンな才女でもある。この「反平民的」な物知り探偵を軸にして、奥泉光は華族たちのサロン的な会話と作法を、いかにもそれらしく再現してみせる。

凝った文体と内容を、思いのほかすいすい読ませるのは、まさに熟練の技である。その技を頼りにして、奥泉はオカルト的な怪しい悪夢をも作品に導き入れようとする。

現に、物語の中心となっているのは、青年将校らの過激思想とともに、一九三〇年代のいかがわしい政治的妄想である。惟佐子はドイツの「心霊音楽」と交差し、トリップ状態のなかで、廃墟化した森の神域を幻視する。そして、この怪しげな幻に続いて、日本人の純血主義を突き詰めたあげく、ついには天皇をも否定するウルトラ右翼が現れるのだ。

もとより、華族の探偵と同じく、ウルトラ右翼も明らかにファンタジーである。奥泉は今の日本から失われたものばかりを集めて、この不穏なミステリを仕立てた。精巧な嘘が生む狂気と酩酊――、それはまさに奥泉の長年のテーマにほかならない。

オカルトとドイツ音楽と陰謀と狂信の交わる本書は、読者をクラクラさせるものに満ちている。それは疑いなく小説的体験である。ただ、かつて夏目漱石のパロディをやっていたときと比べて、今の奥泉のアナクロニズムに切実さがあるかは、読み手の見解が分かれるところかもしれない。

思えば、奥泉に限らず、最近の日本の小説家は「戦前」を流麗な文体で魔術化するケースが目立つ。そこではアメリカ化し大衆化した「戦後」の日本は事実上なかったことにされる。だが、それは歴史の否認ではないか。少なくとも私は、美しい戦前よりは醜い戦後とともにありたいと思う。

橋本治『草薙の剣』（新潮社、二〇一八年）

一〇代から六〇代までの六人の男性を主人公とする戦後日本の物語――、そう聞くと日本の「男性史」をテーマとする小説なのかと早とちりしそうだが、さにあらず。本書はこの六人の主人公たちに加えて、彼らの両親について多くの記述を費やしながら、敗戦から高度経済成長を経て、バブル崩壊以降の冴えない平成までを旅する、どこか変わった小説なのだ。

本書では親と子の価値観のすれ違いが描かれるが、かといって深刻な対立に発展するわけでもない。親は息子の「特性のなさ」を照らす光源のようなものである。親たちがひとまず生活のリアリティに根ざしているのに対して、六人の息子たちは根無し草であり、新たに何かを生み出す力ももたない、没個性的な風景にすぎない。本書は主人公になる資格のないつまらない男たちに、ことさら主人公のふりをさせた作品だと言ってもよい。

橋本治は結局、戦後を「顔をもたない息子たちの時代」と見なしたいのだろう。それは本書のドライな文体からも推察される。橋本は徹頭徹尾「無感情」の書き方によって、戦後日本をアラカルト的な情報の束に変えた。そこに豊かな歴史的意味が与えられることはない。戦後の平均的日本人の幻影が、本書からはぼんやりと浮かび上がってくる。

橋本のように長く出版界の第一線にいた作家が、戦後日本を特性のない不毛なファミリー・ロマンスとして描いたこと――、私はそれに驚きつつ、純文学が率先して戦後史を無意味なものとして「総括」し始めていることに、不思議な感慨を覚えた。自分の生まれ育った時代から、これほどあっさり固有の「顔」を奪い取れるというのは、ある意味で驚嘆に値する。文学が何のために存在するのか、私は改めて考えさせられた。その点で、本書はたいへん教育的な作品である。

それにしても、橋本自身はこの顔のないガランドウの戦後をどうやって生きてきたのだろうか？　それはよく分からないが、少なくとも本書は「空っぽの人間でも小説でもいいんだよ」と言ってくれる優しい小説で、私のようなガランドウの読者にはぴったりであった。戦後に幸あれ！

閻連科『炸裂志』（泉京鹿訳、河出書房新社、二〇一六年）

一九五八年生まれの現代中国の鬼才・閻連科の小説は、近年相次いで邦訳されている。大いに歓迎すべきことだろう。ときに当局から発禁処分を受けながら、暴力と汚穢、性愛と権力の渦巻く中国の現実をつかみとろうとするその作品群は、いささか貧血気味の現代文学に強烈な活を入れるものだ。

本書『炸裂志』の原著は二〇一三年刊行。架空の「炸裂村」（深圳を一つのモデルとする）が大都市へと急速に発展するさまを、市長の孔明亮一族を中心に「地方志」（ある地域の総合的資料）のスタイルで描いた長編小説である。中国のネット上の著者インタビューによれば、「炸裂」とは改革開放以降の中国の比喩であり、たんに社会の爆発的な変化だけではなく、人間の心や関係、階層の「分裂」も暗示している。

このでたらめに引き裂かれた世界では、文学も無垢のままではいられない。本書の冒頭には閻連科自身が作家として登場し、大金と引き換えに炸裂の市史を執筆することになった経緯をあけすけに語る。つまり『炸裂志』そのものが金と権威の産物というわけだ。しかも、著者の仕掛けた最後の演出のせいで、この地方志が本物かも怪しくなってくる。文学と歴史をメタフィクション的に笑い飛ばすブラックユーモア！

もっとも、破天荒な想像力を駆使した代表作『愉楽』に比べれば、本書の書きぶりはいくぶん抑制的である。資本主義の荒波に突然投げ込まれた地方都市から、いかなる人間が生み出され、その生死や愛はいかに変容したのか――、これらの問いが売春や葬儀、農民デモなどのテーマを介して、いわば生態学的に深められていく。

むろん、閻連科の文体は平板なリアリズムとは明らかに異質である。巻末のエッセイ「神実主義とは何か」を読めば、彼が「道理では説明することのできない真実」を捉えようと苦心してきたことがよく分かる。まともな均衡を失った現代中国の「真実」と向き合うには、ときに突拍子もない設定やどぎつい描写が必要なのだ。

こうした創意工夫はほぼ同世代の莫言や余華らにも通じるし、もっと遡れば晩年の魯迅の問題作『故事新編』をも思わせる。中国の骨太の文学的想像力は、暴力や汚穢からも決して目を背けない。理性を麻痺させる「爆発」と「分裂」のただなかで、リアルな歴史を浮かび上がらせる閻連科の力業を、とくとご覧あれ。

伊格言《エゴヤン》『グラウンド・ゼロ』（倉本知明訳、白水社、二〇一七年）

本書は二〇一三年に刊行され、翌年には台湾のSF文学賞も獲得した注目作である。新北市にある第四原発でメルトダウンが起こったという設定のもと、著者の伊格言は馬英九や台湾電力を実名で登場させつつ、事故の「前」と「後」を複眼的に描いてみせた。

もともと台湾の原発政策は、国民党の独裁時代にアメリカの協力のもと強権的に進められた。台湾の反原発運動は、この戒厳令下の決定に反対する市民たちに発しており、著者も東日本大震災後の台湾の反原発デモの参加者だった。

このような経緯を踏まえて、本書は総統選挙を背景としながら、政治的陰謀の渦巻くSF的なスリラーとして展開される。国民党の政治家は、英雄的なパフォーマンスによって原発事故時の自らの責任をうやむやにし、次期総統の有力候補にのぼりつめる。逆に、第四原発のエンジニアであった主人公は事故後に記憶を失ったばかりか、謎の集団に拉致されて五感を遮断される。読者は主人公とともに「記憶喪失」と「知覚喪失」という二重の恐怖を味わうことになるのだ。

そもそも、原発事故は大勢の命を脅かすだけではなく、それを表現し伝達することにおいても多くの障害を生み出す。放射線は五感では捉えられず、被曝線量はシーベルトという無機的な数字で表現するしかない。メルトダウンした原子炉ではロボットは故障し、調査もままならない。さらに、事故処理は長い年月を要するため、記憶はやがて風化し、ときにそこには政治的な隠蔽も起こる。

こうして、原発事故は人間の記憶や知覚を鈍麻させて、巨大な「認識の壁」を作り出してしまう。それに対して、主人公たちは「夢を読む」という象徴的な作業を繰り返す。夢のなかのイメージを手繰り寄せ、失われた記憶に何とか形を与えることが、彼らの最大の「抵抗」なのだ。

本書は台湾のきな臭い権力闘争とともに、原発事故を表象することの難しさもあからさまにする。事故の悲惨さを描きつつ、事故を取り囲む分厚い壁にも切り込むこと——、著者のこの力業は、福島原発を不可視化しつつある日本人読者にも、改めて大きな衝撃を与えるだろう。

甘耀明《かんようめい》『冬将軍が来た夏』（白水紀子訳、白水社、二〇一八年）

甘耀明は台湾でも指折りの熟達した作家であり、その作品世界の多彩さにはすでに定評がある。日本統治時代の台湾を舞台にした大作『鬼殺し』とは打って変わって、昨年［二〇一七年］原著の刊行された本書では、より現代性の強いテーマが選ばれた。

主人公はレイプ事件の被害者となった台中の幼稚園勤務の女性。傷ついた彼女のもとに、祖母とその仲間の老女らがやってくる。どこか現実離れしていながら、台湾の歴史＝物語を深く刻印されてもいる彼女らは、主人公の幽霊的な伴侶となる。読者はこの御一行とともに、多くの「女の物語」を渡り歩くことになるだろう。

この不思議なメルヘンを支えるのは、台湾社会を捉える鋭い観察眼である。著者は幼稚園内部の格差を巧みに描き出し、レイプ事件の後に「女性の敵は女性」となる過程にもリアリティを与える。老女らを介して台湾の「互助会」の様子が浮かび上がるのも興味深い。これらの観察の果てに、事件を裁く法廷での緊迫したやりとりが生み出されるのだ。

個々の題材を精査し、そこに豊かな語りを与えることによって、著者は現代の女性の受難を立体的に肉づけしてみせた。この「物語る力」と融合したジャーナリスティックな感覚は、日本の純文学が失いつつあるものだ。傷ついた人間に安物の癒しは役立たない。だからこそ、過酷な現実に切り刻まれながら、それでもなお生き延びてきた女たちの満身創痍の物語を、著者はユーモアとともに語ろうとするのである。

著者にとって、物語は現実を覆い隠すヴェールではなく、涙と笑いを伴った霊的な贈り物なのだろう。もとより、罠と術策に満ちた法廷では、物語の声は打ち消されてしまう。それでも、幽霊のような老女の語る真率な「証言」の贈り物にこそ、読者は強く感応し得るはずである。

さらに、客家語《はっかご》や閩南語《びんなんご》を織り交ぜる著者得意のテクニックも、本書ではますます磨きがかかっている。この言語的重層性を最大限に生かした訳文もお見事。なお、台湾のインタビュー記事によれば、著者は日本の万年筆インクの商品名から「冬将軍」の表現を得たそうである。

中沢新一『日本文学の大地』（角川学芸出版、二〇一五年）

折口信夫から近年では丸谷才一に到るまで「日本文学は西洋文学と根本的に異なるコンセプトのもとで成立しているのではないか」という懐疑が日本の批評家たちにつきまとってきた。この疑いから、日本文学を中性的な散文芸術ではなく存在の祭りとして、すなわち世界を霊的に祝福する豊穣儀礼（芸能）として捉える道が開かれるだろう。

本書も大筋では、この考え方を受け継いでいる。「自然と文化が相互貫入しあう心の空間」こそが日本文学を育んだ「大地」であると見なしながら、中沢新一は『万葉集』以来の前近代の文芸を巧みにレビューしていく。その出発点には「政治は、この国ではつねに、一種のポルノグラフィーなのである」という興味深い見解があった。確かに、日本文学はしばしば自然や家族をきわめて官能的な対象に仕立てあげ、それを統治システム（王権）に還流させてきた。中沢はエロスの測量士として、日本文学における霊的＝性的な言葉の用法を復元してみせたのだ。

この枠組みにおいて、例えば『宇治拾遺物語』は「生命と霊」のあいだの贈与の環を確保する文学として了解されるだろう。あるいは、足利義満は世阿彌の芸術を介して「大地霊」の力を収集する司祭者的政治家として読み解かれるだろう。江戸文学に関する考察はより大胆である。芭蕉の俳句は、モノと化した貧しい言葉によって「宇宙的な力」とじかに触れ合う、独創的な唯物論的芸術に他ならない。さらに「いつも潜在的に「旅立つこと」」を欲望していた江戸時代の文化は、性愛のさざなみが表層をうねるだけの「驚異的な軽薄文学」としての『東海道中膝栗毛』を生み出すに到る……。

こうして、中沢の抽出する日本文学は一切の敗北を知らないまま、世界を享楽する。もっとも、その豊麗な分析は日本文学の大地に深く根を張った「地獄」の主題を、大胆に捨象しているように見える。中沢において、文学的エクスタシー（蕩尽）は常に勝利するようにできており、エロスの運動の中断可能性は考慮されないのだ。

本書のめくるめく愉楽のなかでは、地獄の闇は打ち消される。だからこそ、私たちは中沢が何を書き、何を書かなかったかに鋭敏になるべきである。地獄と敗北を忘れた豊穣なポルノグラフィは、果たして真の意味での文学となり得るのか？――それとも、この問い自体が、粘着質の「日本近代文学」に毒された者の観念論にすぎないのだろうか。

渡部直己『小説技術論』（河出書房新社、二〇一五年）

本書は著者の大著『日本小説技術史』の応用編であり、小野正嗣、岡田利規、藤野可織、奥泉光、保坂和志、大江健三郎、さらに阿部和重、いとうせいこう、中上健次、横光利一といった古今の作家たちが、「技術論」の名のもとに幅広く取り上げられている。技術というと、いかにもドライで非文学的な印象を受けるが、考えてみれば、中世日本の歌論や能楽論（源俊頼『俊頼髄脳』、世阿彌『風姿花伝』等々）は、具体的な創作技術や禁則事項を教えるマニュアル本であった。したがって、本書のスタンスはむしろ日本の文芸批評の正統に属すると考えてよい。

もっとも、本書の主眼は細かい創作テクニックを教えることではなく、技術の歴史的推移を捉えることにある。著者はゼロ年代半ば以降の日本の小説において、「描写」の技術が衰退し、その欠如を「人称」の操作が埋めたと指摘する。すなわち、私／あなた／彼（女）の視点を自由に行き来する「移人称小説」が台頭する傍ら、ライトノベルを筆頭に「二、三十年前に比べると、描写の量がじつに少なく」なった。モノの確固とした手触りがなくなり、現実との接点が任意に選ばれるようになる――、それが現代日本小説の傾向というわけだ。

著者は大胆にも、この今日の移人称小説を、横光利一が一九三五年に提起した「純粋小説」の後継者と見なす。プロレタリア文学の敗北の後、横光は「新しい浪漫主義」の立場から、現実の変革よりも可能性の文学を求め、「四人称」という新奇なコンセプトを示した（ちなみに、中村光夫や平野謙の説では、マルクス主義を黙殺した横光の「純粋小説論」を訂正しようとしたのが小林秀雄の「私小説論」である）。ただし、四人称の実践はうまくいかず、横光の純粋小説の試みは事実上破綻してしまった。

こうした戦前の歴史は、今日の純粋小説＝移人称小説にとっても重大な教訓となるだろう。著者が言うように、言葉（テクスト）とモノは本来別物である。だが、別々の秩序に属するからこそ、この両者を半ば強引に結びつけ、摩擦熱やノイズを発生させる「描写」は、スリリングで豊かなものになり得る。裏返せば、描写の量が減るとき「齟齬や誤作動の生産性」は失われかねない……。ならば「小説から描写が消えた時代」において、日本文学はどうすれば生産的なノイズを手放さないでいられるのか？　この厄介な問いは、歴戦の文芸批評家から作者と読者双方に宛てられた挑戦状なのだ。

宇野常寛『母性のディストピア』（集英社、二〇一七年）

いま批評はあらゆる分野で衰退している。純文学だろうがサブカルチャーだろうが、業界への「挨拶」じみたレビューばかりが目立ち、ジャンルの歴史に即して作品の可能性を追求する批評はほとんどない。本書はこのような風潮の対極にある画期的なアニメ論である。

著者は冒頭から、日本の政治とマスメディアと論壇の劣化への怒りを隠さない。そして、この現実の惨状ゆえにこそアニメという虚構を分析するのだと宣言する。なぜなら、一九七〇年代以降に台頭した宮﨑駿、富野由悠季、押井守という三人のアニメの巨匠たちは、大学の知やマスメディアとはまったく異なるやり方で、戦後日本の病巣の核心をつかんでいたからである。

その核心とは「母性」のテーマである。著者は巨匠たちがそれぞれ男性主人公の成熟を目指しつつ、結局は母や少女の生み出す女性性の甘美な泥沼（ディストピア）に吸い込まれていったことを、ジブリアニメから『ガンダム』『うる星やつら』等に及ぶ豊富な作品分析によって示す。その上で、母性への誘惑と抵抗に引き裂かれたアニメの歩みに、インターネットという巨大な「子宮」に生きる今日の我々自身の課題を読み取るのだ。

戦後アニメの歴史と精神をここまで見事に凝縮した評論は、本書が初めてである。個々の作品と作家間の関係をていねいに分析しながら、アニメを生んだ「戦後」の風土を検証し、それを未来の情報社会の構想につなげること。この比類のない企ては、まさに戦後アニメの「遺産相続」と呼ぶにふさわしい。

著者は巨匠たちを深く尊敬しつつ、彼らの可能性と限界をずばずばと言い当てていく。この「礼節ある無遠慮さ」こそ今日の言論に欠けているものだ。反発もあるかもしれないが、それでいい。本書は安易な共感を得るよりも、読者とともに未来を作ることを願う宣言書なのだから。アニメを知らない読者にこそ強くお勧めしたい。

佐藤優『学生を戦地に送るには』（新潮社、二〇一七年）

京都学派の哲学者・田辺元は媒介の哲学としての「種の論理」を一九三〇年代に構想した一方、西田幾多郎の哲学をプロティノスの「一者」の哲学と重ね合わせながら厳しく批判したことでも知られているが、死後は長らく低評価に甘んじてきた。本格的な再評価の機運が起こったのは、ここ十数年のことにすぎない。

この忘却の一因は、田辺が戦争に協力したことにあるだろう。彼は大日本帝国の主導する「東亜建設」を賛美した。なかでも京都帝国大学で学生向けに行った講義録『歴史的現実』（一九四〇年）は、種の論理をもとに、国家に身を捧げることを哲学的に正当化する内容を含んでいる。佐藤優はこの問題の多い著書を一般人向けの合宿で読み解くことを試みた。本書はその記録である。

佐藤はここで哲学史的に細密な読み方を披露するというよりは、『歴史的現実』の内容を細かく区切りながら、自身の神学の知識を雑談的に織り交ぜつつ、田辺の巧妙なロジックとレトリックを再確認しようとする。例えば、佐藤は田辺の絶対無の哲学をシェリングの「無底」の概念に対応させる一方、西欧の没落という課題に直面したトレルチと田辺の共通性を強調する。その果てに、田辺の議論がいかにソフトなファシズムと結びついたか、それによっていかに国家のための死が正当化されたかを示すところに、本書のクライマックスがあると言ってよい。

とりわけ、佐藤が言うように『歴史的現実』の後半において、個人・種族・人類が同心円のなかに包摂されていくのは重要なポイントだろう。それによって、本来ならば否定性を内包していたはずの田辺の弁証法は、ひどく単純な国策的言説へと横滑りしてしまったのだ。何にせよ、本書は日本哲学の深遠な語彙と観念がはまり込んだ政治的な落とし穴を改めて学び直すための、良い機会となるに違いない。

もっとも、田辺哲学の思想的な射程についてはもう少し補足してもよいだろう。田辺は種＝媒介を失った自由主義や個人主義には与することなく、むしろ個を超えた連続体としての「種的基体」や「歴史的現実」を否定的媒介として設定する。その上で「種」と「個」はお互いを否定的に媒介しあうことによって、それぞれが本来的なあり方（人類的立場）へと到るという弁証法のストーリーを語るのだ（逆に、西田哲学はこのような種＝媒介を欠いた抽象的観念論だとして批判される。詳しくは板橋勇仁『歴史的現実と西田哲学』参照）。この「社会存在の論理」をもう少しゆるくしたような発想は、今日の世界でも観察することができる。

例えば、戦後の田辺は、国家を絶対的な「応現存在」とした戦中の自説を修正して「方便存在」と言い換えたが、これは今日では「方法としてのナショナリズム」と呼ばれるものに近い。要はひとびとを普遍へと導くためには、ネーションを仮の足場（方法＝方便）にして、公共性に目覚めさせねばならないというわけだ。あるいは、自由主義に対する反動として出てきたトランプ大統領のナショナリズムと保護主義にしても、ある種の硬直した「種の論理」だと言えないこともない。

もとより、京都学派左派の戸坂潤によれば、経済的自由主義およびそこから派生した政治的自由主義はまずは個人主義であり、西田哲学はそれに「文化的」な水準で対応する自由主義の表現だと見なされる（『日本イデオロギー論』一九三五年）。種の論理（に類する観念）や「歴史的現実」（連続体としての伝統）への注目は、この自由主義と個人主義のカップリングに対する不満を吸収しながら、その命脈を保ってきた。

むろん、田辺自身が言ったように「種」の場所は必ずしもネーション（民族）に限定されるわけではない。ごく大雑把に言って、戦時下の京都学派の哲学者が「世界史的使命」の名のもとに帝国的な大東亜共栄圏を正当化したとすれば、戦後の新京都学派は今西錦司や梅棹忠夫らに見られるように、個を超えた連続体としての「種的基体」を帝国から生態系（生態史）に置き換えたと言えるのではないか。その場合、京大出身の中尾佐助らの提唱した照葉樹林文化論を踏まえた宮崎駿の『もののけ姫』は、このエコ化された「種の論理」をアニメ化したものだとも考えられるだろう。

あるいは、田辺哲学を画期的なやり方で読み直した中沢新一の『フィロソフィア・ヤポニカ』（二〇〇一年）は、田辺の「種の論理」をプラトンの「コーラ」（さらには西田哲学の「場所」）の概念に接続しつつ「人間とモノ」の関係を再考する手がかりに変えようとした。中沢は近代のアトム化した個人に立脚する自由主義にやはり限界を認めつつ、田辺の「種的基体」をドゥルーズふうの非人称的な「純粋差異」の活動体として読み替える。この大胆な再解釈を経て、田辺はカント以来の近代哲学の枠組み（最近一部で流行している言い方では「相関主義」）を超えて、モノそのものへの「愛」を語った哲学者として位置づけられるのだ。

今日の新自由主義（グローバルな市場競争原理）を「普遍主義」と見なしつつ、それを批判する佐藤優も、アトム的な個が剥き出しのまま世界と出会うことには賛成していない。その点で、本書の内容は妙に扇情的なタイトルにもかかわらず、たんに田辺を悪魔化しているわけではない。そもそも、個と市場を直結させるグローバリズム／新自由主義に「抵抗」しようとすると、人文的な思想はえてして左右のイデオロギーの別を問わず、個を超えた連続体としての「種的基体」を要求することになる。さもなければ、たんなる空理空論に留まるからだ。だが、それはファシズムと紙一重でもある。

その意味で、田辺哲学は資本主義の（あるいは世界戦争の）トランスナショナルな運動に対する思想的反応の雛型である。そして、それは無防備に展開されたとき、戦争協力やファシズムの理論へと容易に転用される。したがって、佐藤がやったような田辺に対する批判は当然必要なのだが、だからといって「種の論理」やそれに類する観念を葬り去ることも難しい。田辺哲学から危険な魅力が失われない理由もそこにある。

ジェンダー・トラブルの観点から『紅楼夢』を読む

――合山究著『『紅楼夢』――性同一性障碍者のユートピア小説』（汲古書院、二〇一一年）

著者の合山究氏はベテランの中国文学者であり、『紅楼夢』についてもすでに優れた研究書（『「紅楼夢」新論』汲古書院刊）を上梓している。しかし、本書は一風変わった視座から書かれている。合山氏によれば、『紅楼夢』の主人公・賈《か》宝玉《ほうぎょく》は実は「性同一性障碍者」（身体の性とこころの性が一致しない者）であり、その住居である大観園は、賈宝玉の願望が投影された「ユートピア」として理解されるべきというのだ。

実のところ、賈宝玉の性格は何とも奇妙である。彼は一方では、ポリガミー（一夫多妻）の欲望にのっとり、多くの女性を周囲にはべらせることを好む猟色家に見える。しかし他方では、男性性を強く嫌悪し、林黛玉《りんたいぎょく》や薛《せつ》宝《ほう》釵《さ》ら女性との戯れに興じる中性的な人物にも見える。つまり、『紅楼夢』は、あまたの「淫書」にも通じる物語のフォーマットを採用するにもかかわらず、そこから男根的な要素を慎重に抜きとり、柔らかい女性性を物語全体に充満させている。合山氏は、この謎めいた世界観に対して、正面から説明を与えようとした。賈宝玉に性同一性障碍（ＧＩＤ）を見出す仮説は、まさに『紅楼夢』の奇妙な作品世界を整合的に解き明かすために用いられるのだ。

たとえば、賈宝玉が当時の女性のシンボルカラーであった「赤」の衣服を好むこと。あるいは、涙もろく、女性のにおいに対して非常に敏感であること。合山氏によれば、こうした描写は変態性欲の現れではなく、むしろ「女性との同化」の願望を示している。また、賈宝玉は淫乱や性交に対してきわめて消極的であり、女性との接触においても情欲ではなく親愛あるいは崇拝の念が強調されるが、それも性的アイデンティティの揺らぎに由来するものと捉えられる。さらに、儒家的な礼法を軽視し、親の忠告も聞かず、幼児的なところを多々残した賈宝玉の性格も、既存の性役割に馴染めないＧＩＤならではの症候と解釈される。このように、「今古未見の人」（脂硯斎）と呼ばれた賈宝玉の数々の謎めいた振る舞いに対して、本書は一定の精神医学的な解釈を与えていく。

むろん、賈宝玉を「性同一性障碍者」として実体化するのが正しいかどうかは、彼が架空の存在である以上、厳密には証明不可能である。確かに、合山氏が言うように曹雪芹自身が性同一性障碍者であり、そのアイデンティティを下敷きにして賈宝玉が造形された可能性は否定できないが、その点もやはり確証できるわけではない。賈宝玉についての作中の記述は、「実体」（病理）というよりは「表象」（イメージ）だと理解するのが、おそらくいちばん穏健な考え方だろう。

とはいえ、ここで重要なのは、実体的な性同一性障碍者に比定し得るほどに、賈宝玉が根深いジェンダー・トラブルを抱えていることである。本書は、実在の性同一性障碍者へのヒアリングやＧＩＤ関連文献の記述を随所に挟み込みながら、賈宝玉のジェンダー・トラブルの諸相を詳細に跡づけている。

ジェンダーを中心に置くと、中国小説の読み方はおのずと変わってくる。たとえば、『紅楼夢』を曹雪芹の「自伝小説」と読む見解は、胡適や兪平伯以来、根強く存在する。しかし、仮にその見解を受け入れるとしても、この小説にジェンダーの混乱があちこちに仕込まれていること、そしてその混乱を媒介として、新しい表現領域がつかみ出されていることは、紛れもない事実である。したがって、『紅楼夢』に曹雪芹の私的体験が反映されていることと、その自我を輪郭づけるのに、弱体化した男性性や多種多様な女性性のイメージが用いられることは、あくまで別の論理によって位置づけられねばならない。

こうした問題には、すでに学術的にも関心が向けられている。たとえば、昨今のアメリカの明清小説研究においては、ジェンダーやセクシュアリティはもはや不可欠のテーマとなっているが、それはポストモダン的な知的意匠の現れというよりも、もう少し切実な問題意識に根ざしているように見える。実際、もしジェンダー・イメージを細かく操作することによって、物語世界に内実を与えていくという振る舞いが明清小説を深く規定しているならば、むしろそれらのテーマ抜きで作品を理解することのほうが難しいからだ。

本書でも、賈宝玉のジェンダー・トラブルが、性愛未満の情緒のやりとりをいかに駆動しているかが詳しく述べられる。たとえば、合山氏は、賈宝玉が秦鍾という優しい美少年と一種の擬似同性愛的な――つまり親密だが、セックスに至ることはない――関係を結んでいることに注目し、そこに賈宝玉の性自認(あるいは性指向)の特色を見出す。さらに、儒教的な貞節を重んじるまじめな薛宝釵との結婚生活がうまくいかず、「児女の真情」を備えた奔放な林黛玉に惹かれ続けることも、GIDの症候の一つとされる。

科挙によって支えられた、男性中心的な文人・官僚世界には決して出てこないこの種の感情のパターンは、『紅楼夢』の本質を成していると言えるだろう。賈宝玉の対人コミュニケーションは確かに、社会的な建前よりも情緒的な同調性（「情投意合」「情意相投」「一個心」……）を、成熟した大人の関係よりも子どもじみた戯れを優先しているのだ。

本書の画期性は、その特徴的なコミュニケーションに、一本の芯を通したことにある。合山氏が言うように、これまでの『紅楼夢』論は、ときにあまりにも性急に政治的読解——たとえば「封建家族への批判」というような——に傾いていた。しかし、賈宝玉におけるジェンダー・トラブルという観点を挟みこむならば、そうした単純すぎる議論は退けられる。『紅楼夢』は、賈宝玉の性的アイデンティティを当時の社会の価値観からずらすことによって、新しい感情、新しいコミュニケーションの所在を浮き彫りにした。本書は、その表現領域を政治的文脈に還元することなく把握しようとする、きわめて野心的な試みだと言ってよい。

最後にもう一点だけ付け加えたい。仮にジェンダー・トラブルの物語として『紅楼夢』を理解するならば、やはり同時代における反応が見逃せない。特に、『紅楼夢』への一種の批評行為としては、その「続書」がきわめて重要である。

繰り返せば、『紅楼夢』の本編では、賈宝玉の猟色家としての側面は抑えられている。しかし、後代の作家たちが発表した『紅楼夢』のあまたの続編（続書）においては、その抑圧はしばしば解かれることになる。北米の気鋭の研究者キース・マクマホンが論じるように（Keith McMahon, "Eliminating Traumatic Antinomies: Sequels to *Honglou meng*" in M. Huang ed., *Snakes' Legs*, 2004）、『綺楼重夢』や『紅楼幻夢』など一部の続書では、賈宝玉は生まれ変わって性的に解放された結果、林黛玉や薛宝釵ら多くの妻を同時に抱える、ほとんど西門慶ばりのポリガミストとして描かれる。『紅楼夢』本編では、大観園というユートピアは崩壊の憂き目にあうが、続書ではそのトラウマティックな「失敗」は巧みに除去され、賈宝玉の性の幸福がさまざまなやり方で追求されるのだ。

むろん、本書の論調を踏まえて言えば、それら続書はＧＩＤに対して無知であり、したがって『紅楼夢』という作品を理解しそびれているということになるかもしれない。しかし、マクマホンならば、むしろ続書においてこそ『紅楼夢』の秘められた要素や欲望が露骨に解放されているのであり、そこにも『紅楼夢』の――あるいは『紅楼夢』を生み出した時代の――本質が認められるべきだと考えるだろう。ここには、本書とはまた違った理論的態度があり得る。

合山氏自身、『明清時代の女性と文学』（汲古書院刊）という大著では、明清小説全般にわたって、そのジェンダー・イメージをめぐって豊かな議論を展開していた。特に、そこで触れられる「男性的な妓女」や「武侠的女性」などのイメージは、『紅楼夢』以外にも、男女の境界を書き換え、文学的表現を再構築しようとする機運があったことを示している。本書では（賈宝玉に病理学的解釈を施そうとする立場からして当然だが）、『紅楼夢』以外の作品にはあまり言及がなされない。しかし、『紅楼夢』と、続書も含めたその周辺の作品とがいかなる連関にあるのかは、今後改めて検証される必要があるのではないだろうか。

いずれにせよ、明清時代の文学において、自我を書き綴ったり、テクストを組み立てたりする際に、ジェンダー・イメージが格好の素材であったことは確かである。そして、その素材の扱いにおいて、『紅楼夢』は最も特徴的で、また最も過激な方法を示している。本書は、この空前の作品に一本の芯を通すために、賈宝玉のトランスジェンダー性を強調した。英語圏に比べると、日本の中国文学研究は、ジェンダーやセクシュアリティのテーマの導入には総じて消極的だが、それはいささか残念なことだ。本書を契機にして、『紅楼夢』をジェンダー面から大胆に読み替える試みが続いていくことを期待したい。

補記：本書の中国語訳『《紅樓夢》新解：一部「性別認同障礙者」的烏托邦小説』が二〇一七年に台湾の聯經出版公司から刊行された。

香港のストリートから考える

二〇一四年の九月末に発生した香港の大規模デモ（雨傘運動）は、二カ月以上にわたって主要道路を占拠した末に収束した。「真の普通選挙」を求める学生たちの努力にもかかわらず、彼らの主張が政府側に受け入れられなかったことは、周知の通りである。ならば、雨傘運動はいたずらに香港社会を混乱させただけの無益な騒動にすぎないのだろうか？

急いで結論を出す前に、まず一般論として、私たちは「時差」の問題を考慮に入れるべきだろう。例えば、二〇一四年三月に起こった台湾の立法院占拠（ひまわり学運）は、それ単独では大きな成果をあげたと言いにくいし、ましてそれを「革命」と呼ぶのは大袈裟すぎる。だが、国民党が歴史的大敗を喫し、馬英九が党主席の辞任に追い込まれた同年一一月の地方選の結果は、この立法院占拠の影響を受けたという見解が有力である。もし占拠が選挙ひいては台湾政治の方向を変えたというストーリーが今後台湾の「正史」として定着するならば、運動は失敗とは言い切れない。少なくともひまわり学運は、後々に肯定的な解釈を生み出せるだけの「種子」を残したとは言えそうだ。

私はここでカントの議論を思い出す。彼によれば、フランス革命を真に革命たらしめたのは、ロベスピエールなりサン＝ジュストなりの行為者ではなく、むしろその成り行きを注視していた観客どうしのコミュニケーションであった。革命を完成させるのは情熱的な革命家ではない。そして、ステイクホルダーだけでは正当な公共的判断はできない。政治運動の成功は、参加者の熱意以上に、第三者の観客のコミュニケーション＝評価を事後的にどれだけ獲得できたかにかかっている――、これはインターネットとツーリズムを介して、おびただしい「観客」が惑星上に溢れている今だからこそ、注目に値する思想ではないか？

カントのように考えるならば、香港の雨傘運動に意味があったかどうかも、結局は未来の観客が決めることである。相手が強大な中国政府であり、一撃必殺の政治的解決などあり得ない以上、なおさらコミュニケーションの段階的累積が重要になってくる。中国返還以来の最大級の社会運動となった今回のデモが、たんなる学生たちのお祭り騒ぎとして処理されるのか、それとも折々に立ち返るべき民主主義の神話的な拠点として評価されていくのか。そのプロセスが注視されるべきだろう。

デモの発生以来、香港を二度訪れた私の観客的な感想を言えば、雨傘運動には未来のコミュニケーションを喚起し得るだけの過剰さがあったと思う。とりわけ、香港島の金融街・中環（セントラル）を占拠するという当初の予定を超えて、九龍サイドの猥雑な旺角（モンコック）にまでオキュパイ運動が広がったことは、まさに計算合理性を超えた例外的な「出来事」であった。デモの使命は、必ずしも既存の政治体制を引っくり返すことだけではない。運命から逸れて、予想外の出来事を生み出すことも、政治的意志を発動させるきっかけになり得る。もとより、予期と計算を超えることは人間の実存の証である。この点で、雨傘運動はきわめて「人間的」なデモであった。

それにしても、主要道路を占拠するというのは、不思議な開放感と快楽を伴うものである。私自身、占拠された旺角周辺のネイザンロードを歩きながら、ずっと以前からここは広々とした歩行者天国であったのではないかという錯覚に囚われていた。垂直的に屹立するビルを両サイドに見ながら、深夜の路上に座り込んで友人と語り合っていると、自分が街そのものと同化していくような大らかな気分になってくる。観光客のお気楽な物言いに響くかもしれないが、そこはとても居心地の良いアットホームな空間であった。

そもそも、オキュパイは二〇一一年に世界中で顕在化した、新しいタイプの運動形態である。エジプトのムバラク政権を崩壊させたカイロのタハリール広場の占拠、スペインのM15運動（マドリードの広場を「憤激する者たち」が占拠した運動）、そしてアメリカのオキュパイ・ウォールストリートがこの年に立て続けに起こり、二〇一三年以降もウクライナ、台湾、香港がそれに続いた。政治上の目的はそれぞれに異なっているが（スペインやアメリカのオキュパイは新自由主義に対する抵抗運動であったが、雨傘運動には資本主義への批判精神はない）、インターネットで随時情報を交換しながら、抗議者たちが特定の場所を何日も「占拠」するという運動形態は共通している。

思想家のネグリ＆ハートはさっそくこのオキュパイ運動の世界的連鎖に目をつけて「これらの闘争はどれも特異で、それぞれの場所特有の条件に適応したものである」と述べる一方で、オキュパイという形態については相互参照があったと見なす。さらに、この一連のオキュパイが、一〇年前のオルターグローバリゼーションのようなノマド的運動ではなく、あくまで「定住的」な運動であることを強調する（『叛逆』）。ネグリらの考察もまだ手探りの感はあるが、確かにオキュパイは今後の社会運動を更新する可能性をもつかもしれない。雨傘運動に関しても「定住」は重要なキーワードであり、路上にテントを持ち込んで居住し、大勢の人間と同じ時間を共有しながらホームをつくることは、集団のエネルギーと相互確認の源となっていた。そして、この脱法的な新規住民を取り巻くようにして、今度は本来の地域住民や私のような外国人観光客たちが「デモの観客」に作り変えられていく……。

政治学者の五野井郁夫は、近年の社会運動の動員手法が「暴力革命」型から「祝祭」型に変化しつつあると指摘しているが（『「デモ」とは何か』）、私の見立てでは、香港の雨傘運動はさらにその先の段階、すなわち「祝祭」型から「日常」型へと踏み出していた。オキュパイという定住型の運動形態を突き詰めると、香港の占拠者のようにテントで寝ていてもよし、机を持ってきて勉強するのもよしという状態に行き着くわけだ。むろん、ときには学生や地元民の演説や、警官隊との激しい衝突もあったが、全体として見れば、香港のストリートには低強度の緊張の下に分厚い日常の時間が流れていた。

言うまでもなく、中国の中央政府を相手に武力で闘っても勝ち目はない。それに、そもそも多くの香港人は暴力を好まない。これらの諸事情はオキュパイの定住性＝日常性と図らずもよく調和していた。そして、路上の間延びした非政治的時間を埋めるように、遊戯的なサブカルチャーのアイコンが大量に動員されたことは、参加者の心の安定化に役立ったと思われる。日本では「引きこもりのオタク」と「ストリートの活動家」はまったく相容れないが、香港の路上には無数のアート作品とともに、日本の漫画やアニメからの引用が政府への風刺画としてあちこちに出現していた。ストリートに出るオタク――、この日本人の認知パターンを狂わせる存在が、雨傘運動の奇妙な日常性を象徴しているのだ（むろん、この呑気さがデモをただの「お祭り」に変えてしまう危険性も大いにあるが、それについては今は脇に置く）。

もう一つの重要なポイントは、都市のもつ「場所性」である。香港の狭さは、オキュパイをやるのに好都合であった。というのも、このコンパクトな街で主要道路を占拠し、交通を遮断してしまえば、デモは必ず地域住民や観光客の目に入るし、メディアも決して無視できないからである（逆に、東京は広すぎるのでオキュパイには向かないだろう）。かつて建築家の黒川紀章は、西洋の都市には広場があり、東洋の都市には道があると言ったが、香港のデモ隊はまさに都市の東洋的性格を裏づけるように「道」を政治空間に変えてしまった。五野井によれば、これまでの政治理論は「場所性」をあまり重視してこなかったが、オキュパイの広がりはそのような態度に大きな修正を迫るものだ。

もとより、中国の辺境に位置する香港は自らの「場所性」に対する鋭い感度を養ってきた。例えば、近年の香港自治論の支柱となった民俗学者の陳雲は、香港を現代の「城邦」つまり「ポリス」として位置づけ、香港論壇の話題をさらった（『香港城邦論』『香港遺民論』等を参照）。「儒者」を自認する彼は、中華連邦（現代版の封建制）こそが中国の理想的な政治形態であり、香港も独立したポリスとしてその連邦の一角を占めるべきだと述べる。さらに、共産党統治下の中国人は今や「蛮夷」であり、むしろ香港に住まう中華文明の「遺民」たちこそが「真の中国人」の名に相応しいという持論を展開する。

陳雲本人は毀誉褒貶の激しいエキセントリックな学者であるとはいえ、辺境に落ちのびた遺民が文明の精華を保存しているという着想そのものは、陶淵明の『桃花源記』や陳忱の『水滸後伝』をはじめ中国文学のパターンである。彼の著作は、中華文明の栄えある聖域としての辺境のポリス＝香港を再評価する。彼にとって、香港の「自治」の確立とはたんなる一地方の政治問題ではなく、あくまで文明史的な課題なのだ。
陳雲の議論はいささか大仰だとしても、香港の「場所性」のもつ力を最大限に評価したものであり、注目に値するだろう。実際、雨傘運動は国民国家の周縁で産み落とされたポリスのデモと呼ぶに相応しいのだから。むろん、小規模なポリスであることは、周囲の圧力にじかにさらされるということでもある。イギリスの植民地統治のなかで公民思想を移植され、今は中国大陸に圧迫されている香港は、まさに東西文明のせめぎあいの渦中にある。このポストコロニアルなポリスのデモは、図らずもポリティクスの原点を示しているのかもしれない。

補記：私は以前、ウェブマガジンのREALKYOTOに雨傘運動のレポートを発表した（http://realkyoto.jp/article/report_hongkong_demo_fukushima/）。また、本稿の内容と関わるものとして、東浩紀・五野井郁夫両氏と私の鼎談「東アジアでデモは可能か？」（『ゲンロン通信』第一六号、二〇一五年所収）もあわせて参照されたい。

今なお古びない「日本病」のカルテ
――山本七平＋岸田秀『日本人と「日本病」について』（文春学藝ライブラリー、二〇一五年）

1

『日本人と「日本病」について』は、多くの優れた日本論を残した在野の文筆家・山本七平と、「唯幻論」で知られる精神分析学者・岸田秀が、それぞれの立場から日本社会の病理を語り合った本である（原著の刊行は一九八〇年）。プロローグで岸田が述べるように、この対談の土台には「なぜ日本人はみじめな敗戦を喫したのか」という問題意識がある。ある条件下では幸福かつ理性的に生きられても、別の条件下ではとんでもなく愚かになり、社会全体をどん底に突き落としてしまう――、両者はそういう危うさを日本人に認め、その病状を診察していくのだ。

その論点は多岐にわたるが、まずは二人の思想の内実を大まかに整理しておく。山本は「契約」の問題を手がかりに、日本人の特性を浮かび上がらせる。彼の考えでは、峻厳な神との契約によって成り立つユダヤの「聖書的世界」に対して、「日本的世界」には超越者との契約という発想が乏しい。日本の神は人間に対して厳しい命令を下す絶対者ではなく、たかだか媒酌人程度の役割を果たすにすぎない。「日本人の社会には神がいないんですね。人間と人間とがいて、お互いの間で相手の立場に立って話し合うわけです。ただ、おもしろいことに、この話し合いの結果を認証するというときに、『天地神明』という証人を引っぱり出すことがある。だがこの際も、天地神明と人間の間に契約があるわけではない」。

かつて哲学者の和辻哲郎が指摘したように、祀られる神よりも祀る人間に権威が宿るという奇妙なメカニズムが、日本の古代史には見出される（『尊皇思想とその伝統』）。神は絶対者というよりはむしろお飾りであり、したがって神輿をかついだ人間こそが象徴的な力を帯びるというわけだ。山本の発言もこの種の見解を裏づけるものだろう。日本の「天地神明」はあくまで人間の都合で呼び出されるにすぎず、旧約聖書の有名な逸話「イサクの燔祭」に現れた「理不尽な神」とは程遠い。この点で、山本は日本をきわめて anthropocentric（人間中心的）な社会として位置づけていた。

身の丈の世界を超えた絶対的な「他者」と契約する習慣がないために、日本では「身内」への感情移入が強くなる。山本によれば、日本の社会（会社）には大小さまざまな「疑似血縁集団」が結成される一方で、意志的な契約はよそよそしいものでしかない。そのため、そのつどの疑似血縁的な感情移入が、日本社会を「空気」のように支配することになるだろう。こうして、超越的な神による峻厳な指令ではなく、水平的な仲間＝疑似家族の間柄の領域におけるソフトな感情移入が、日本的共同体の原理と見なされる。

この見方は今も有効である。例えば、山本の主著『「空気」の研究』や『存亡の条件』は「無意志の偶像」への感情移入を「臨在感的把握」と形容していたが、これはそのままゼロ年代以降のオタク論やアイドル論にも通じる論点だろう。今も昔も「擬制の血縁原理」を作らなければ、日本の共同体はなかなか持続しないし、疑似血縁集団の純度を高めるためには、メンバーの前に臨在するアイドルは「無意志」であるほどよい。表面的なトレンドは変遷しても、日本社会の習俗そのものはさほど変わっていないということが、山本の日本論によって了解されるだろう。

さて、神＝超越者を介した共同体のチェック機能が乏しいことは、ときに日本社会に大きな実害をもたらした。かつて砲兵隊の少尉として従軍した山本は、「擬制の血縁原理」に支配された帝国陸軍、つまり「陸軍共同体」に対して手厳しい評価を下している。本書に先立って、一九七六年に刊行された彼の『一下級将校の見た帝国陸軍』は、戦時中の帝国陸軍が現実認識能力を欠くだけでなく、事大主義や非合理的な暴力に覆われていたこと、そしてそれらの欠陥を育てたのがベッタリした「人脈的結合」であったことを、抑制された筆致でレポートしていた。むろん、昭和前期における多くの重大事件に陸軍が関わっていた以上、山本が陸軍を日本的共同体のサンプルとして選んだことは、たんなる個人史を超えた意味をもつ。*戦時中の日本が最悪のかたちで示したのは、疑似家族的な「人脈的結合」が、いつでも暴力と愚かさの温床に変わり得るということであった。

山本の議論は、日本には総じて、身の丈の世界を切断するきっかけが乏しいことを示している。

＊　なお、山本七平（一九二一年生まれ）と年の近い文学者・丸谷才一（一九二五年生まれ）は、戦車連隊に入隊してペラペラの装甲の九七式中戦車（チハ車）に乗らされた司馬遼太郎（一九二三年生まれ）を論じるなかで、司馬が「戦争といふ人類共通の愚行そのものに対しては〔…〕諦観してゐる」ように見える一方、将軍や参謀、宰相の無能については「その寂しい諦めとは不釣合なほど激しい語調で弾劾」したことを指摘している（「司馬遼太郎論ノート」『みみづくの夢』所収）。帝国陸軍の非合理性を目の当たりにした山本、司馬、丸谷という戦中派の世代にとって、昭和前期の日本とは「軍国主義」もまともに遂行できない不出来な国家なのであり、その愚昧さが彼らの文業の出発点となっていた。

自己の利害と全体の利害を切り離すことに、日本人はいまだに慣れていない。たとえ個人的な利害に反してでも、社会の全体性を考えて行為するという俯瞰的な行動様式は、日本には根づかない。神に見られているという宗教的前提があれば、個人が周囲の「人脈的結合」を超えた全体性の視座へと誘導されるチャンスも増すが、超越者のチェックがなければ、社会はたやすく「身内」どうしの私利私欲の集合に変わってしまうだろう。

むろん「日本には仏教という立派な宗教があるではないか」という反論も考えられる。しかし、在家主義が優勢な日本仏教のなかでは、世俗と超越はあいまいに混ざり合ってしまう。山本が『日本人の人生観』や『勤勉の哲学』でも紹介しているように、例えば江戸時代初期の禅僧・鈴木正三は、士農工商それぞれがおのれの職分を守って、一心不乱に働くことこそが正しい修行の道だと見なしていた(仏法即世法)。ここで仏教は(現代ふうに言えば「ブラック企業」を正当化するような?)きわめて体制的で保守的な宗教と化している。世間＝世俗を切断するどころか、むしろ世間の法に自ら進んで従属する宗教――、それは確かに反宗教的な宗教と呼ぶべきだろう。

もっとも、私自身の考えを付け加えれば、日本を頭から尻尾まで anthropocentric で世俗的な社会として捉えるのも、ちょっと極端すぎるとは思う(例えば、日本からしばしば世界的な映画作家やアーティストが出てくるのは、日本人があるやり方で超越的＝外部的なものを了解している証ではないか)。だとしても、明治期の北村透谷がいち早く指摘していたように、とりわけ江戸時代において宗教の危険な牙が抜きとられ、幕藩体制という「地上の権威」が優勢を築いたことも否定できない。透谷は「恋愛」を手がかりにして、その近世以来のフラットな世間を突き破ろうとした。それに対して、山本は比較文化論の立場から、日本における神の不在を執拗に論じたのである。

2

その一方、岸田は精神分析学者の立場から人間を「本能の壊れた動物」として規定する。人間は本能という自然のガイドから見離され、錯乱的な欲動の渦のなかに投げ込まれている。岸田によれば、その錯乱はとりわけ「性」の領域において顕著に現れる。「人間は、本来、自慰者、不能者、倒錯者であって、正常な性器性欲にいったん達していても、それは辛うじてやっとつくったつくりものであるから、実に壊れやすい」（『性的唯幻論序説』）。人間はそもそも多形倒錯的な動物であり、正常な性とは所詮かりそめのフィクションにすぎない。性的なアブノーマルこそむしろノーマルな状態だという認識の転倒が、ここにはある。

この挑発的な言辞を掲げながら、岸田は「近代的自我」なるものの安定性にも疑念を投げかける。彼の考えでは、「真の自己」とは本能の欠損を埋めるための「幻想」であり、とりわけ「神その他の外部の超越的存在を自我の支えにできなくなった近代人」が「内なる神」として捏造したものに他ならない（『幻想の未来』）。だが、これほど不安定で理解されにくい神もいないのではないか？　孤独で「壊れやすい」神としての自我は、たとえ狂気に陥ったとしても、社会のレベルではたんに個人的な錯乱者として処理されるだけである。「祝祭は集団的狂気であり、狂気は個人的祝祭である」（同前）。

岸田の理論は傾聴に値する。例えば、現代の社会学者たち（ジグムント・バウマンやウルリッヒ・ベック）が注目する「個人化」の現象は、まさに岸田の認識と近接する。すなわち、自我が「内なる神」となったとき（＝個人化）、今度はこの新しい「神」を侵すことが強烈なタブーとなるのは想像に難くない。現に、リベラルな現代社会は表面的には多種多様なエロスを蔓延させる一方で、人間関係にエロスが忍び込むことにはしばしば強い警戒心を抱いてきた（バウマン『個人化社会』参照）。なぜなら、エロスという暴力は、自我という「内なる神」がいかに「壊れやすい」かを暴露してしまうからである。ゆえに、今やセクシュアル・ハラスメントが大きな社会的脅威（神＝自我の冒瀆！）となっているのは、決して偶然ではない。性は「内なる神」としての自我を形作り、ときには他者の自我を破壊するという意味で、いわば瀆神的なデーモンなのである。

むろん、こうした自我の倒錯的な危うさを放置しておくわけにもいかない。そこで、マックス・シェーラーやアルノルト・ゲーレンに代表される二〇世紀前半のドイツの人間学においては、本能の壊れた人間は「衝動過剰」の状態を生きる反自然的な種であり、したがってその荒ぶる欲動（Trieb）を制御し、認知的な負担を軽減するために、さまざまな社会制度が必要だという議論が立てられた（浅田彰『構造と力』、宮台真司『システムの社会理論』等参照）。確かに、制度の支援がなければ、理性《ホモ・サピエンス》のヒトならぬ錯乱《ホモ・デメンス》のヒトはカオスの海のなかで溺れるしかない。ゼロ年代の日本の批評界では、この「社会制度」が、Googleのようなインターネット上の「アーキテクチャ」として読み替えられたことも付言しておく（濱野智史『アーキテクチャの生態系』参照）。

だが、この種の制度＝アーキテクチャの構築は、果たして首尾よく成功するものだろうか？　残念ながら、そううまくはいかない。現に、本能の壊れた人間をガイドするはずの合理的な情報環境＝制度がグロテスクに肥大化し、それが人間をかえっていっそう錯乱的な（あるいは愚かしい）存在にしてしまうことは、十分に考えられる。岸田のような「唯幻論者」であれば、合理化された制度＝アーキテクチャの統治にしたところで、幻想による汚染は免れない、と考えるだろう。幸か不幸か、幻想は計算合理性の枠をはみ出してしまう。岸田はそのリアリティを早い段階からつかんでいた。

何にせよ、幻想は調和を破壊するデーモンであり、かつ人間の人間たるゆえんでもある（計算合理性の世界と太刀打ちできるのは、今や強度に満ちた幻想ぐらいしかないのではないか？）。そして、幻想にまみれた人間の多形倒錯的なリアリティに光を当てるとき、人類史における日本の位置もおのずと浮かび上がってくる。岸田は山本に対して「歴史というものはそもそも人類の神経症の産物です。歴史を持っているかぎり、どの民族も多かれ少なかれ、神経症です」と述べる。岸田の考えでは、人類は大なり小なり自然から遊離し、調律の狂った神経症的存在なのであり、ただその壊れ方の（つまり幻想の）パターンが民族によって違うだけである。この点で、日本にとりわけ重篤な病を認める山本とは、「診断」の立場が微妙に異なってくることも見逃せない。

3

こうして見ていくと、山本と岸田にはいわば相互補完的なところがあることに気づかされる。現代の私たちは、その両面から教訓を引き出すべきではないか？

すなわち、冷徹な計算合理性によって対処すべき政治的案件があるのに、日本ではしばしば局所的な利害関係に邪魔されてそれができない。本書の言葉で言えば「擬制の血縁原理」や「空気」が、合理的な判断を狂わせる。したがって、外部的なチェック機能をたえず意識的に導入せねばならない。さもなければ、短期的な利害追求と「臨在感的把握」が社会を食いつぶしてしまうだろう。この点では、山本の考察は今なお有効である。

その一方で、人間という反自然的な種は、幻想を宿命的に抱え込んでいる。この多形倒錯的な特性を無視するのは、かえって危険だと言わねばならない。今後いかなる合理的な制度が作られようとも、本能の壊れた人類が、完全な調和や幸福を手に入れることはあり得ない。まして、本書で言われるように、今さら「自然に還れる」という「ユートピア思想」を掲げたところで、それは深い幻滅を生み出すだけではないか……。三・一一以降の、一部の安易な自然回帰願望に回収されないためにも、岸田の思想は改めて思い出されるべきである。

要するに、日本人はある面では「空気」に抗ってもっと合理的になるべきだし、別の面では人間の根源的な非合理性（反自然性）を十分にわきまえなければならない。この両面の課題を考えるにあたって、本書は格好のガイドブックとなるだろう。日本的な組織（派閥）の性格、新井白石の鋭い日本論、明治維新における国学と朱子学の合流、吉田松陰や西郷隆盛の周辺に見られる純粋信仰等々の多様なトピックを経巡るうちに、読者は必ず豊かな歴史的知見を手に入れられるに違いない。

4

ところで、日本の否定的要素を列挙していく両者が、一瞬だけ肯定的な評価を下す場面がある。それは経済についての評価である。「経済というのは幻想にひたっておれないですね。こういう幻想にひたっておれない面では案外強いんじゃないですか」「日本人て、ソロバンを持たしときや、一番安全な民族じゃないかな」と述べる山本に対して、岸田も「ぼくも、日本人は商売民族であって、戦争民族じゃないと思うんです。戦争中、それを自覚してなかったところが間違いだった」と返答する。

自らが創業した山本書店の店主であった山本は、しばしば日本の「経済人」の合理性を賞賛していた。彼の好みは、江戸時代の思想家に関する論考においてよく示されている。例えば、頼山陽の『日本外史』を「皇国史観の民衆的要約」と断じ、平田篤胤の儒者批判についてファナティックな罵詈讒謗だと見なす一方で（『日本人と中国人』）、山本は経済的合理性を追求した「産業知識人」、とりわけ海保青陵、山片蟠桃、本多利明の三人を「近代化の先覚者」として高く評価していた（『江戸時代の先覚者たち』）。

彼ら産業知識人はひとまず当時の権威である儒教を受け入れたものの、それはいわば「方便」としての受容にすぎない。青陵も蟠桃も、儒教のテクストを一字一句訓詁学的に読むことはせず、もっぱら儒教から経世済民の志、すなわち公共的振る舞いの動機を受け取ったと山本は解釈する。本書の言葉で言えば、これはまさに「サザエ」のように、役に立つ部分だけをつまみ食いするやり方である。本書では日本人のサザエ的ないい加減さはあまり好意的に論じられていないように感じるけれども、山本自身はむしろイデオロギーや原理で動く知識人よりも、中国の「いいとこ取り」をした合理的な知識人こそを真に公共的存在として位置づけていた。

もとより、日本の政治的原理やイデオロギーについて、山本の諸著作はその歴史的な作為性を明るみに出してきた。例えば、彼は優れた評論『現人神の創作者たち』のなかで、尊皇思想の源泉に亡命中国人（朱舜水）の存在があることを強調した。日本のナショナリズムの異邦的起源にくっきりとした輪郭を与えたことは、山本の重要な業績である。本書でも「日本人が奇妙にイデオロギー的であったのは、この尊皇思想の時代と、太平洋戦争の末期だけですね。後者はイデオロギーとして機能していたかどうか疑問ですが」と述べられるように、山本は尊皇思想の広まったイデオロギーの時代、與那覇潤が近年テーゼとして打ち出した「中国化」の時代をあくまで日本史の例外的ケースと捉えながら、それがいかに日本人を狂わせたかという問題にこだわっていた。

したがって、山本の議論は二重である。繰り返せば、「擬制の血縁原理」や「空気」に引きずられる日本の無原則社会は、確かに国民をしばしば非合理的な方向に導くだろう。かといって、原理原則(イデオロギー)をむりに搭載するのも、それはそれで日本全体を不幸にしてしまう。「日本教」には難点が多いとしても、それを「中国教」で治そうとするといっそう悲劇的なことになる。こういう認識を背景として、山本は江戸時代の産業知識人から渋沢栄一に到るまでの経済人を賞賛するのだ。

むろん、こうした発想そのものが「戦後日本的」であるのは間違いない。経済的合理性に対する山本の信頼そのものに、好況期の日本社会の「空気」が反映しているのは明らかだろう(そもそも「組織の空気に染まるな、ガチガチの原理主義にも与するな」というメッセージは、戦後日本のマジョリティ=サラリーマン社会にはむしろ馴染みやすいものではないだろうか?)。山本が一九九一年のバブル崩壊と足並みを揃えるように亡くなったのは、いかにも象徴的である。

そもそも、産業知識人こそ「公」を担う存在だというのは、裏返せば、経済以外の領域で公共性を確立するのは決して簡単ではないということである。実際、一九九〇年代以降、公共性についての学問的論議は日本でも盛んになったが、そこから実践的な結論が導き出されたとは言い難い。政治学や哲学のレベルで公共性の構築を目指しても、それはしばしば論理的難問（アポリア）に直面して破綻してしまう。さりとて、経済成長によって社会の不備をごまかすのは、今の日本ではもはや不可能だろう。では、経済的合理性だけでは公共性を確保できなくなったとき、私たちはどうすればよいのか？　この問いは、政治上の理念を確立することの苦手な日本では、とりわけ厄介な課題とならざるを得ない。

ただ、何にせよ、本書はあくまでカルテであって治療薬ではない。ユダヤ人哲学者スピノザの言葉を借りれば“Non ridere, non lugere, neque detestari, sed intelligere”（嘲笑せず、悲しまず、呪わず、ただ理解する）という観想的な態度が、とりわけ山本の言葉には染み込んでいる。山本も岸田も、分かりやすい答えを出すことにはあくまで禁欲的であった。経済的な豊かさだけでは社会を保てなくなった今、二人の「診断結果」をどう活かすかは、私たちに残された宿題だと言わねばならない。

ハンナ・アーレント『カント政治哲学講義録』（仲正昌樹訳、明月堂書店、二〇〇九年）

冷戦の終わりと相前後して、ヘーゲル主義者のフランシス・フクヤマが資本主義の全面勝利を前提に「歴史の終わり」論を唱えたことはよく知られている。この悪名高い見解に対しては、世界は今なお熾烈な闘争に満ちており、資本主義／自由主義の勝利（＝歴史の完成）どころの話ではないという反論が寄せられてきた。歴史に終わりはあるのか、それともないのか——、この問いが一九九〇年代の重要な思想的争点であったことは間違いない。

ところで、アーレントはフクヤマに先立って、すでに哲学における「終わり」の問題に取り組んでいた。フクヤマがいわばマルクスをヘーゲルによって乗り越えようとしたとすれば、一九七〇年のアーレントの講義録である『カント政治哲学講義録』では、ヘーゲルとマルクスはともに「歴史の終局」を信じる哲学者として同じカテゴリーに入れられる。興味深いことに、この両者に対抗する哲学者として、アーレントはカントを持ち出していた。「カントの場合、進歩は永続するものであり、終局はありません。したがって歴史に終局はないのです」（第九講）。

人類の使命を「永続的に進歩すること」に求めたカントの立場から言えば、人間（men）の歴史は決して完成することはない（逆に言えば、どれだけ知が発展しようとも、人類はたえず「文明への不満」を抱え込みながら生きるしかない、というのが進歩主義の論理的帰結である）。そして、進歩が達成されたかどうかを判定するには「没利害的」で出来事に巻き込まれていない「観客」の存在が必須となるだろう。例えば、フランス革命を真に革命たらしめたのは、ロベスピエールやサン＝ジュストのような行為者ではなく、複数の観客＝傍観者たちの取り交わすコミュニケーションなのだ。

この種の観客の哲学は、古くからアリストテレス的な「観照」（テオリア）として語られてきた。ただし、カントの場合は、思想の伝達を重んじたところが特徴的である。彼にとって、政治的自由とはたんに思弁的なものではなく、言論と出版の自由であった。言論と出版を具体的な手段として相互にコミュニケーションをする世界観察者たち——、彼らのもつ「判断力」こそが人類社会の公共性の源泉だとカント＝アーレントは見なす。

終わりなき歴史のプロセスに放り込まれた人類に「観客」という存在様態を認めた本書は、論争的な書物でもある。そもそも、アーレントの主著『人間の条件』は古代ギリシアを参照しながら、仮面《ペルソナ》をかぶった「行為者」たちが公共空間を作るというアイディアを語っていた。ならば、観客を行為者に優越させる本書の枠組みは、まさにこの『人間の条件』の公共性論こそを解体しているのではないか？

このように、本書はその親しみやすい外見にもかかわらず、多くの知的挑発を含んでいる。地球上に無数の観客がひしめく今日において、再読に値するユニークな「知性」をそこに認めることができる。

ロラン・バルトとエッセイ

今年［二〇一五年］はフランスの批評家ロラン・バルトの生誕一〇〇年。バルトと並んで、ラカン、ドゥルーズ、フーコー、デリダ、リオタールらは二〇世紀後半の人文学を席巻したが、彼らのうち最後の大物であったレヴィ＝ストロースが二〇〇九年に世を去り、いわゆる「フランス現代思想」もついに歴史の一部になった感が強い。

さて、バルトはエッセイを武器にした機敏な批評家であった。すなわち、ハードで堅固な体系を構築するのではなく、記号化・広告化した資本主義のエフェメラルな現実にそのつど切れ目を入れていくこと。ありもしない架空の全体性を夢見るのではなく、むしろ全体性を脅かす細部の不穏な揺らぎを読み取ること――、こうしたエッセイの戦術はすぐれて二〇世紀的な手法であるとともに、モンテーニュやアランらフランスの良質のエッセイストの伝統に連なるものであっただろう。

その自由なスタイルは、大学の制度には収まりきらなかった。一九七六年、コレージュ・ド・フランスの正教授にバルトを推薦するにあたって、フーコーが「大学から少し離れたところで人の耳に入り、人が耳を傾けている声」を自分たちの仲間に迎えようと述べたことは、きわめて示唆的である（この経緯についてはカルヴェの『ロラン・バルト伝』が詳しい）。フーコーが鋭く言い当てたように、バルトのエッセイは確かに制度外の「声」に満ちていた。そのゲリラ的な機敏さと抜群の批評的センスのおかげで、バルトの言論活動は、さまざまな先端的な知を社会の多方面に接続し、さらには知そのものをも成長させるインターフェイスになり得たのだ。

バルト自身の用語を使えば、彼の存在そのものが豊かな「意味生成」の場であったと言えるだろう。バルトはテクストがいかにその意味を改造されるかという意味作用のレベルと、テクストがいかに意味を形作るかという意味生成のレベルを区別した。簡単な例で言えば、今日の日本のインターネットはまさに「意味生成」が暴走している世界である。そこでは、誰かの最初の小さな発言=テクストがどんどん雪だるま式に意味をまとって、ついにはあさっての方向に新しい現実を生み出してしまう(炎上!)。

もっとも、バルトという「意味生成」の場はより繊細でエロティックなものである。『偶景』に収められた美しい文章を引用しよう。

「私は南西部をすでに《読んでいた》。ある風景の光やスペインからの風が吹く物憂い一日の気怠さから、まるまる一つの社会的、地方的言説の型へと発展していくそのテクストを追っていたのである。というのは、一つの国を《読む》ということはそもそも、それを身体と記憶によって、身体の記憶によって、近くすることだからである」(「南西部の光」沢崎浩平・萩原芳子訳)。

バルトは自らの幼児期の記憶をたどりながら、フランス南西部、とりわけ小バイヨンヌの「香り」について語る(バスク人の編むサンダルの底の縄、チョコレート、スペインの油、図書館の本の古い紙……)。今では失われてしまったその幽霊的な匂いを「化学方程式」として、彼は幼い身体に染み込んだ南西部の記憶を復元してみせる。世界を生成する小さな偶発事への愛が、ここでは慎ましやかに披露されていた。

幼児期のイメージをたびたび巡歴する一方で、バルトは同時代の政治行動への参加には及び腰であった。カルヴェの伝記が指摘するように、理論家としては反抗的なアヴァンギャルドの側にずっと立っていたにもかかわらず、一九六八年のパリ五月革命に際しては、バルトはバリケードから離れて、運動への「拒否や不信」の反応しか示さなかった。彼にとっての「前衛」はあくまでテクスト的なものであったと言うべきだろう。

この政治的消極性において、バルトは同じ一九八〇年に亡くなったサルトルと好対照をなす。サルトルによれば、人間たちは今や歴史の外部に陥落し、いわば砂漠で話し続けている――しかし、その疎外のなかでもアンガジュマンは可能だし、文学をメッセージに変えることもできるだろう。それに対して、バルトはエクリチュール（書かれたもの）を「アンチ・コミュニケーション」だと論じる（グレアム・アレン『ロラン・バルト』参照）。「伝達の道具」として取り扱おうとしても、エクリチュールは政治的メッセージの中立的な「運び手」になることを最後には拒み、それ以上の何かを指し示す。ゆえに書き手としてのバルトは、サルトルほど直接的に「参加」を訴えることはできない……。

だが、バルトが政治的に不能であったとしても、二〇世紀の記号的現実（それは政治をも深く侵食している）を彼ほど鋭利に描き出した人物はいない。さらに、偶発的な意味生成をつかまえる軽快なスタイルを、彼ほどセンス良く仕上げた人物もいない。荘重な大論文で読み手を威圧するのではなく、つねに臨戦態勢にありながら「アンチ・コミュニケーション」としてのエクリチュールを機敏に操作すること――、フランス現代思想は歴史の一部になったとしても、バルトの「エッセイの思想」

は今なお私たちの課題であり続ける。

戦地の外で

昨今の日本では、ヘイトスピーチの横行や排外主義の高まりが懸念されている。もちろん、それは大変困った問題だけれども、しかしそれとは別に、一つの奇妙な歪みを指摘しておかねばならない。すなわち、今の日本は確かに右傾化しているが、だからと言って、日本国民の同胞意識が高まっているとはまったく言えないということである。

実際、憎悪と敵意の飛び交うインターネットを時折眺めていると、結局のところ、日本人がいちばん嫌いなのは韓国人でも中国人でもなく、実は日本人自身なのではないかという印象を禁じ得ない。「同じ日本人が苦しんでいるのだから何とかして助けてやろう」という類の連帯感は、嫉妬や冷笑のなかで往々にしてかき消されていく。ネットの自称「愛国者」たちは、国民的な友愛とはまったく無縁である。こうした歪んだナショナリズムは、たんに「アトム化」という社会学の一般概念だけでは理解できないだろう。

私がここで思い出すのは、かつて安部公房がドナルド・キーンとの対話で語った興味深い体験談である。満州（奉天）で敗戦を迎えた安部は、日本軍が武装解除され、権力が空白化するという異常事態に直面する。そのとき、地元の中国人とのトラブルに巻き込まれた際の対処が、朝鮮人と日本人とではまったく違っていたという。
「取り囲まれたのが朝鮮人だと、どこからともなく朝鮮人が集まってくるんです。それがいっしょになってワーワーやり合うんだな。そしてその朝鮮人を守ろうとする。ところが日本人は、誰かが捕まって取り囲まれるでしょう。それまではまわりにいっぱいいた日本人が、どこかへスーッといなくなっちゃう。一人もいなくなっちゃう。これはほんとうに不思議な現象で、そのときにぼくは日本人について、あらためて不思議な感じがしました」(『反劇的人間』)。

この奇妙な体験を踏まえながら、安部は「〔江戸時代に〕非常に個が確立してしまって、冷たくなったために、暖かさとか人情とかが逆に文化の一つの基準になった。日本人は個としてそういうふうに孤独だから、ある群衆を組んだときに、異常に群集心理が出る」と述べる。現代日本の同胞意識なき右傾化は、まさに仲間を見捨てて「スーッと」行ってしまう満州の日本人の姿と重なりあうものだろう。日本人は「集団主義的」だという通説は、一面的な見方にすぎない。実際、今も昔も日本の政治集団は、疑心暗鬼と内ゲバに呑み込まれがちだ。日本人は一見して同質性が高いように見えて、その根底においてはバラバラなのであり、だからこそマスヒステリーにたやすく引きずり込まれてしまう——、ネット上の「繋がり」の増大はこの逆説を暴露していると思われる。

ところで、満州での体験に基づく安部公房の考え方は、戦地に赴いた同世代の評論家の発想と比べてみてもよい。例えば、ルソン島で敗戦を迎えた山本七平は、戦後に「陸軍共同体」の非合理性と暴力性を告発したが、これは戦争という非日常が垣間見せた日本的特徴であった。この観察が、その後の日本論の一つの標準となる。それに対して、安部は戦後の空白地帯で同胞意識なき日本人と、つまり絆を断ち切られたバラバラで孤独な日本人と出会った。これは山本の見たものとは対照的である。

言うまでもなく、戦争はそれ自体が巨大な情報の集合体である。山本はその情報の一部を戦後社会に持ち帰り、日本人の集団主義を告発した。しかし安部がそうであるように、いわば戦地から疎外されたひとびとも、何らかの情報や体験を得ていたはずである。それは果たして戦後社会に正しく伝承されただろうか？

こういう問いが最近脳裏をよぎるようになったのは、私の祖父の体験が関わっているかもしれない。祖父はもともと高校球児で、兵庫の明石中学校で捕手を務めていた。当時の明石中は伝説的な投手・楠本保を擁しており、一九三三年の大会では甲子園の準決勝まで進んだが、中京商業に死闘の末に敗れる。延長二五回に及んだこの試合は、高校野球史上の最長記録として今なおその名を留めている。

祖父は楠本の剛速球を受け続けたせいなのか、左手の突き指が慢性化し、指が曲がってしまった。そのためか、後の徴兵検査にあたって甲種ではなく乙種合格となり、戦地に赴くことなく、加古川の高射砲連隊配属のまま敗戦を迎えた。その一方、楠本も含めて、彼の多くの球友たちは戦地で亡くなった。祖父の家には中京商業との伝説の試合の写真が飾ってあったが、今にして思えば、それは栄光の記録であるとともに、球友たちが最も輝いていた瞬間を捉えた「遺影」でもあったのだろう。

私は祖父に似ず運動音痴で、キャッチボールをするのも億劫だった。残念なことに、祖父の記憶はあまりない。戦地に行かず生き残ってしまったという負い目は、法華経を信仰し、毎朝の読経を欠かさなかった祖父にあったのではないかと推測するが、私にはもうはっきりしたことは分からない。もとより戦地の死は公的な死である。特に、楠本のような伝説の投手の死には悲劇的なものがある。しかし、加古川の一兵卒の生にはいかなる公共的なドラマもない。祖父はたまたま楠本の女房役となり、指が曲がり、球友たちと運命を切り離され、戦地の外で生きながらえた。そこには声高に語られるべきものは何もない。だが、たんなる無でもない。

戦地と同様に、戦地の外にも一種の秘密がある。それは公共化できない何かである。しかし、このいわく言い難い領域にも、確かに人生があり歴史がある。私は最近その重みを感じている。

日本と中国のあいだ

1　文献学の世紀

本居宣長（一七三〇〜一八〇一年）と言えば、中国由来の「漢意」を批判し、日本固有の「古の道」を探り当てようとした一八世紀の国学者である。その際に、彼は日本人の心をあいまいな印象論によってではなく、『万葉集』や『古事記』等に残された言語的なデータによって再現しようとした。なぜなら、古代の日本人は心のさまを「歌」として表出し、歴史も「言」として書き記したからである（『うひ山ぶみ』）。「日本的なもの」は言語と緊密にカップリングされているという認識のもと、宣長は自らの思想を実証的な文献学として組み立てた。

ここで注目したいのは、この言語に対する深い関心が、実は宣長の敵視した中国の思想状況と共振していたことである。中国の一八世紀は文献学（考証学）の世紀であった。最近翻訳が出た碩学ベンジャミン・エルマンの『哲学から文献学へ』は、そのことを知るのにうってつけである。

一七世紀後半から一八世紀にかけて、中国の考証学者たちは儒教のテクストの文献学的分析に乗り出していた。従来の朱子学の学問・著述のやり方が口頭のコミュニケーション（清談や問答）に深く根ざしていたのに対して、清朝の考証学者たちは正しいテクストを実証的に確定し、公正な文献理解に到達することを目指す。そのテクストの検証作業は、かえって儒教の遺産の信頼性を脅かしかねないほどに徹底していた。と同時に、この新興の学問の担い手には江南の商人出身者が多く含まれており、その一部は官職につかない学術の専門家として身を立てたことをエルマンは詳細に論じる。

日本の宣長もまた、松坂の商人の家に生まれ、自身は医者として生計を立てていた。政治的責任を負わない市井の知識人＝自営業者の立場から、彼は儒教では評価できない不埒な文学にこそ人間のリアリティを認めたが、中国の知的遺産はその仕事に陰に陽に影響を及ぼしていた。例えば、かつて中国文学者の吉川幸次郎は宣長の『古事記伝』の何気ない記述を例にとって、彼が『十三経注疏』のような中国の注釈書を、いかに細心かつ精密に読み込んでいたかを示した（『本居宣長』）。反中国的なナショナリストである宣長は、その実証的な知の深層において、かえって中国の知と密通していたのだ。

加えて、宣長の美学も「一八世紀的なもの」と言えるだろう。フェミニンな『源氏物語』を賞賛した宣長の「もののあはれ」論は、一見すると昔話のように見えながら、実際には江戸時代後期の町人階層の文学――為永春水の人情本等――と共鳴していた（日野龍夫『宣長と秋成』）。宣長の思想は決して時代から独立したものではない。

面白いことに、同時代の中国にも宣長のように女性性を讃える動きがあった。『紅楼夢』のなかで麗しい女性たちを描いた曹雪芹は、宣長と同時代人である。あるいは、宣長が自分の和歌好みを小人の「癖」と形容したことは、まさに「癖」（病的な執心）に取り憑かれた奇人たちを描く『聊斎志異』（一八世紀中頃に刊行）とも響き合っている。「一八世紀の思想家」として宣長を読み直すことは、日本のナショナリズムを脱構築するための重要な手がかりになるだろう。

2　陳舜臣のアソシエーショニズム

今年［二〇一五年］一月に亡くなった陳舜臣は、中国に関する良質な歴史的想像力を示した作家である。私自身、中学生のときに、たまたま家の本棚にあった氏の教育的な歴史小説やエッセイを読んで大いに刺激を受けたことが、中国に興味をもつきっかけとなった。人生の恩人と言っていい。

陳舜臣と司馬遼太郎が大阪外国語学校の先輩後輩であり、後々も盟友であったのは有名な話である。とはいえ、何を歴史の中心と見なすかに関して、この両者には大きな違いがあった。司馬の歴史小説では、高田屋嘉兵衛にせよ千葉周作にせよ土方歳三にせよ、合理的な判断力と非合理的な情熱を兼ね備えた「個人」が主役となる。それに対して、陳はいわば媒介を重視し、英雄の歴史の底部に無名の人間たちの「ネットワーク」を認めようとした。

例えば、一九七〇年代半ばに連載された『秘本三国志』では、五斗米道の教祖・張魯の母が狂言回しの役目を与えられ、曹操や諸葛亮ら主役たちのあいだを経巡る。移動する女性の宗教者の視点を借りながら、陳は国家の崩壊の時代をいわば斜めに横切り、異国の交易の民（月氏）や匈奴の王族といったマイナーな存在も登場させた。それによって、暴力と狂気の時代をしたたかに生き延びる、宗教者と経済人のネットワークが浮かび上がる。

あるいは、陳の六〇年代の代表作『阿片戦争』及び八〇年代の『太平天国』では、連維材という架空の商人の一族がネットワークを張り巡らせる。特に『太平天国』では、連家のネットワークは南方中国のアソシエーション（結社）――客家を中心とした洪秀全率いる拝上帝会や秘密結社の天地会――にも広がっていくのだ。陳は国家が解体しつつあるアナーキーな世界にこそ、生気溢れる宗教と交易のネットワークを認めた。逆に、太平天国が南京を占拠し、国家の形態に近づいた後は、醜い権力闘争のせいで洪秀全たちの「千年王国」の幻想はむざんな悪夢に変わる……。

このように、陳は五斗米道や拝上帝会といった「国家以前のアソシエーション」をロマンティックに描いた。結社から中国史を見直すという研究は、昨今では珍しくない。しかし、結社的世界を陳のように魅力たっぷりに描いた作家は稀である。

むろん、中国文明が国家の「単一性」を強く志向してきたのも確かである。不思議なことに、中国では国内が何度も分裂しても、一つの巨大な国家に復帰しようとする力が働いた。なぜ中国がヨーロッパのような複数国家にならなかったのかという問いは、歴史学的な難問である。

しかし、その一方で、国家より小さな自発的・多元的な地域共同体を評価する動きも、特に近世（宋）以降は目立つようになる。例えば、近世中国最大の思想家・朱熹は「郷約」をもとにした地方自治の支持者でもあった。中央集権と地方分権を往還する中国人は、まさに「水陸両棲」（犬養毅『木堂談叢』）の存在と評することができる。陳舜臣のアソシエーショニズムは、この二重性を映し出していた。

3　建築家と文明

ある文明の歴史を批評するとき、そこで現実に何が起こったかという問いだけでなく、何が起こり得たか、あるいは何が起こらなかったかという可能性や不在にまつわる問いを手放すことはできない。アリストテレスの『詩学』によれば、それは歴史家ではなく「詩人」の発するべき問いである。ここで詩人的に考えると、巨大な文明を育んだ中国が、名のある建築家を生み出さなかったのは興味深いことに思える。

むろん、建築家＝工匠自体は中国でも古くから存在した。例えば、土木事業や宮殿造営を重視した隋の時代には、官僚デザイナーの宇文愷のように、新都の設計に参加し、展望用のスカイラウンジや自動ドア式の図書館のような奇想の建築を作ったばかりか、それまでの建築史の研究にも乗り出していくパワフルな建築家が現れた（田中淡『中国建築史の研究』）。だが、それはあくまで例外であり、工匠への社会的評価は総じて低かった。中国にはブルネレスキやパッラーディオやシュペーアに匹敵する建築家は見当たらないし、ヴァザーリの書いたような建築家の列伝もない。絵画や書道の分野では、北宋の徽宗のような為政者も含めて、多くの優れた芸術家が歴史に名を残している。それに比べると、中国の建築家のリストはいかにも寂しい。

日本でも、建築家が文明を主導することはなかった。例えば、行基や空海が民衆に尊敬されたのは、土木事業をやったからであって建築家であったからではない——心柱を大日如来に見立てた東寺五重塔をはじめ、空海の構想した宗教建築はきわめて興味深いものではあるけれども（武澤秀一『空海　塔のコスモロジー』）。近世においても日本の美学はインテリアの芸術、つまり狩野派や琳派による装飾的な絵画・デザインとともに成熟していった。さらに、若い頃は建築家に憧れたこともあった近代の夏目漱石も、『虞美人草』では江戸琳派の酒井抱一の屏風絵を効果的に用いて、室内に絢爛豪華なインスタレーション的空間を作り出したのだ。

ヨーロッパのデザインの革新運動――イギリスのアーツ・アンド・クラフツやドイツのバウハウス――が建築と深く関わっていたのとは異なり、日本や中国のデザイナーや画家は建築家としての属性を必ずしももたなかった。詮ない空想だが、もし狩野派が本格的に建築を手がけていたら日本の芸術史はどうなっただろう。いわゆるインテリア的な「あそび」と「かざり」（辻惟雄）には収まらない別種の造形感覚が出現したとは考えられないだろうか？

周知のように、明治以降「アーキテクト」という概念が輸入されてからは、素晴らしい日本人建築家たちが続々と輩出された。中国も近年では、プリツカー賞を獲得した王澍《ワンシュー》をはじめ新世代の建築家が台頭している。近現代の東アジアは、建築だけでなく建築家を社会に定着させることに成功した。にもかかわらず、建築家という存在の非自明性は根本的には抹消できないだろう。そのことの意味を考えるには、文明の詩人的批評が必要なのである。

『暮しの手帖』とタテの伝承

世田谷美術館で開催中の「花森安治の仕事」展［二〇一七年］を初日に早速のぞいてみた。花森は言わずと知れた『暮しの手帖』の伝説的な編集長で、昨年のＮＨＫの朝ドラ「とと姉ちゃん」で取り上げられたことで知られる。

この展覧会は花森の天才ぶりを知るのにうってつけである。彼自身の手掛けた『暮しの手帖』のセンスの良い多様な表紙原画は、まるで近代日本の絵画史をカタログにしたかのような出色の「作品」だし、文字の配列を微妙に散らすデザインは誌面に「手」のリズムを生んでいる。孫娘にあてた愛らしい手紙にも細かな配慮があって、とても楽しい。

さらに展示では、謎の多い戦時下の花森についても触れられており（彼は大政翼賛会の宣伝部に所属したのだが、当時の大政翼賛会制作のポスターに『暮しの手帖』に通じるデザイン感覚が垣間見えるのも興味深い）、特に「壁新聞は先づ讀まれなければならぬ」として、字の大きさや字数に注意を促した『アサヒカメラ』掲載の論説は、彼の関心のありかをよく物語っている。

ここには「書くこと」も「伝えること」もまずはテクノロジーの問題だという透徹した意識がうかがえる。同じ一九一一年生まれの思想家マーシャル・マクルーハンが「メディアはメッセージである」と喝破した、それと似た認識は花森にもあったのだろう。むろん、それはプロパガンダの問題とも直結するものだ。

ところで、個人的なことを言うと、私にとって『暮しの手帖』は幼い頃から身近な雑誌だった。それは母が毎号愛読していたからだが、その母は私の祖父の影響で読み始めたらしい。建築家の祖父がどういうきっかけで購読したのかは分からないが、少なくとも『暮しの手帖』が家庭内での世代や性別を超える力をもったのは確かだ。それは「毎号一〇〇万部」という表面的な数字からだけでは見えてこない。

こういう家庭内の伝承はささやかなものだとしても、その「濃度」は馬鹿にできない。例えば、大学でサブカルチャー論を講じていたときに気づいたのだが、昔の少女漫画を読む学生は親の蔵書の影響からというケースが非常に多い。面白いことに、母と娘の対立をテーマとした萩尾望都ら「二四年組」の少女漫画も、今ではどうやら母と娘をつなぐ媒介となっているのだ。

従来のサブカルチャー論はおおむね、家族や地域共同体を超えた、若者どうしのヨコの文化的伝播に注目してきた。それは別に悪くないのだが、批評家の宇野常寛が言うようにサブカルチャー全体が「熟年期」に入りつつある今、そろそろ家庭内のタテの伝承についても真剣に考えるべきだろう。

この隠れたコミュニケーションは、ビジネス上の数字には反映されないものの、文化の持続性を支える重要な拠点である。今や私たちはどんな作品が出てきても、友人どうしでSNSのネタとして消費し、じきに忘れる癖がついてしまった。だからこそ、簡単にはやり過ごせないタテの記憶がより重要になるのではないか。『暮しの手帖』はそのような世代間の記憶と関わっている。

文明そのもののおぞましさ——諸星大二郎の中国もの

諸星大二郎は日本社会も近代文明も飛び越え、人類の根源に迫ろうとするスケールの大きい漫画作品を描いてきた。特に傑作『マッドメン』は、石ノ森章太郎の往年の名作『龍神沼』のヴィジョンをさらに過激化するように、ニューギニアの「野生の思考」を文明の知と対決させて、スリリングな世界観を作り出していた。

その一方で、諸星の「中国もの」は、この文明対野生の構図に微妙な変化を生じさせている。というのも、そこではしばしば、文明そのものがおぞましい存在として立ち上がってくるからだ。

例えば『孔子暗黒伝』は、中華文明の祖である周公の石室に「視肉」（無限増殖する肉）を食らう不気味な子供・赤《せき》を登場させ、結末では文明のもつ貪欲さを戒める。あるいは『西遊妖猿伝』は、民衆の怒りと怨念の象徴である「斉天大聖」、さらには地下宮殿に住まう不気味な哪吒《なた》太子やその母親・地湧夫人を通じて、文明を掌握した者の暴力とデタラメぶりを語り続けるだろう。主人公の悟空が斉天大聖の呪縛から解き放たれることはない。それは、どこまで行っても「文明のおぞましさ」からは逃れられないということのメタファーとして読み解ける。

そもそも、中国はきわめて早熟な文明であり、その進化のプロセスはときに異様な想像力を育んだ。特に、中国の歴史書に「食」についての狂気じみたエピソードが多く記されるのは見逃せない。言うまでもなく、食はあらゆる文明の基礎である。しかし、早くから文明化を推し進めた結果、古代の中国人はそれこそ「視肉」も含めて、無意味さをきわめたグロテスクな食の表現を生み出してしまった。異常なイメージをそれ自体として楽しむという享楽的な悪趣味が、中国の文明の深部には巣食っている。

この観点からすると、一九八八年から翌年に連載された『無面目』は、短いながらも示唆に富んだ名作である。その主人公・混沌は何によっても規定されない超越的存在として、深い思索にふけっている。だが、そこに東方朔（伝説的なトリックスター）が現れて、のっぺらぼうの無そのものである混沌に顔を描いてしまう。顔を得た混沌は漢の武帝時代の長安に出現するが、酷吏の江充に興味を抱いたために「巫蠱《ふこ》の獄」の協力者となり、無実のひとびとを大量虐殺することになる。

しかし、この悲劇は混沌の悪意のせいだと言えるだろうか。否、無垢な神である彼は、ただ文明の頂点にいる「人間」の振る舞いを徹底して忠実にコピーしただけだ。混沌とは文明のグロテスクさを映し出す不気味な鏡なのである。

人類の文明の深層に潜り込んでいった『マッドメン』の作者が、『無面目』のように文明に内在する狂気を暴くシニカルな作品をも手がけること――、この振幅の大きさが私には興味深い。もともと日本の漫画には、文明を未来に開いていこうとするSF的なベクトルと、文明が置き去りにした野生を再発見しようとする人類学的なベクトルが交差している。諸星はこの両者を巧みに描きつつ、文明の根源的なナンセンスにも鋭い視線を投げかけていた。彼の「中国もの」には、その鋭さが遺憾なく発揮されている。

魯迅「私は人をだましたい」

〔前略〕

荘子は言うたことがある。「乾いた轍中の鮒は相互に唾沫をつけ濕氣でぬらす」と。併し彼は又云ふ、「寧ろ江湖に居て相互に忘れた方がよい」と。

悲しいことは我々は相互に忘れることは出來ない。而して自分は愈々人をだますことを盛んにやりだした、そのだます學問を卒業しなければ、或はよさなければ、圓満な文章は書けないのであらう。

併し不幸にしてどつちもつかない内に、山本社長と遇つた。何か書けと云はれたから禮儀上「はい」と答へた。「はい」と云うたから書いて失望させない様にしなければならない様になつたが、詰る處矢張り人だましの文章である。

こんなものを書くにも大變良い氣持でもない。云ひたいことは随分有るけれども「日支親善」のもつと進んだ日を待たなければならない。遠からず支那では排日即ち國賊、と云ふのは共産黨が排日のスロガンを利用して支那を滅亡させるのだと云つて、あらゆる處の斷頭臺上にも×××を仄して見せる程の親善になるだらうが、併しかうなつてもまだ本當の心の見える時ではない。

自分一人の杞憂かも知らないが、相互に本當の心が見え瞭解するには、筆、口、或は宗教家の所謂る涙で目を淸すと云ふ様な便利な方法が出來れば無論大に良いことだが、併し恐らく斯る事は世の中に少ないだらう。悲しいことである。出鱈目のものを書きながら熱心な讀者に對してすまなくも思つた。

終りに臨んで血で個人の豫感を書添へて御禮とします。

文中にも記されるように、改造社社長の山本実彦の依頼に応じて、魯迅は『改造』一九三六年四月号に「私は人をだましたい」という日本語の文章を寄稿した（日本側の検閲による×××という伏せ字の部分は、後の魯迅本人の中国語訳では「太陽的円圏」つまり「日の丸」となっている）。同じ号の『改造』には山本の「蔣介石会見記」や魯迅とも交友のあった野口米次郎のインドレポートに加えて、二・二六事件特集、さらに創作欄には川端康成の「花のワルツ」が掲載されており、なかなか読み応えがある。

周知のように、魯迅は日本に留学して、帰国後も内山完造をはじめとする日本人と親交を深めた。魯迅の絶筆となったのも、内山に宛てた日本語の手紙である。今から八〇年前（一九三六年）の一〇月、末期の肺結核から重度の喘息に陥り、乱れた筆致で主治医の須藤五百三の来訪を求める手紙を書いた翌日の一九日、魯迅は帰らぬ人となった。

死の半年ほど前の文章である「私は人をだましたい」には、「狂人日記」以来中国文学のトップランナーであった魯迅が自らの書物を「人だましの文章」と呼ぶ、苦い認識が示されている。文意のとりにくい箇所もあるが、それを含めて魯迅の一筋縄ではいかない思考の道程が感じとれるだろう。

ミハイル・バフチンの言葉を借りれば、ここには作者の直線的な「志向」をたえず「屈折」させていく独特の文体がある。

ここでバフチンの名を出すのは恣意的な判断ではない。というのも、バフチンにとってウクライナの「グロテスク・リアリズム」の達成を示す作家であったゴーゴリは、魯迅にも強い影響を与えたからだ。「狂人日記」はもとより「阿Q正伝」にしても、その冒頭のナレーターのくどくどした語り――阿Qという名前の由来は何か、「正伝」というタイトルがなぜ選ばれたのか等々――は、主人公の珍妙な名前（アカーキイ・アカーキエヴィチ）の由来を饒舌に語るゴーゴリの「外套」の冒頭部とよく似ている。さらに、晩年の魯迅はゴーゴリの『死せる魂』の翻訳を手がけていた。彼はロシアやポーランドの文学を好んだが、そのなかでもゴーゴリは別格の存在であった。

今の日本人は国語の教科書で、魯迅の「故郷」に触れる機会が多い。しかし、「故郷」のような心に染み入るしっとりとした名作だけで魯迅を語ることはできない。現に、『故事新編』（一九三六年）というブラックユーモアに満ちた風刺的な短編集は、古代中国の神話的超人から同時代の人文主義的な知識人に到るすべてを、グロテスクな笑いのなかに投げ込んでいた。あらゆる調和をぐらつかせるゴーゴリ的な悪霊になりきること――、それこそが魯迅の「晩年様式」と言うべきだろう。

ドイツ語を学んだ魯迅は、ニーチェに倣って「血で書かれた言葉」という修辞をたびたび用いた。「血」は彼の生々しい実存感覚――漱石で言えば『夢十夜』に対応する散文詩『野草』で露わになる――に連なるイメージであるとともに、和解の幻想にたえず否をつきつける反社会的な刃であった。日本人に向けて書かれた「私は人をだましたい」にも、その血の言葉の鋭さは及んでいる。特に、魯迅が「日支親善」という甘い夢を共産党員の処刑と隣り合わせることによって、あくまで非妥協的な態度を貫いたのは注目に値する。

してみれば、この苦々しい文章が「美しい日本語」とはまったく対極的な、不透明でぎこちない日本語になったのも無理はない。しかし、あえて言えば、本当はそのような言葉だけが「美しさ」とは何かを我々に考えさせてくれるだろう。「美は必要のみ」という坂口安吾ふうのモダニストの分かりやすい啖呵を、魯迅が切ることはない。彼にとって、言葉の美があるとしたら、それは「私は人をだましたい」という反語と屈折のなかだけなのである。

半歩遅れの読書術

ルソー　晩年の想像力　ＡＲ／ＶＲの時代を先取り

かつて丸山眞男が言ったように、日本では文学や哲学は「若者文化」としてあり、大人のビジネスの世界にはなかなか浸透しない。残念ながら、日本で社会人になるとは、人文的教養を「卒業」して現場主義者として生きるということなのだ。

だが、文明の基本的なプログラムを知らずに、社会や経済を動かすのは不可能だろうし、ときには危険ですらある。といって、小難しい思想用語に縛られる必要はない。例えば、人類の「私」なるものはいかに発明され、今後どこに向かうのか？　現代のテクノロジーはその「私」の歴史とどう関わるのか？　こういう大きな問いにこそ、思想書は示唆を与えてくれる。

近代的な私＝自我の発明者とされる一八世紀のルソーを例にしよう。主著『エミール』を大学から告発され、匿名のパンフレットで事実無根の中傷を受け、持病の尿道疾患の治療ミスで死を覚悟した五〇代のルソーは、自己弁護のために自伝『告白』を記した。この書物は西洋近代の自己表現のルーツとなり、日本文学にも大きな影響を与えた。

近代の「私」の原点は、社会・身体・医療にまたがるルソーの一連の「トラブル」にある。無風地帯から「私」など出てこないのだ。

しかし、ルソー晩年のエッセイ『孤独な散歩者の夢想』(永田千奈訳、光文社古典新訳文庫)では別の条件から「私」が立ち上がってくる。老いた彼は自らを社会不適合の「異星人」のように感じながら、植物への尽きせぬ愛を語る。そして、かつて自然豊かなサン・ピエール島に住んだときの記憶に没入し、至福の境地に至るのだ。

そのとき、ルソーは現実よりも想像力をより生々しく感じていた。「実際にあの島にいたときよりも、パリにいる今のほうが、あの島を五感でとらえ、さらに心地よく感じているのだ」。この奇妙な感覚は、ほとんど今日のAR(拡張現実)を先取りするものに見える。

近代社会はいわば『告白』の路線で「自己の表現」を重んじた。対して、今後のAR/VRの進化は、良し悪しは別にして『孤独な散歩者の夢想』のような「自己への沈潜」を後押しするだろう。ひとびとは過去の記憶やネットの検索を手がかりに、自分ひとりのために調整された拡張現実を孤独に生き始める……。

トラブルだらけの現実と美しい拡張現実の間で、孤独な老人ルソーは「未来の私」の像を予告していた。この種のタイムスリップの発見こそが、半歩遅れで思想書を読む醍醐味なのだ。

谷崎潤一郎『蘆刈』 京阪間のまろやかな風景

私の父方の実家は、大阪と京都の境界の三島郡島本町にあって、年末年始に里帰りをするのが常だった。それは祖父母に加えて、土地に会うことでもあった。これと言って何の特徴もなく、あらゆる攻撃性を欠いたそのまろやかな風景からは、いつも不思議な懐かしさが立ち上ってきて、私をやさしく包み込んでくれるのだった。

この好ましい印象は、阪急電鉄京都本線の車窓から見える穏やかな山水によって倍加された。峻厳さのない低い山と大らかな淀川。「水無瀬《みなせ》」や「上牧《かんまき》」という柔らかな駅名も、幼い私には神話的な響きを伴っていた。たまに大人たちの話題にのぼる「サントリーの工場」も、古くから言い伝えられた伝説上の遺跡のように感じられた。

この近辺には後鳥羽上皇ゆかりの水無瀬神宮、楠正成が息子正行と別れた桜井駅跡、明智光秀が羽柴秀吉に敗北した天王山などがあり、その意味では歴史的な土地である。しかし、これら男の敗者たちの姿は、この母性的な風景にはどうもそぐわない。歴史は風景の一部となって甘くまどろんでいた。

これは自分の幼さゆえの錯覚かと長く考えていたのだが、そうではなかった。谷崎潤一郎の中編小説『蘆刈』（岩波文庫）がまさに水無瀬の地をこう形容していたからである。

「わたしは雄大でも奇抜でもないこういう凡山凡水に対する方がかえって甘い空想に誘われていつまでもそこに立ちつくしていたような気持にさせられる。（中略）ちょっと見ただけではなんでもないが長く立ち止まっているとあたたかい慈母のふところに抱かれたようなやさしい情愛にほだされる」

『蘆刈』の主人公は淀川を散策するうちに、自分の「影法師」のような男に出会う。この謎の男は、自分と父親が美しい女性「お遊さん」を慕ったことを延々と語る。余韻嫋々とした語りの文体は、この親子の思慕を永遠のものと錯覚させる。

歴史をまろやかに溶かしてしまう「慈母」のような風景は、作品全体に甘美なあいまいさを及ぼしている。そこから夢幻能ふうの古雅な物語を立ち上げる谷崎の技量は、まさに驚嘆に値するものだ。

関西に出張したサラリーマンがこの地域に下車する機会は多くないだろう。とはいえ、大山崎山荘美術館や水無瀬神宮を巡った後に『蘆刈』の主人公のように散策してみるのは、きっと忘れがたい体験になるはずだ――自分の「影法師」に会えるかは分からないけれど。

原子炉の建屋での殺人事件　日本社会という「密室」描く

両親が推理小説好きだったため、実家の書棚には江戸川乱歩賞受賞作がかなり揃っていて、当時中学生の私は仁木悦子、森村誠一、井沢元彦、岡嶋二人らの作品を楽しく読んでいたのだが、そのなかで長井彬の『原子炉の蟹』(講談社文庫)には文字通り震撼させられた覚えがある。

スリーマイル島原発事故の翌々年の一九八一年に刊行された本書は、原子炉建屋という最先端の「密室」で起こった殺人事件を描く。それは物理的な密室であるとともに、社会的な密室でもあり、本書では原子炉周辺で働く「隠匿」のシステムこそが綿密に書かれていた。今回二〇年ぶりに再読したのだが、当時のエンタメ小説の懐の広さと取材力の高さを改めて実感した。

近代化・産業化はどの国にも必ず「歪み」をもたらす。問題はその歪みを「なかったこと」にする隠微な社会的抑圧がどこに由来するかである。日本ではその抑圧は「官」だけではなく「民」にも内在している。隠蔽体質が社会・経済・国防等にとって深刻なリスクになることを、私たちは昨今のニュースから嫌になるほど教えられているが、その病巣に近づくのは難しい。

本書の工夫は、科学の結晶である原子炉の犯罪劇にサルカニ合戦の「見立て」を重ねたことにある。人間の限界を超えようとする原子力の世界に、長井はあえて動物たちの残酷なメルヘンを導き入れた。この悪夢的かつ童話的な犯罪に、六〇〜七〇年代の三里塚闘争が投影されていたのも興味深い。本書は原発に賛成か反対かという以前に、その選択の足場にある日本の政治のエートス（習慣）に遡ろうとしていた。

こういう重層的な想像力は、東日本大震災以降かえって見られなくなってしまった。だが、文学とは本来たんに一面的なメッセージを送るものではなく、むしろ物語相互の共鳴を聴き取り、ときには現代の外側から改めて社会を見つめ直すためのメディアなのである。

そして、この重層性は単純な勧善懲悪を不可能にするだろう。新聞の整理部出身の長井は、つとめてジャーナリスティックに書こうとしている。本書のカタルシスのない結末は、彼の突き当たった問題の複雑さを示すものだ。

ゆえに、本書は原発への賛否にかかわらず、企業人にとっても一読に値するだろう。そこでは「日本社会という密室」こそが最大のミステリーとして書かれているからである。

増殖する言葉と中野重治　現代のカオスを捉えられるか

コミュニケーションの能率性という観点からは明らかに非合理的であるにもかかわらず、人間の言語はなぜ多数あるのだろうか。しかも、ちょっとした地域の違いでときに言葉が大きく異なるのはなぜか。これは素朴だが難しい問いである。

かつて文芸批評家のジョージ・スタイナーは、仮に人類共通の生得的な言語プログラム（チョムスキーの言う普遍文法）が脳に備わっているとしても、現実には言語は不可解なほどたくさんある、それこそが根本的な問題だと考えた。人工知能の翻訳の精度が上がれば、コミュニケーションの障壁は将来取り除かれるかもしれないが、それでも「なぜ言語は宿命的に増殖し多数化するのか」という難題は残る。私たちはまだ当分「バベルの塔」以降の世界から抜け出せそうにない。

福井県の丸岡に生まれた中野重治の自伝的小説『梨の花』（岩波文庫）には、まさに言語そのものが自己増殖していくような世界が描かれている。中野は小学一年生の良平の視線を借りて、北陸の生活を支える無数の「もの」と、それを言い表す土地の固有の言語を丹念に再現してみせた。

幼い良平にとって、世界は意味のよく分からない言葉で満ちている。しかし、この謎めいた言葉が現実を形作っていることも、彼はよく観察している。生活のなかで増殖していく言葉を遅れて理解する（あるいは理解しそびれる）こと――この良平のあり方は実は人間一般の条件でもあるだろう。

しかも、本書は瑞々しく豊かな言葉で溢れているだけではなく、新しい言葉が良平に伝えられる経路も詳しく記録していた。真宗の正信偈、小学校で習った歌や尻取り、雑誌『中学世界』や押川春浪の『海底軍艦』、大人の噂話、祭文……これだけ多くのメディアが出てくる小説も珍しい。

大人たちはつい忘れてしまうが、子供の小さな世界にはメディアを媒介として日々多くの言葉が侵入してくる。そのことへの新鮮な驚きが『梨の花』を特異な文学作品にした。中野は一昔前の左翼作家として敬遠されることもあるが、彼の真骨頂はむしろメディアと言葉の相互作用への鋭い観察眼にある。

思えば、現代のSNSは人間を「語る動物」として調教し、そこから生じた言語的カオスが政治や社会を大きく揺るがしている。言葉は決して合理化・能率化できず、メディアの「語り」に寄生しながら多方面に発散してしまうものなのだ。この奇怪な現実を捉える「ネット時代の中野重治」を私は心待ちにしている。

アナーキーな小説『水滸伝』日本文学に飛躍をもたらす

大学時代に中国文学を学んだため、知人から「中国を知るのに良い古典はないか」と時々聞かれる。ビジネス書では『論語』や『三国志演義』が好まれるのだろうが、私はあえて近世の長編小説『水滸伝』（全一〇巻、吉川幸次郎・清水茂訳、岩波文庫）を挙げることにしている。

儒教の理念を奉じる士大夫が中国文明の骨組みを形作ってきたのに対して、『水滸伝』はむしろ儒教エリートの外部の民衆的世界をあざやかに浮かび上がらせた。北宋末期を舞台に、宋江以下の一〇八人の荒ぶる好漢たちが梁山泊に集うという壮大なストーリーのなかに、医者、武器職人、書道家、肉屋、力士、薬売りといった都市の職業人たちが次々と登場する。それは中国文学史上に異彩を放つ「発見」だった。

この都市的性格は何よりも、『水滸伝』の登場人物がよくしゃべり、よく食べること、そしてたくさんのモノ（実に悪趣味な「食材」も含めて！）が華々しい祝祭感覚とともに出てくることに象徴される。知識人の建前が笑い飛ばされ、物質主義が全面的に勝利を収める『水滸伝』の世界は、改革開放以降の現代中国が決して中国史の例外でないことも教えてくれる。

一七世紀の中国の文人たちは、新しい俗語文体を駆使しながら狭苦しい道徳観念を打ち破った『水滸伝』に熱狂した。のみならず、このアナーキーな小説は、江戸時代の上田秋成『雨月物語』や曲亭馬琴『南総里見八犬伝』等にも決定的な影響を与えた。『水滸伝』はまさに近世東アジア随一の「前衛小説」であり、その翻訳は日本文学も飛躍させたのだ。

加えて、『水滸伝』では潘金蓮をはじめ、美しい悪女たちが活躍することも見逃せない。聡明にして自由奔放な彼女らは、愚かな男たちを手玉にとるものの、最後はおおむね悲惨な末路をたどる。ここには明白なミソジニー（女性嫌悪）がある。

しかし、それは同時に、『水滸伝』が男の世界を揺るがす女のしたたかな「知性」を、とてもうまく描き出したということでもある。現に、女性のおしゃべりをこれほど生き生きと再現した小説も珍しい。悪女を残酷に罰するばかりの日本の『八犬伝』と違って、本家の『水滸伝』では女性の悪こそが輝いていた。

ともあれ、ありきたりの中国論はおいて、まずはこのハチャメチャで独創的な傑作を手にとってみること――それは中国だけでなく日本の文化風土を考えるきっかけも与えてくれるだろう。

『唐代胡人俑』展に寄せて

一月〔二〇一八年〕に関西で用事があったので、浅田彰氏に勧められた大阪市立東洋陶磁美術館の『唐代胡人俑――シルクロードを駆けた夢』展に立ち寄ってみた。唐代の「胡人」とは西方の異民族、主にシルクロード一帯での交易で活躍したイラン系のソグド人（漢文史料では「康国」と表記されるサマルカンドを重要な拠点とした）を指すが、彼らを模した多くの「俑」（よう＝ひとがたの像）が二〇〇一年に甘粛省慶城県にある唐の将軍・穆泰《ぼくたい》の墓から出土した。今回の展覧会はその出土品の一部を展示したものである。

秦の始皇帝の兵馬俑はあまりにも有名だが、それ以降も俑は貴人の墓の副葬品として生産され続けた。七三〇年に葬られた穆泰の墓の胡人俑は、造形的な水準が高いだけではなく、保存状態もきわめて良好で見応えがある。小ぶりの展覧会ではあるものの、日本ではまだまだ知られていない中国の俑の奥深さに触れる格好の機会になるだろう。

今回の展示でひときわ眼を引くのは、胡人や動物の写実的な体軀である。鼻が高く眼をギョロッとさせた胡人俑の表情は、遊動的な商業民であったソグド人の逞しさやしたたかさをよく伝えている。馬やラクダを牽く彼らの姿勢が、結果としてファイティング・ポーズのように見えるのも面白い。大きな尻をした馬やいななくラクダも筋骨隆々で、サイズ以上の存在感を誇示している。総じて、製作者たちの確かな技術を感じさせる優れた作品群である。

唐代の長安では「胡服」や「胡旋舞」などが大流行し、日本の正倉院にも胡をモチーフとした伎楽面が伝わっているが、その実体もソグド系文化であった（楊貴妃の前で胡旋舞を披露した安禄山もソグド系の突厥人である）。ソグド人は商業的な「交通の民」であるとともに、身体的なパフォーマンスを得意とし、独自のファッションをも作り出した「芸能の民」でもあったわけだ。今回の胡人俑にも「パフォーマンスの写生」としての一面があり、彼らの表情は、生気に満ちた一瞬を捉えた演劇の仮面のようにも見えてくる。いわば素顔と仮面の区別ができないところに、これら胡人俑の面白さがあるとも言えるだろう。それとともに、中国の俑にいち早く注目した考古学者・濱田耕作（青陵）の評した俑特有の「謙譲にして可憐なる」形姿もそこに欠けてはいない。

それにしても、死者が静かに眠る墓に、生気発剌とした小さな胡人の人形たちを埋葬するというのも、なかなか不思議な慣習である。そもそも、中国ほどフューネラリー・アートに情熱を傾けた国は少ない。最近の中国古代美術史研究は、たんに副葬品を個別に見ていくだけではなく、地下の墳墓そのものの空間的・時間的・物質的な構造をフォルマリスティックに分析しようとしている（Wu Hung〔巫鴻〕, *The Art of the Yellow Springs: Understanding Chinese Tombs*, University of Hawaii Press, 2010）。『史記』によれば、始皇帝陵には侵入者をボーガンで撃ち殺す仕掛けが備えられていた。無秩序な乱世が周期的にやってくる中国において、墓はセキュリティの完備された地下の「アート・ワールド」であった。

ここには「芸術の設計」（岡崎乾二郎）を考える上でもなかなか面白い問題が潜んでいる。埋葬者という特別な観客（？）を除いて誰も見ることができない以上、墓室は宗教的（＝前近代的）な「礼拝」

の場でもなければ、公共的（≠非近代的）な「展示」の場でもない――つまり、そこはベンヤミンの言う「礼拝的価値」からも「展示的価値」からも切り離された不可視の密室なのだ。中国人は実に千年以上にわたって、この宗教施設でも美術館でもない秘密の空間の設計に、莫大な富と技術を投入してきた。胡人俑はまさにその伝統の一部である。

思えば、二一世紀のアートは「見ること」にせよ「作ること」にせよ、とにかくすべてをオープンにしようとする傾向が強い。観客を美術館という閉鎖空間から引き剥がし、オリエンテーリングのように地方を歩かせる観光アートしかり。芸術家がアトリエで孤独に作品と向き合う代わりに、市民とともに芸術を創造すると称する参加型アートしかり。このポスト美術館／ポストアトリエというポストモダンのパラダイム――そこではしばしばモダンな展示的価値の地平にプレモダンな礼拝的価値が再導入される――とは対照的に、古代中国の文字通りの「アングラ」のアート・ワールドは徹底した秘密主義によって成り立っていた。

一九九〇年代以降の中国では今回の胡人俑に限らず、古代思想や古代美術を上書きする考古学的発見が相次いでいるが[*]、その「地下からのメッセージ」は公共性を僭称する現代アートのパラダイムの盲点を教えるものにもなり得るだろう。芸術とはたんなる参加、共有、消費の対象ではなく、むしろ「秘密」を作り守るシステムでもあったのではないか？　むろん、私たちは明るい展示空間で胡人俑を見て、その情報をシェアしたりもするわけだが、この人形たちが千年以上ものあいだ秘密の空間で過ごしてきたことは常に念頭に置くべきだろう。俑（および副葬品一般）とそれを包摂する地下の不可視の「場」に注目することは、芸術とは何かを改めて考える良い機会になるはずだ。

＊

ところで、穆泰墓の造られた八世紀は、中国の社会や文化が高揚した時期でもあった。今回の展覧会についても、そのような文化史的コンテクストをちょっと考えてみてもいいかもしれない。

実際、生気に満ちた胡人俑や筋骨隆々の馬のやきものを見ていると、杜甫の名高い「秦州雑詩」の「馬驕りて朱汗落ち／胡舞いて白題斜めなり」というフレーズが思い出される。杜甫が七五九年に長安の大飢饉から逃れて訪れた秦州（今の甘粛省天水市付近）は、まさに穆泰墓の近隣にある。彼はそこで、赤い汗を流して猛り狂う馬や、白い額を傾けて激しくダンスするソグド人を目の当たりにした。今回の展示によって、私は杜詩の異国的なダイナミズムがどこから来たのかを、初めて具体的な「モノ」としてつかめた気がした。

＊ 特に、中国の古代思想史は一九九〇年代以降に相次いで出土した「戦国竹簡」が貴重な新資料となり、大きな転換を迎えている（それを専門に研究する「竹簡学」という分野もある）。中国文化を了解する基本的なパースペクティヴそのものが、出土資料によって部分的に修正されているわけだ。

もっとも、そこにはきな臭い問題もある。例えば、最大級の規模を誇る上海博物館蔵戦国楚竹書（上博楚簡）はもともと盗掘品で、香港の古玩マーケットに流出したところを博物館が購入したという、いわくつきの資料である（そのため出土地は不明のままである）。さらに、大量の竹簡のなかには偽簡の疑いをかけられているものもあり、その真偽を巡って論争も起こっている。そもそも、盗掘品を学問の対象にするのは研究倫理的に見て正しいのかという根本的な問題も見逃せない（この点はつい最近、金文京氏が『汲古』第七二号の編集後記で指摘している）。

こうした経緯はアートにおいても決して他人事ではないだろう。エキサイティングな考古学的発見は確かに文化の「起源」に対する欲望を刺激し、学問と市場をともに活気づける。だが、その欲望はひどく世俗的で、ときには反倫理的な「いかがわしさ」を潜ませてもいるのだ。こういう一切合財を含めたストーリーが、日本でももっと語られるとよいと思う。

ややもすれば唯美主義に傾きがちな日本の歌人とは違って、杜甫は「馬」や「胡」の躍動感を活写することによって、ストリートの運動性を捉えた詩人であった（ちなみに彼には、当時の高名な女性パフォーマー公孫大娘の剣舞をテーマとした詩もある）。さらに、杜甫と並び称される李白にも、胡人の吹く玉笛を聞いて、玄宗を思い出して涙を流すという放浪時代の詩がある。ソグド文化のもつ運動性や芸能性は、八世紀の中国詩の最先端につながっていた。

そう考えると、李白がソグド人あるいはバクトリア人であったという説、いわゆる「李白胡人説」もきわめて興味深いものに思えてくる。もとより、この仮説を確証するのは難しいが、金文京氏の『李白』（岩波書店）が指摘するように、そこには十分な根拠もある。李白の先祖の故郷はソグド人の拠点にあり、彼自身の行動様式もふつうの漢人とは異なっていた。例えば、杜甫が家族を養うために中国各地を旅したのに対して、李白は目的のはっきりしない旅行を繰り返した。日本の松尾芭蕉は杜甫と李白を一緒くたに漂泊詩人の先師としたが、この両者の移動のあり方には本来大きな差異がある（ついでに言えば、李白は流行の歌謡曲作家であり、大勢の人間に口ずさまれたせいで彼の詩にはたくさんの異本がある。逆に、杜甫は自分の詩の「定本」を作ろうとした最初期の詩人であり、ここにも李杜の大きな違いがあった）。

とはいえ、面白いのは、両者の詩がどちらも胡人のような異民族にも伝わったとされることである。中唐の白居易は、李杜の名声が「四夷」にまで伝わったことを讃えた。そして、白居易自身の詩も、その平俗さゆえに「胡児」にまで愛唱された（花房英樹『白居易研究』参照）。今回の胡人俑のモデルとなったソグド人の子孫も、李白や白居易の詩を街角で口ずさんでいたかもしれない。日本人はつい中国から日本へという一方向の文化的伝播にばかり注目してしまうが、本来は西域の胡人から『枕草子』や『源氏物語』を生んだ日本の女性文学者に到るまで、中国の詩が国家・階層・民族・ジェンダーを超えてさまざまな地域で読まれたことにこそ、唐の帝国的特性を見出すべきだろう。

加えて、胡人俑をより広く「人形」の文化の一つとして考えても面白い。中国のウェブサイトをちょっと覗いてみたところ、中国の傀儡劇（人形劇）の起源は俑にあるという論文もあるようだ。胡人俑もあるいは、人形劇に応用されることがあったのかもしれない。さらに、芸能としての人形劇のルーツを探っていくと、アジア規模の共通性にも行き当たる。傀儡劇の源流を古代インドでの宗教的伝道のパフォーマンスに認めようとするヴィクター・メアの説は、一考に値するだろう。むろん、私は門外漢なのでこれらの説が妥当なのかどうかは分からないが、辺境の交通空間で生み出された胡人俑は、たんに「中国的」という文脈だけでは片づけられないはずだ。

いずれにせよ、胡人俑はさまざまな連想を誘うオブジェである。もとより、俑の「芸術品」としての歴史はそれほど長くない。中国は二〇世紀初頭に国家事業として、鉄道を敷設するために大規模な土木工事を実施し、その結果として多くの墓が開かれて多くの副葬品が世に出る——それが俑の「発見」の第一歩であり、やがて欧米のバイヤーがそれを骨董品として競って買い集めるようになった。良し悪しは別にして、近代の「交通空間」の開拓が地下のアート・ワールドを暴き、考古学と美術史の新たな局面を開いたのだ。そう考えると、今回出品された小さな人形たちも、時代相を刻印されたマテリアルであることが分かる。胡人俑の示す、商業民らしいしたたかな表情の裏側には、異文化の混淆が生み出す重層的な歴史が広がっている。

山崎正和の思想を読む

山崎正和は時空を旅する思想家である。その行く先は劇作から文明批評まで、日本から西洋まで、古典から時評まで、実に広範囲に及ぶ。この壮大な文明論によって、山崎は「都市」の感受性を日本の言論界に導入しようとしてきた。

それを支える大きな歴史観として、山崎は江戸時代以前の日本に豊かな「近代」の可能性を認める。例えば、室町時代には足利将軍のもとで「社交」の文化が洗練された。ムラの粘着的な共同性ではなく、茶の湯のような生活の芸術を介したコミュニケーションにこそ、日本の都市的な近代の萌芽があったと山崎は見なす。

あるいは桃山時代の前後には、キリスト教を介した国際的な「海」のネットワークが開けていた。フランシスコ・ザビエルや天正遣欧少年使節はまさに旅によって、異質の文明どうしの出会いを実現した。黒船が来航する以前に、日本がすでにインドからイベリア半島に到る海のルートを介して西洋と接触していたことを、山崎はことのほか重視していた。

明治維新から一五〇年を経て、日本社会は改めて「近代とは何か」を考え直すべき時期に来ている。例えば、今日のインターネットはいわば〈同〉の力によって、より多くのフォロワーを同調させた者が勝ちという世界になりつつある。これは結局、前近代的なムラ社会の再来にすぎない。そのようなムラとは違って、都市ではいわば〈他〉を前提として〈共〉に到るための技術、つまり他者との共生の知恵こそが必須となる。室町的な社交文化や桃山的な海のネットワークは、まさに「都市的な日本」への第一歩を示すものであった。

しかし、その後の日本人はこの豊かな可能性に自ら蓋をしてしまった。山崎によれば、江戸時代の日本は海洋国家ならぬ「海岸国家」として自己限定する道を選んだ。さらに、明治以降の近代文学は、都市的な社交文化を育てるよりも、文壇という閉鎖空間で「不機嫌」な自己を表現することに傾いた。そして、平成のインターネットも左右を問わず、ムラ的な祭り（ポピュリズム）に呑み込まれたのである。

要するに、日本文化は都市的な精神性を円満に育てあげることに失敗し続けてきた。だからこそ、この欠落を時空の「旅」によって鋭く批評する山崎の仕事は、今日改めて読み直す意味があるだろう。

さらに、一九三四年生まれの山崎が少年時代に敗戦直後の満州で「教育」の原点に触れたことも、ここで注目に値する。国家が崩壊し、通学路には死体が転がる満州にあって、それでも教師たちは子どもを教育する熱意を手放すことはなかった。山崎の考えではここにこそ文明の原風景がある。

山崎の出発点は、保守だのリベラルだのといった標語にはない。文明の零度から、なおも立ち上がってくる教え学び伝えようとする意志――、山崎はその人間存在の強靭な律動を粘り強く捉えようとしてきた。そのことが彼の思索に、戦後生まれの書き手にはない深みを与えているのである。

都市への逆風のなかで手紙を書く

今年［二〇一八年］の春は、香港の同世代の友人である張彧暋《ちょういくまん》（日本研究者・社会学者）との往復書簡集『辺境の思想——日本と香港から考える』（文藝春秋）を作るのに忙殺されていた。その狙いは、二〇一一年の東日本大震災を経た日本と二〇一四年の雨傘運動を経た香港、この転機を迎えつつある二つの極東の「辺境」を比較しながら、新たな日本論／香港論の視座を探ることにあった。

往復書簡である以上、論点は多岐にわたるが、そのなかでも最大のポイントは「都市」の再評価にある。これまでの日本論は国民国家を単位として、西洋と日本、あるいはアジアと日本をその国民性から比較するものが多かった。しかし、香港は国民国家ではなく都市であり、しかも長くイギリス植民地であったために、その近代化（西洋化）の道筋は日本や韓国や中国のような他の東アジアの国民国家とは大きく異なっている。したがって「日本と香港から考える」ことは、国民国家と都市を比較検討する作業を要求するのだ。

私は書簡のなかで、国民国家が物語を必須とするのに対して、都市は物語を不要にすると述べた。現に、香港が自らのナショナルなアイデンティティの物語を本格的に語り始めたのは、比較的最近のことにすぎない。今日のグローバル・シティは固有の物語や記憶を語る代わりに、別の都市の流行を複製し、集積し、やがて忘却していく。今や特定の都市にしか存在しないモノやブランドは希少だろう。人文系の思想は総じて、ナショナリズムを生み出す物語の力に強い関心を示す一方、都市のもつ複製の力を軽視してきたが、それではもはや二一世紀の現実は理解できない。

人類と個のあいだに都市という中間的な単位を挿入することによって、人文知の前提を更新すること——、それは今後の大きな課題である。民主主義の未来について考える際にも、まずは想像力の単位を整備せねばならない。もっとも、残念なことに、思想家のアントニオ・ネグリ&マイケル・ハートが『〈帝国〉』で述べたように、政治的な共同体のイメージは今やネーション(国民)にすっかり独占されている。スコットランドやカタルーニャの独立運動も、結局はナショナリズムという鋳型に流し込まれてしまうのだ。しかし、本来は、人類の作る共同体が国民国家に帰着する必然性はない。香港のようなグローバル・シティの歴史はそのことを改めて思い出させてくれる。

むろん、都市の現在も決してバラ色ではない。都市内部の格差の広がりやアンダークラスの不可視化は相変わらず深刻である。さらに、二〇一六年のアメリカ大統領選で都市部の支持を得たヒラリー・クリントンが敗北し、打ち捨てられた地方の怨念を背負ったドナルド・トランプが当選したことは、まさに「都市の敗北」を象徴する出来事であった。都市には逆風が吹いている。だとしても、二〇世紀の郊外化を経て、二一世紀の都市間競争の時代を迎えた今、日本人が都市の価値を改めて創出しなければならないことに変わりはない。そのとき、香港は良いガイドになるだろう。

ところで、日本と香港を並べる新たな認識の地図を作ろうとするとき、未完であることを許容する往復書簡というスタイルは、なかなか良いものであったように思う。手紙においては、ミクロな感情とマクロな社会を同じ次元で扱えるし、話題が多少脱線してもそれほど違和感は生じない。それは案外、インターネット時代の読者の感覚にも合うのではないか？　出版でツイッターの真似をしてもつまらないだけだが、論考と雑談の「あいだ」のスタイルには可能性がある。

そのような中間的スタイルとして、これまで日本の出版界では対談本が大きな位置を占めてきた。しかし、それも今や粗製乱造のきらいがあるし、対談本の乱発はパロール（話し言葉）への依存を深めるばかりで、エクリチュール（書きもの）の開発をおざなりにしてしまう。対話的かつ知的で、しかもまじめな論考では言えないような雑多な話題も扱える柔軟なエクリチュール——、それを開発するのに手紙というメディアはうってつけだと思える。

もとより、今の出版市場において、一般向けのアクチュアルな社会評論を形にしていくのはなかなか難しい。手堅さを売りにするハードカバーの学術書には機動力がないし、逆に新書は出版点数が多すぎてあっという間に埋没してしまう。だから、①千円台後半のハンディなソフトカバーで、②日本や海外の活きのいい情報をぎゅっと詰め込みながら、③時事的なテーマから理論的な話題まで、あるいは基礎的な知識から著者ならではの大胆な仮説までを自由に書き込める、そのような評論系の人文書がもっと出てくればよいのにと私はずっと考えていた。今回は往復書簡という枠組みのもと、この理想像にある程度近づけたように思う。

思えば、近代文学の原点にもルソーの『新エロイーズ』等の書簡体小説があり、夏目漱石の『こころ』もそのスタイルを部分的に踏襲した作品である。最近の日本文学では残念なことに、どうも狙いのよく分からない大部の小説が増えているが、今の作家たちもルソーや漱石を見習って、いっそ手紙を書くように書いてみたらどうか？　思い通りにならない他者に手練手管を尽くして何とかメッセージを伝えようとすること――、それは手紙の条件であるとともに、都市そして近代の基本的な条件でもあるのだ。

初出一覧

はじめに――近代をテストする（書き下ろし）

第Ⅰ部　縦に読む

第1章　漱石におけるアポリア――夢・妹・子供（『三田文学』二〇一七年春季号）
第2章　文学史における安吾（『坂口安吾研究』第四号、二〇一九年）
第3章　文明と失踪――丸谷才一の両面性（『早稲田文学』二〇一三年九月号）
第4章　司馬遼太郎と三島由紀夫（原題「司馬遼太郎と三島由紀夫――「国民作家」の戦争体験」、『文藝春秋 special』二〇一五年秋号）
第5章　『太平記』のプロトコル（書き下ろし）
第6章　京都の市民的ミニマリズム――大田垣蓮月について（書き下ろし）
第7章　家・中国化・メディア――折口信夫『死者の書』の構造（『現代思想』二〇一七年二月臨時増刊号）
第8章　舞城王太郎と平成文学のナラティヴ（『新潮』二〇一九年六月号）

第Ⅱ部　横に読む

第1章　建築の視霊者――磯崎新『建築の解体』論（磯崎新『建築の解体』「解説」、河出文庫、近刊予定）
第2章　日本を転位する眼――山崎正和論（『中央公論』二〇一六年一二月号）
第3章　分身の力――大江健三郎論（書き下ろし）
第4章　神の成長――高畑勲『かぐや姫の物語』論（原題「神の成長」、『ユリイカ』二〇一三年一二月号）
第5章　高畑勲の批評性（『ユリイカ』二〇一八年七月臨時増刊号）

第6章　存在・固有名・物語――蓮實重彥と個体性の批評（原題「存在・固有名・物語」、『ユリイカ』二〇一七年一〇月臨時増刊号）

第Ⅲ部　点で読む

ミシェル・ウエルベック『地図と領土』（『週刊文春』二〇一四年一月二六日号）
ミシェル・ウエルベック『服従』（『共同通信』二〇一五年一〇月二九日）
沼田真佑『影裏』（『共同通信』二〇一七年七月二七日）
蓮實重彥『伯爵夫人』（『共同通信』二〇一六年七月一四日）
奥泉光『雪の階』（『日経新聞』二〇一八年三月三一日）
橋本治『草薙の剣』（『日経新聞』二〇一八年五月一二日）
閻連科『炸裂志』（『日経新聞』二〇一六年一二月一一日）
伊格言『グラウンド・ゼロ』（『日経新聞』二〇一七年六月二四日）
甘耀明『冬将軍が来た夏』（『日経新聞』二〇一八年八月一八日）
中沢新一『日本文学の大地』（『すばる』二〇一五年五月号）
渡部直己『小説技術論』（『すばる』二〇一五年九月号）
宇野常寛『母性のディストピア』（『共同通信』二〇一七年一一月三〇日）
佐藤優『学生を戦地に送るには』（『新潮』二〇一七年一一月号）
ジェンダー・トラブルの観点から『紅楼夢』を読む――合山究著『『紅楼夢』――性同一性障碍者のユートピア小説』（『東方』二〇一一年三月号）
香港のストリートから考える（『アステイオン』vol.82、二〇一五年）
今なお古びない「日本病」のカルテ（山本七平＋岸田秀『日本人と「日本病」について』「解説」、文春学藝ライブラリー、二〇一五年）
ハンナ・アーレント『カント政治哲学講義録』（『文學界』二〇一五年七月号）
ロラン・バルトとエッセイ（『ふらんす』二〇一五年九月号）

戦地の外で（『群像』二〇一五年九月号）
日本と中国のあいだ（全三回、『ちくま』二〇一五年一一月〜二〇一六年一月号）
『暮しの手帖』とタテの伝承（『潮』二〇一七年四月号）
文明そのもののおぞましさ——諸星大二郎の中国もの（コロナ・ブックス『諸星大二郎の世界』二〇一六年一二月）
魯迅「私は人をだましたい」（『群像』二〇一七年一月号）
半歩遅れの読書術（全五回、『日経新聞』二〇一七年四月一日〜三〇日）
『唐代胡人俑』展に寄せて（REALKYOTO、二〇一八年二月七日掲載）
山崎正和の思想を読む（『公明新聞』二〇一八年一一月一六日）
都市への逆風のなかで手紙を書く（『こころ』vol.43、二〇一八年六月）

人名索引

＊斜体は脚注の頁数

あ行
アーレント、ハンナ　308-9
明智光秀　334
浅田彰　200, *201*, 249, 302, 340
浅田孝　154-5
浅野内匠頭　89
足利尊氏　87
足利義満　187, 275
東浩紀　36, 37, 38, 126-7, *143*, 180, 296
阿部和重　140-1, 277
安部公房　314-6
天草四郎　52
新井白石　51, 304
荒木田麗女　105
アリストテレス　204, 309, 322
在原業平　68
アレグザンダー、クリストファー　157
アレン、グレアム　312
アンデルセン、ハンス・クリスチャン　178
安藤礼二　117, *117*, 118
庵野秀明　143, *230*, 237
イヴェンス、ヨリス　243
井沢元彦　335
石川淳　41
石ノ森章太郎　326
石原慎太郎　240
磯崎新　15-7, 20, 45, 47, 153-64, 245, 248
板橋勇仁　282
伊東静雄　43-4
稲垣足穂　41
犬養毅　321
井上通女　105
井上敏樹　133
井上ひさし　219
今川了俊　93
今西錦司　283
今村太平　47-8
禹　90, 100
ヴァザーリ、ジョルジョ　322

ヴィンセント、キース　199-200, 201
ヴェーバー、マックス　14, 182
上田秋成　162, 208, 251
上野千鶴子　176
ウェルギリウス　191
ウエルベック、ミシェル　257-60
内田勝　233
内山完造　329
宇野常寛　59, *133*, 133, 279, 325
宇文愷　154, 322
梅棹忠夫　81, 283
梅崎春生　43
梅原猛　81, 179
ウルフ、トム　159
伊格言　271
江藤淳　73-4, 167-71, 174, 176, 193, 205-6, 212, 218, 247
エリオット、トマス・スターンズ　191, 216
エルマン、ベンジャミン　318-9
エルロイ、ジェイムズ　141
円城塔　132-3, 138
塩冶判官　89
閻連科　92, 269-70
大石内蔵助　104
大江健三郎　12, 15-6, 20-1, 110, 128-32, 138-9, 148-9, 190-4, *195*, 196-201, *201*, 202-19, 219, 240, 277
大岡昇平　239
正親町町子　105
大塩平八郎　177
大島渚　201
大田垣蓮月　20-1, 105-11
太田克史　127
大塚英志　116, *117*, 176, 193, *195*, 238
大伴昌司　233
大伴家持　114, *115*, 118
大林宣彦　241
オームス、ヘルマン　51
大村益次郎　84
大宅壮一　41
岡倉天心　154
岡崎乾二郎　341
岡嶋二人　335
岡田利規　12, 129-31, 133, 148, 277
小川紳介　243-4, 246-7

小川未明　234
小川洋子　133-4
奥泉光　265-6, 277
尾崎一雄　42
小沢蘆庵　107
押井守　230, 234, 237, 279
押川春浪　337
織田信長　50-1, 84
小津安二郎　25, 41-2
小野正嗣　140-1, *141*, 277
折口信夫　20, 112-5, *115*, 116-7, 117, 118, 120-5, 220-1, 275

か行

海保青陵　305
葛西善蔵　38
風間杜夫　241
梶原一騎　233
カスタネダ、カルロス　211
片渕須直　237
加藤謙一　232-3
加藤典洋　49-50
角川源義　115
門玲子　105
亀井勝一郎　44
亀井文夫　46-8
唐十郎　187
柄谷行人　26-7, 49, *71*, 157, 204, *205*, 247, 249, 252
カルヴェ、ルイ＝ジャン　310, 312
ガルシア＝マルケス、ガブリエル　12, 17, 140, 197, 210
河上徹太郎　41
川上弘美　12, 133-6, 147-8
川上未映子　136
川崎長太郎　42-3
川端康成　12, 41-4, 48, 329
カント、イマヌエル　252, 283, 291-2, 308-9
上林暁　42
甘耀明　273
キーン、ドナルド　314
菊竹清訓　158
岸田秀　297, 301-5, 307
岸田日出刀　42, 154
北園克衛　41
北野武　*143*

北村透谷　300
衣笠貞之助　41
木村伊兵衛　41-2
木村専一　41
キャプラ、フランク　237-8
木山捷平　42
行基　322
曲亭馬琴　94, 149, 251, 339
吉良上野介　89
キルケゴール、セーレン　252
金文京　*343,* 344
空海　120, 322
楠正成　90, 95-6, 103-4, 334
楠本保　316-7
クック、ピーター　245
宮藤官九郎　133
クライスト、ハインリヒ・フォン　177
グリモー、ポール　16, *225*
クリントン、ヒラリー　349
黒川紀章　295
黒澤明　43, 159
黒沢清　*17, 143*
ゲーテ、ヨハン・ヴォルフガング・フォン　178
ゲーレン、アルノルト　302
桀　100
玄宗　344
項羽　88, 102
洪秀全　321
勾践（越王）　88
黄帝　90
高師直　89
合山究　285-9
ゴーゴリ、ニコライ　330
小島信夫　176, 247
後醍醐天皇　87, 96-7, *97,* 98, 102-3
後鳥羽院（上皇）　53, 334
五野井郁夫　294-6
小林多喜二　41
小林秀雄　41-2, 179, 378
小松左京　72, 83, 179
コラール、ディエス・デル　17, *19*

さ行

西行法師　68
西郷隆盛　*201*, 304
斎藤道三　84
坂口安吾　10, 20, 41–58, 60–3, 331
嵯峨天皇　120
坂本竜馬　80, 84
佐々木道誉　180
サス、ルイス　195, *195*
佐藤紅緑　232–3
佐藤優　281–4
佐藤友哉　12, 127, 141, 143–6, 148
ザビエル、フランシスコ　346
サルトル、ジャン＝ポール　184, 196, 260, 312
サン＝ジュスト、ルイ・アントワーヌ・ド　291, 309
椎名麟三　43
シェイクスピア、ウィリアム　27
シェーラー、マックス　302
シェリング、フリードリヒ　281
志賀直哉　181
始皇帝　101, 340–1
ジジェク、スラヴォイ　*135*, 178
篠田正浩　196, *197*
司馬遷　92–3, 100
司馬談　93
司馬遼太郎　14, 76–86, 104, *104*, 179, *299*, 320
島崎藤村　80, *117*
島田啓三　41
下村寅太郎　41
シャモワゾー、パトリック　196
周公旦　90
朱熹　321
朱舜水　95–6, 305
シュペーア、アルベルト　154, 322
ジョイス、ジェイムズ　12, 213
聖徳太子　102
昭和天皇　42
諸葛亮（孔明）　97, 320
ジラール、ルネ　58, 206–7, *207*
鈴木重成　51
鈴木正三　51, 300
鈴木忠志　130
スタイナー、ジョージ　337

須藤五百三　329
スピノザ、バールーフ・デ　307
世阿彌　169-70, 172, 175, 180, 184-5, 187-8, 275, 277
清涼院流水　127, 142, 145-6
瀬尾光世　231, 233
セリーヌ、ルイ＝フェルディナン　216
セルバンテス、ミゲル・デ　195, *197*, 217
宋玉　119
曹雪芹　286-7, 319
曹操　320
外村繁　42

た行

タウト、ブルーノ　45, 49, 154
高崎正秀　*115*, 225, *225*
高田屋嘉兵衛　84, 320
高橋源一郎　249
高橋悠治　210
高畑勲　15-6, 20, 215, 220-5, *225*, 226-9, 231-3, 235-6, 238-42
田河水泡　41-2, 232
瀧口修造　41
竹内好　43
武澤秀一　322
武田泰淳　43
立原道造　43, 162
田中角栄　49-50
田辺元　281-4
谷崎潤一郎　11-3, 33-4, 48, 58-60, 82, 110, 124-5, *125*, 136, 145, 154, 251-2, 334-5
種田山頭火　67-9, *71*
多和田葉子　133-4
丹下健三　16, 43, 47, 154-5, 158, 161-2
ダンテ・アリギエーリ　16, 191, 193, 213, 218
千種忠顕　102
千葉周作　320
紂（殷）100, 102
張彧暋　348
張文成　119-20
張魯　320-1
陳雲　295-6
陳舜臣　320
陳忱　295
司修　203
塚本晋也　*143*

つげ義春　43
辻惟雄　323
土本典昭　243-7
筒井康隆　132, 211, *219*
円谷英二　41-2, 46-7
坪内逍遥　110
ツルゲーネフ、イワン　258
寺山修司　144
デリダ、ジャック　204, *205*, 310
湯　100
陶淵明　295
董仲舒　100
ドゥルーズ、ジル　283, 310
徳川光圀　95
戸坂潤　41-2, 282
ドストエフスキー、フョードル　56, 206-7
杜甫　343-4
富岡鉄斎　107-8, 110
富野由悠季　230, 279
トランプ、ドナルド　282, 349
トレルチ、エルンスト　281

な行

長井彬　335-6
永井荷風　11, 181
中尾佐助　283
中上健次　27, 38, 110, 141, 147, 197, 202, 251-2, 277
中沢新一　275-6, 283
中野重治　41, 337-8
中原中也　43-4
中村光夫　43, 278
夏目漱石　11-2, 20, 25-40, 55, 58, 66, 82, 179, 181, 207-8, 252, 266, 323, 330, 350
成瀬仁蔵　62
仁木悦子　335
西尾維新　141-2, 145
西崎義展　235
西田幾多郎　*71*, 281
西谷啓治　41
新田義貞　97, 103
沼田真佑　261
ネグリ、トニ　293, 349
ネグロポンティ、ニコラス　160
ノヴァーリス　27

野間宏　43, 72
野村望東尼　105
ノルシュテイン、ユーリ　16

は行

バーガー、ピーター　14, *15*, 136, *137*
ハート、マイケル　293, 349
バウマン、ジグムント　301–2
ハヴロック、エリック　94, *95*
馬英九　271, 291
萩尾望都　325
羽柴秀吉　334
橋本治　267–8
バシュラール、ガストン　184
蓮實重彦　15–6, *17*, 20, 244–52, 263
白居易　344
パッラーディオ、アンドレーア　154, 322
花田清輝　43–4, 181
花房英樹　344
花森安治　324–5
バフチン、ミハイル　214–5, *215*, 330
浜口隆一　154
濱田耕作（青陵）　341
濱野智史　157, 302
林芙美子　41
林屋辰三郎　*93*
原弘　41–2
ハリス、トマス　141
ハリソン、ジェーン　65
バルガス＝リョサ、マリオ　17
バルザック、オノレ・ド　258
バルト、ロラン　310–2
ホワイト、ヘイドン　87, *87*
范増　102
樋口一葉　109
微子　102
土方歳三　320
ピックフォード、メアリー　59–60
日夏耿之介　191
火野葦平　43
ピノー、フランソワ　258
日野資朝　98
日野達夫　319

日野俊基　98
兵藤裕己　94-5, *95*
平田篤胤　305
平野謙　278
フーコー、ミシェル　310
フォークナー、ウィリアム　197
フォード、ジョン　237-8
福沢一郎　41
福田恆存　43, 85
福永信　132
フクヤマ、フランシス　308
夫差（呉王）　88
藤枝静男　43
藤野可織　277
藤原定家　65, 68
藤原仲麻呂（恵美押勝）　119, 121
藤原不比等　114, 116
藤原武智麻呂　113
武帝（漢）　100, 327
古井由吉　211, 215
プルースト、マルセル　12, 213
ブルトマン、ルドルフ　89, *91*
ブルネ、トリスタン　234
ブルネレスキ、フィリッポ　322
ブレイク、ウィリアム　16, 191, 213
フレイザー、ジェームズ　65
ブレヒト、ベルトルト　222, *225*
プロップ、ウラジーミル　251
文天祥　96
ヘーゲル、ゲオルク・ヴィルヘルム・フリードリヒ　87, 184, 252, 308
ベグベデ、フレデリック　258
ベック、ウルリッヒ　301
ベネディクト、ルース　237
ベル、ダニエル　182
ベルクソン、アンリ　184-6
ヘルダーリン、フリードリヒ　56
ペロー、シャルル　56
ベンヤミン、ヴァルター　27, 162, 214, *215*, 342
ポー、エドガー・アラン　56, 191, 218
穆泰　340, 343
保坂和志　277
ホフマン、エルンスト・テオドール・アマデウス　56, 162
ポメランツ、ケネス　173

ホライン、ハンス　156, 245
堀口捨己　42
ボルヘス、ホルヘ・ルイス　71
本多猪四郎　43
本多利明　305

ま行

舞城王太郎　12, 20, 126–7, 138–41, 143, 145–8
前川國男　47
前田司郎　129–31, 133
マカエス、ブルーノ　*19*
真木悠介　211
マクマホン、キース　288–9
マクルーハン、マーシャル　324
政岡憲三　41
松浦寿輝　112, *113*
松尾芭蕉　53, 64, 71, 275, 344
松本健一　77, 85
松本清張　179
松本零士　235
マルクス、カール　87, 278, 308
マルケル、クリス　243
丸谷才一　64–71, 71, 72–5, 172, 200, *201*, 275, *299*
丸山眞男　17, 43, 181, 332
三池崇史　*143*
三木清　41–2
ミシュレ、ジュール　87
水村美苗　30, *31*
源俊頼　277
宮﨑駿　55, 83, 221–3, *225*, 227–30, 237, 240–1, 279, 283
宮澤隆義　46
宮台真司　302
宮本武蔵　79–80
ムーア、チャールス　155
ムバラク、ホスニー　293
ムハンマド　259
村井紀　112, *112*, *117*
村井康彦　108
村上素道　109, 111
村上春樹　10, 12, 25, 66, 76, 129–32, 134, 138–9, 148, 192–4, 197–8, 200, *201*, 218–9, 249
紫式部　12, 93, 225
村山知義　108
村田沙耶香　131, 137–8

村田珠光　180
メア、ヴィクター　345
メルロ＝ポンティ、モーリス　184, 186
本居宣長　64, 122, 318–20
森敦　*71*
森岩雄　41–2
森鷗外　176
モリス、ウィリアム　258
森村誠一　335
護良親王　98, 102
諸星大二郎　326–7
モンテーニュ、ミシェル・ド　204, 310

や行

保田與重郎　43, 53–4, 56, 71, 103, *103*
矢田津世子　43
柳沢吉保　105
柳田國男　116, 221
山片蟠桃　305
山川惣治　232
山川丙三郎　191
山口勝弘　155
山崎正和　15–6, 20, 88–9, 89, 165–89, 346–7
山上憶良　120
山本嘉次郎　41, 46
山本実彦　328–9
山本七平　*95*, 179, 297–9, *299*, 300, 303–7, 315–6
ユイスマンス、ジョイス＝カルル　259
楊貴妃　341
横光利一　41, 190–2, 277–8
与謝野尚絅　109
与謝野寛（鉄幹）　109–10
吉川英治　14, 79–80, 145
吉川幸次郎　319, 338
吉田秋生　133
吉田健一　43
吉田松陰　304
よしながふみ　133
吉本隆明　153, 247
與那覇潤　306

ら行

ラカン、ジャック　56–7, 62, 186, 310

ランケ、レオポルト・フォン　87
リオタール、ジャン＝フランソワ　310
李恵儀　99
李白　344
劉邦　88, 100
ル・コルビュジエ　260
ルソー、ジャン＝ジャック　35, 190, 332-3, 350
ルドゥー、クロード・ニコラ　16, 154
レヴィ＝ストロース、クロード　25, 310
レジェ、フェルナン　46
レム、スタニスワフ　71
ロージー、ジョゼフ　*219*
魯迅　92, 270, 329-31
ロダン、オーギュスト　59-60
ロベスピエール、マクシミリアン　291, 309

わ行

ワーグナー、リヒャルト　31
若松孝二　201
渡部直己　277
和辻哲郎　38, 298
王澍　323

著者 福嶋亮大（ふくしま・りょうた）

1981年、京都市生まれ。文芸評論家。京都大学大学院文学研究科博士課程修了。博士（文学）。現在、立教大学文学部准教授。2014年に『復興文化論』（青土社）でサントリー学芸賞、2017年に『厄介な遺産』（青土社）でやまなし文学賞を受賞。そのほかの著書に『神話が考える』（青土社）、『ウルトラマンと戦後サブカルチャーの風景』（PLANETS）、『辺境の思想』（張彧暋との共著、文藝春秋）。

百年の批評

近代をいかに相続するか

2019年5月20日　第1刷印刷
2019年5月30日　第1刷発行

著者――福嶋亮大

発行人――清水一人
発行所――青土社

〒101-0051　東京都千代田区神田神保町1-29　市瀬ビル
［電話］03-3291-9831（編集）　03-3294-7829（営業）
［振替］00190-7-192955

印刷・製本――シナノ印刷

装幀――水戸部功

ISBN978-4-7917-7167-7　C0010